Ce livre a été estimé dans son temps
mais l'Equitation a fait bien des
progrès depuis.

LE MODELE
DV
CAVALIER
FRANCOIS,
DIVISE' EN TROIS PARTIES.

Dédié,

A SON ALTESSE MONSEIGNEVR,

HENRY PRINCE
DE NASSAV ET DV S. EMPIRE.

PAR

MESSIRE S. FOVQVET ESCVIER SIEVR
DE BEAVREPERE, Gentil-homme
de la Prouince d'Anjou, Escuier de la
de la Grande Escurie du Roy.

A PARIS,
De l'Imprimerie d'ANDRE' CHOVQVEVX, ruë Saint
André des Ars, à l'Image S. Nicolas.

M. DC. LXV.
Auec Priuilege.

A SON ALTESSE
MONSEIGNEVR
HENRY,
PRINCE DE NASSAV
ET DV S. EMPIRE, COMTE
de Catzelanenboguen, Viander & Dietz,
Seigneur de Beilſtin, &c.

*ONSEIGNEVR,*

Il eſt ſi Noble & ſi Beau d'étre bon homme de

¶

cheual, de s'en bien feruir, & pratiquer la belle methode de mettre & acheuer les cheuaux; qu'il eft vray de dire qu'vn Gentilhomme n'a pas tout l'ornement qui le peut rendre honneſte homme, lors que cette partie lui manque : ſans elle, il n'eſt guerre propre à rendre des conſiderables feruices à fon Prince, dans les Armées, non plus que dans les occaſions que nous fourniſt la Guerre, n'y meſme dans les actions du plaiſir, comme les courſes de bague, les tournois & les carrouzels, ordinaire diuertiſſement des Roys & des Princes. Mais du meſme temps qu'il la poſſede il ſe trouue en état de contribuer à luy faire gaigner des Batailles, d'affermir ſa Couronne, & ſon adreſſe jointe à ſa valeur le font bien ſouuent triompher de ſes Ennemis, voila à mon auis, MONSEIGNEVR, le but de ceux qui apprenent cét exercice, & l'intention de ceux qui l'enſeignent. Ie puis dire qu'il y a plus de trente ans que ie cherche les bons principes pour en trouuer la perfection, ie ne ſçay ſi ie pourray atteindre ce poinct heureux, mais j'oſe bien aſſurer Voſtre Alteſſe, que i'ay découuert des lumieres en cét art, qui n'auoient encor point eſclairé nos modernes iuſques à ce temps; Et que ſi on le peut voir en ſon acheuement, j'eſpere que ce doit étre par la methode dont ie me ſers, & en pratiquant les leçons que i'eſtablis dans

l'ordre de mes preceptes (cela supposé) ie dois mes
soins & mes veilles au public, & les luy veux bien
aussi donner, afinque la Noblesse Françoise & l'e-
strangere en tirent des auantages qui feront vne
bonne partie de leur gloire. Mais, MONSEI-
GNEVR, comme ce dessein est tres-important
& qui aura sans doute besoin d'vn grād protecteur;
l'ay pensé que pour ne donner aucune ialousie aux
Grands de la Cour, i'estés obligé de faire élection
d'vn Prince, dont le sang fût meslé auec celui des
Empereurs & des Roys. Et qui possedast en sa personne les Eminantes qualités de l'esprit & du corps,
qui peussent faire voir sans honte cét ouurage à tout
l'vniuers, i'ay creu ne luy en pouuoir choisir vn plus
Illustre que Vostre Altesse. C'est à ce dessein que ie
viens mettre à ses pieds, Le Modele du Caualier
François; que ie luy dédie auec le cœur de l'Autheur, la supliant tres-humblement de proteger
l'vn & receuoir la sousmition de l'autre. Ie scay,
MONSEIGNEVR, que ie commetz vn
crime, ou du moins que i'ay beaucoup de temeritée,
de luy ozer faire vn present si peu considerable; mais
qu'elle soufre, s'il luy plaist, que ie trouue ma remis-
sion en ces deux motifs. Premierement, MON-
SEIGNEVR, ie pretens faire consister mon
plus grand bon-heur & ma fortune, en l'honneur

que i'ay eu d'enseigner à Vostre Altesse, les premiers principes de cét Exercice. Secondement ie suis pleinement persuadé, que s'il n'estoit permis de luy offrir que des choses proportionnées à sa Grandeur, nostre France, bien que peuplée d'assez rares Esprits, & de puissans Genies, eut peu tomber dans la mesme confusion que moy. En effet, MONSEIGNEVR, si ie laisse monter ma pensée iusques à l'origine de Vostre Altesse, ie n'ay pas besoin de consulter l'antiquité, ni auoir recours aux Genealogies, pour prouuer sa Souueraineté: puis qu'il est constant qu'il se trouue des Empereurs de vostre Nom, qu'il n'est Prince ni Monarque dans l'Europe dont vostre Maison ne soit Alliée: Toute la terre demeure d'accord que vôtre Illustre Famille a produit autant de HEROS, que de Legitimes Successeurs. Et ce qui me surprend auec plus d'admiration, est que ie vois que le Ciel a pris plaisir, d'assembler les belles qualités de vos Parens, pour vous rendre seul Heritier de vos Ancestres; de vrai, MONSEIGNEVR, ie vous trouue si grand de quelque maniere que ie vous considere, que i'ay lieu de croire que mon ouurage sera incessamment à couuert de la medisance & de l'enuie, lors que lon verra l'Illustre Nom de Vostre Altesse à la premiere de ces feüilles. Mais, MONSEIGNEVR, comme les

Grands

Grands Princes ne doiuent tirer leur auantage que
de leur propre vertu & de leur adreſſe, de quels termes me pouré-ie ſeruir, & quelle eloquence
faut-il que j'emprunte, pour parler dignement de
l'vn & de l'autre, & les faire croire à la poſterité
ſans choquer voſtre modeſtie, bien que mon diſcours
ſoit la meſme verité: Ouy, Monseignevr,
il m'eſt aſſés facile, & l'honneur que i'ay eu auec
tout Paris: de voir l'adreſſe de Voſtre Alteſſe ſurpaſſer ſi hautement celle des Princes & des Gentils-
hommes les plus adretz de voſtre temps, ſont des
teſmoins aſſés fidelles pour me garentir du nom de
Flateur en les publiant, ie ne parle pas ſeulement
de ce Noble Exercice qui donne lieu à mon Epiſtre,
mais auſſi des Armes, de la Dance & des Mathe-
matiques; Cette maieſté & cette grace qui a pris
naiſſance auec Voſtre Alteſſe, auoit deſia paſſé en
vne habitude, qui luy paroiſſoit auſſi familiere que
naturelle, prenoit ſon diuertiſſement à faire manier
des cheuaux, de tel air ou manege qu'ils fuſſent nus
& acheuez: ce qui donnoit tant de rauiſſement à
ceux qui auoient l'honneur de la voir en cette occupation, & dans les ſoing quelle prenoit d'executer ſi
religieuſement, les differentes leçons de chacun de
ces exercices, que les Aſſiſtans auſſi bien que les

¶¶

Maiſtres qui auoient l'honneur de l'enſeigner, ne pouuoient aſsez s'étonner de ſon adreſse, de ſon iugement, & de ſon aſsiduité, & bien que VOSTRE ALTESSE fuſt encore bien peu auancée en âge: on voioit reluire en elle des commencemens peu comuns, & des auantages tous extraordinaires, & ce Soleil naiſſãt leur faiſoit éclater tant de lumieres que perſonne ne pouuoit douter de la vertu inſeparable de ce bel Aſtre. En verité, MONSEIGNEVR, i'aurois beſoing d'vn eſprit plus fort que le mien, pour parler raiſonnablement des auantages dont le Ciel a eu ſoin de vous partager: Vous aués de l'eſprit & du iugement, vous eſtes tout plein de Generoſité, vous aués le Cœur d'vn Ceſar, vous imitez Alexandre en ſa Generoſité, et on remarque en vous la Clemence d'Auguſte. En vn mot, il eſt aiſé de voir et admirer ce qui paroiſt de charmant en toutes vos actions. Mais il eſt peu de langues qui les puiſſent dire; Enfin, MONSEIGNEVR, ie connois tant d'impuiſſance en mon deſſein, que ie craindrois de me rendre incommode ſi ie le pouſſois plus auant, puis que ma plume ne vous peut dõner d'Eloges qui ne ſoient infiniment au deſſous des eſperãces que Voſtre Alteſſe a deſia fait cõceuoir à ceux qui ont l'honneur de l'a-

procher; permettés, s'il vous plaiſt, à mon inſuffiſan-
ce (que la Grandeur de vos vertus anime) de finir auec cette penſée, que s'il eſt conſtant, que le
cœur & l'amour des peuples enuers leurs Princes,
ſoient les plus fortes Citadelles & les plus aſſeurez
Rempars pour la conſeruation de leurs Eſtats &
de leur Sacrée Perſonne, qui peut douter de la
plenitude du repos de Voſtre Alteſſe, puis qu'entre
toutes ſes rares perfections, Elle poſſede encor auec
Eminance, l'art de ſe faire aimer, qui eſt la ſeule
vertu qui fait l'acheuement d'vn Grand Prince;
Apres cela, MONSEIGNEVR, ſe trou-
uera-il bien des Eſprits aſſez temeraires, pour
oſer attaquer celuy qui a trouué refuge aupres de
Voſtre Alteſſe, non ie ne le puis croire, C'ét vn
azile trop Sacré pour ce voir violé par des Bouches prophanes & me laiſſer dans la crainte, ſi
bien que me trouuant dans vne veritable quietude, ie ne ſongeray plus qu'à me conſeruer la
grace que VOSTRE ALTESSE ma
faite en acceptant mon preſent, i'oſe Eſperer qu'il
ſera protegé d'elle, qu'elle aura aſſés de bonté
pour en faire quelque eſtime, & quelle m'ac-
cordera auec plaiſir ce que ie luy demande a-

uec toute l'humilité qui me peut acquerir le Nom,

MONSEIGNEVR,

DE VOSTRE ALTESSE,

Le tres-humble, tres-obeïffant &
tres-fidelle feruiteur,

DE BEAVREPERE.

LE MODELE
DV CAVALIER·

Diuisé en trois parties.

CHAPITRE PREMIER.

EVX qui par leur propre curiosité & satisfaction particuliere, ont voulu obliger le public & contenter ceux qui cherissent cét exercice, ont sans doute eu pour but principal d'en tracer vn tableau le plus approchant du naturel, & plus acheué que leur peine & industrie leur aye pu faire imaginer, afin que ce bel œuure pust donner des lumieres aux moins éclairés, y faire trouuer goust aux mediocres, en sçauoir donner vn parfait contentement aux sçauans, & vne matiere aux plus curieux de penetrer dans la sublimité de cét Art: S'ils ont assés de soin & d'intelligence pour bien executer les leçons contenuës en ce modele, qui peut sans doute conduire les vns & les autres à sa parfaite connoissance, n'ont pû choisir vn plus fidele moyen pour y reüssir, que de chercher auec exactitude ce qui pourroit estre plus necessaire pour l'accomplissement d'vne entreprise de cette consequence ; ce qui les ayans obligés d'en examiner iusques à la moindre circonstance les plus illustres & mieux éclairés de ce siecle,

A.

en l'obſeruation reguliere de ce bel Art ſont vnanime-
ment reſtés d'accord, que tous les beaux & bons effets
que nous voyons reüſſir dans cét exercice, ont pour
baſe & fondement aſſeuré quatre principes infaillibles,
ſur leſquels ce ſuperbe edifice eſt fermement appuyé,
comme ſur quatre colomnes inébranlables, qui feront
ſubſiſter cét illuſtre baſtiment iuſques à la fin de l'V-
niuers.   *Nom des Colomnes.*

La premiere, ſe nomme Iugement.

La ſeconde, Pratique.

La troiſiéme, Demonſtration.

La quatriéme, eſt appellée Raiſonnement.

Explication de la premiere.

Ie n'auray pas beaucoup de peine à vous faire conceuoir, que le Iugement premiere de mes Colomnes,
doit gouuerner toutes nos actions; ce qui nous fait agir
de ſens raſſis; c'eſt à dire, ſonger plus d'vne fois ce que
nous deuons faire, afin de ne rien entreprendre auec
precipitation, ſans auoir preueu quel doit eſtre noſtre
but, qui eſt d'examiner chacune de nos actions, conſiderer deuant qui nous deuons trauailler, & à quelle fin,
à quels cheuaux nous auons affaire, le ſoin que nous deuons auoir de ne tomber en faute par noſtre imprudence, la preuoyance que nous deuons auoir que le cheual
ne commette aucunes fautes par malice ou erreur, afin
de les preuenir auant qu'il aye le temps de les executer,
y apportant le ſecours & l'ayde neceſſaire, par le moyen
de cette premiere Colomne, qui empeſche l'homme
& le cheual de commettre aucun manquement.

C'eſt encore ce meſme iugement qui nous conſerue

vne certaine prefence d'efprit, & nous tient inceſ-
famment preparés à executer precifément ce que les
occafions requierent de nous en beaucoup de rencontres, où il fe trouue tant de differens fujets de le faire
agir, que nous auons befoin d'vne application bien ex-
preffe pour preuenir les fautes, remedier aux defauts,
corriger les manquemens, & conformer noftre efprit
à tant de defordres qui arriuent prefque à tous les momens de noftre trauail.

C'eft dis-je la folidité de cét admirable Iugement,
qui nous donne des yeux pour voir nos fautes, vn raifonnement pour en faire la difference, des oreilles pour
oüyr ce qui nous eft ordonné, afin d'y obeir en mefme
inftant, vn efprit pour le comprendre, des mains pour
faire agir les effets de la bride, & nous en feruir auec
douceur & bonne conduite, des iambes pour feconder
les effets de la main, des éperons pour châtier les cheuaux dans le temps auec delicateffe, guidée de raifon,
la memoire pour nous fouuenir de ce que l'on nous enfeigne, vne ceruelle afin de trauailler de bon fens, vne
idée pour inuenter quelque chofe de nous-mefmes, des
reflexions pour conformer nos actions felon l'ordre de
la raifon, vne imagination qui nous faffe naiftre de belles lumieres, vne refolution pour nous affermir & en-
courager à bien faire : Enfin cette belle partie con-
fertée auec fon tout, compofe vne armonie qui dirige
& gouuerne toutes nos actions auec prudence, & deuient enfin maiftreffe abfoluë de tous les mouuemens
de noftre corps & de noftre ame, & les fait continuellement agir felon l'ordre de la raifon.

A ij

Explication de la seconde.

La pratique, cette associée de l'experience, maistresse absoluë de toutes choses, iointe à l'habitude, l'assiduité, le continuel trauail, nous acquiert auec le temps, la force, la fermeté, la liberté, l'agilité, l'aisance, la vigueur, la souplesse, la politesse, la belle assiete & la bonne grace, qui sont les agréemens par lesquels nous obtenons le nom auec iustice de beaux & bons hommes de cheual : Raison, c'est dautant que ce que vous venez d'entendre, sont les marques inseparables de ceux qui veulent pretendre à cette gloire, sans lesquelles nous ne pourrions iamais nous rendre maistres des actions de nostre corps.

Ie craindrez d'en dire trop peu, si i'entreprenez de vous en dire dauantage, puis que personne ne peut ignorer, que la pratique chez les plus grands hommes ne possede les premiers rangs, aussi bien parmy les sciences, qu'entre les Arts mechaniques & liberaux.

Explication de la troisiéme.

La Demonstration gardant incessamment l'éthimologie de son nom, nous démontre, nous instruit, nous fait voir au doigt & à l'œil chacune des actions en gros & en détail, que l'homme & le cheual doiuent pratiquer pour se bien entendre, & réster incessamment de concert l'vn auec l'autre, afin de connoistre les endroits par lesquels ils doiuent passer & repasser, pour garder l'ordre du commencement & la fin des iustesses requises en tous airs & manéges, comme aussi quelles figures il doit marquer en ces leçons, lors qu'il est necessaire qu'il chemine de pas de trot ou galop, quelle cadence

A ij

ou mefure il doit garder lors qu'il eſt aſſez auancé pour
manier, quel terrain il doit prendre ou embraſſer pour
trauailler dans l'ordre, lors qu'il doit cheminer étendu,
ou ſi le beſoin veut qu'il ſe ſerre; s'il doit trauailler en
ouale, en rond, ou en quarré; quelle doit eſtre la place
de ſa teſte pour eſtre dit porter en bon lieu; comment
il doit porter les iambes pour ne ſe couper deuant ou
derriere; ce qui doit eſtre entendu lors que l'on parle
de l'oppoſition des épaules aux hanches, ce que c'eſt
que le croiſer, ce que c'eſt que le renfermer, la difference qu'il y a des pirouettes aux petits tours de volte,
ce que c'eſt que redoubler la petite volte, la difference
qu'il y a des pirouettes de la teſte à la queuë, & celles
qui ſe font ſur les hanches, ce que c'eſt qu'vn cheual
vny, comment on le peut tenir vny, ce que c'eſt qu'vn
cheual deſvny, ce que c'eſt que galoper faux, ce que
c'eſt qu'eſtre bien enſemble, ce que c'eſt qu'eſtre bien
dans la main, ce que c'eſt que battre à la main, ce que
c'eſt que battre la pouſſiere, ce que c'eſt que l'on nomme caminar, ce que c'eſt que ſarmer, ce que c'eſt qu'eſ-
balancou, ce que c'eſt qu'eſtre ſur les épaules, ce que
c'eſt que charger à la main, ce que c'eſt que galoper
d'ardeur, ce que c'eſt qu'eſtre abandonné ſur la main,
ce que c'eſt que forger, & ce que c'eſt qu'eſtre entr'ouuert.

C'eſt ſans plus cette ſçauante maiſtreſſe, qui nous in-
ſtruit & nous rend capables de conceuoir ces choſes, &
celles que ie pourrois vous dire touchant l'Art de monter à cheual. *Explication de la quatriéme.*

Enfin cette puiſſante Colomne nommée Raiſonne-

ment, affiftée de la belle theorie, énoncée par vne
bouche éloquente, & renduë intelligible par le fidele
rapport de la demonftration, nous preuue & nous con-
firme tout ce que le iugement peut fur noftre efprit, ce
que nous acquiert la pratique, ce que nous donne le
long trauail, ce que peu l'habitude, le fruit de l'affiduité, le profit de l'experience, & la vertu que la patience
nous donne nous eft fi bien infinuée dans le fens, par
les continuels exercices que nous en auons fait, qu'ils
fe trouuent conuertis en couftume, qui nous paroift
naturelle, & nous rend capables de poffeder vne fcience qui nous fait ioüir de ce que la demonftration nous
a fait connoiftre; fi bien que la refléxion que nous faifons fur la diuerfité de tant d'objets, tombans inceffamment dans noftre imagination, par la frequente élo-
quence, nous en graue vne fi viue image, qu'elle nous
oblige de tenir pour conftant que tout ce que nous faifons eft dans l'ordre comme dans la bonne maniere d'a-
gir, non par hazard ou à l'auenture, mais auec fermeté & folidité d'vn iugement pur, entier, & fi exprés, qu'il
ne nous peut refter aucun doute, que tout ce que nous
operons ne foit fermement appuyé fur les infaillibles
fondemens de nos quatre principes, qui nous font voir
auffi clair que le Soleil, la verité des fondemens fur lefquels ie pretends affermir le commencement & la fin
de ce modele.

Elite de trois cens des plus excellens termes de la Caualerie.

CHAPITRE SECOND.

SE defvnir, galoper faux, changer de pied, traifner les hanches, & eftre defordonné, n'eft qu'vne mefme chofe.

S'vnir, galoper iufte, eftre fur le bon pied, galoper fur les hanches & s'ammonceler, eft auffi le mefme.

Obeïr à la main, auoir liberté de bouche, fuiure le poignet, fe laiffer guider à la main, & donner librement la tefte, eft vne mefme chofe.

Connoiftre les jambes, entendre les talons, fuïr les talons, & prendre l'ayde des talons, mefme chofe.

On dit châtier vn cheual des éperons, de la gaule, de la chambriere, de la voix rude, des cordes de caueffon, & de la grand corde.

On dit ayder ou apeller le cheual de la langue, de la voix douce & flateufe, l'ayder delicatement du mouuement des cuiffes, l'ayder du pincement delicat des talons. On dit l'ayder du poinçon & de l'éguillon. On dit pour leur difference, que les chaftimens font affez rudes, & les aydes tres delicates. On dit vn cheual craindre les chaftimens. On dit vn cheual auoir auerfion aux chaftimens. On dit vn Caualier bien trouuer vn cheual, lors qu'il rencontre fon air la premiere fois qu'il le fait manier. On dit le cheual fe bien boucher, quand la plufpart des mors luy font effet. On dit vn cheual bien bridé, lors que le mors l'accommode parfaitement. On dit vn cheual ennemy du fer, lors qu'il ne fouffre pas les talons. On dit vn cheual ennemy de

l'homme lors qu'il mord & ruë celuy qui le penfe. On
dit vn cheual attaquer, lors qu'il fe iette fur l'homme.
On dit vn cheual accofter, lors qu'il fe iette fur les autres cheuaux. On dit vn cheual tirer, lors qu'il ruë quád
on l'aproche. On dit vn cheual calcer, lors qu'il ruë à la
fin de fa reprife. On dit vn cheual éparer, lors qu'il ruë
apres s'eftre éleué. On dit le cheual détacher vn coup
de pied, lors qu'il ruë vertement. On dit vn cheual en-
fellé, lors qu'il a les reins bas. On dit vn cheual encrai-
né, lors qu'il eft fort bleffé fur le garrot. On dit vn cheual cafanier, lors qu'il eft lâche & poltron. On dit vn
cheual faire l'enguillade, lors qu'il plie le corps en fautant. On dit le cheual boire dans fon frin, lors que le
blanc s'étend iufques à la bouche. On dit vn cheual
palpiter, lors que le flanc bat fort vifte. On dit vn cheual
hors d'haleine, lors que le flanc luy bat à outrance. On
dit partir vn cheual de la main. On dit pouffer vertement vn cheual. On dit échaper vn cheual de la main.
On dit abandonner vn cheual auec difcretion. On dit
parer vn cheual fur les hanches. On dit le mettre fur
les hanches. On dit faire former l'arreft à vn cheual.
On dit l'affoir fur les hanches. On dit faites reculer
voftre cheual, tirez-le arriere, ou le faites cheminer en
arriere. On dit portez le corps ferme, portez la tefte
droite, la ceinture en auant, & le corps en arriere.

Lors que l'on a deffein que l'Efcolier commence fa
reprife, on luy dit guidez voftre cheual, chaffez-le en
auant, faites-le galoper, prenez garde qu'il ne fe defvniffe, qu'il chemine droit deuant luy, prenez garde
qu'il ne s'acule, & lors que l'on veut faire finir la re-

prife

prife, on dit halte, hola, arreſtez, ou c'eſt aſſez.

On dit vn cheual ſe ſerrer ou s'étreſſir, lors qu'il trace le chemin ou la piſte plus petite qu'il ne doit. On dit vn cheual aller trop en auant, lors qu'il fait la volte trop large. On dit n'obſeruer pas le terrain, lors que le cheual trace ſa piſte large en vn endroit & étroite en l'autre. On dit ne garder point d'ordre en la conduite de ſon cheual, lors qu'il va tantoſt abandonné, & tantoſt trop ſouſtenu. On dit le cheual faire eſbalancon, lors qu'ayant le deuant en l'air, il accompagne par fois du derriere, puis s'élance d'vn coup en auant. On dit le cheual faire eſcapade, lors qu'il ſe tranſporte malgré l'Eſcuyer. On dit le cheual faire malice, lors que ſa fougue, ſon dépit & ſa rage le fait crier, piſſer, ioüer de la queuë, battre des pieds deuant & derriere, ſe ietter quelquefois à terre, & grimper des pieds de deuant contre les murailles pour la mieux témoigner, & ſe deffendre auec tout le caprice imaginable. On dit vn cheual deſeſperé, lors qu'il emporte, qu'il ruë & qu'il mord, ſans connoiſtre perſonne. On dit vn cheual beau de la main en auant, lors qu'il a le deuant bien proportionné. On le nomme beau de la main en arriere, lors qu'il a le derriere bien fait. On dit vn cheual auoir les hanches bonnes, lors qu'il fait inceſſamment accompagner la croupe, & qu'il ne ſe deſvnit iamais. On dit le cheual auoir les mouuemens beaux, lors qu'il plie également deuant & derriere, & que ſa gentilleſſe & ſa force luy continuent ſans ceſſe cette façon de marcher. On dit le cheual auoir l'action belle, lors que ſon marcher eſt fier, ſa bouche écumante & legere, ſans témoigner

B

fougue ny emportement. On dit le cheual auoir la
bouche delicate & tendre, lors que la moindre action
du Caualier l'oblige à fortir de la main. On dit le cheual begayer, lors qu'il porte au vent ou branle la teſte.
On dit vn cheual ſans appuis, lors qu'il craint tellement
l'embouchure, qu'il n'oſe s'appuyer deſſus. On dit vn
cheual auoir trop d'appuis, lors qu'il peſe ſur le mors
ſans toutesfois forcer la main. On dit le cheual a pleine
main, lors qu'il l'a forte, ſans toutesfois s'emporter, &
qui ne laiſſe pas d'obeyr quand il eſt conduit dans l'ordre. On dit le cheual auoir la bouche loyale, lors qu'il
obeït librement à la main. On dit la bouche aſſeurée,
lors que le cheual ne déplace iamais la teſte, bien que
le Caualier luy donnaſt lieu de commettre cette faute.
On dit la bouche fine, delicate, ſenſible & bonne tout
enſemble, lors que le cheual prend tant de plaiſir à
maſcher ſon mors, que pourueu qu'il ne ſoit pas rude-
ment bleſſé par la mauuaiſe main du Caualier, il reſte
inceſſamment leger à la main, les barres ſenſibles, plein
de liberté, la bouche écumante, la gourmette laſche,
& ſi bien ſur les hanches, que ſon obeïſſance rend témoignage de tout ce que ie viens de dire. On dit vn
cheual s'entabler, lors qu'il a les hanches par trop dedans. On dit vn cheual s'aculer, lors que l'on laiſſe cheminer la croupe deuant les épaules. On dit bien embraſſer toute la volte, lors que le cheual prend iuſtement la diſtance & étenduë de la rondeur du terrain.
On dit efflorer les quatre coins de la volte, lors que le
cheual fait paſſer ſa teſte & ſes épaules proche les quatre angles de la volte. On dit galoper vniment, lors que

le cheual demeure en égalité d'épaules & de hanches
suiuant sa piste rondement sans precipitation de ces
temps. On dit le cheual bien ensemble, lors que la teste
est bien placée, qu'il reste dans la main, qu'il semble
prendre plaisir à se mettre & ramasser comme vn pelo-
ton, & qu'il garde son air & sa cadance dans l'ordre de
cette iustesse. On dit le cheual fidel & loyal, qui obeït
sans repugnance. On dit vn cheual de bonne nature,
lors qu'il donne ce qu'il peut de franche volonté. On
dit le cheual se trauerser, lors qu'en s'arrestant il porte
la teste d'vn costé & la croupe de l'autre. On dit vn
cheual battre à la main, lors qu'il branle la teste en
s'arrestant. On dit vn cheual incertain, lors qu'il n'est
pas confirmé en l'air de son manége : on dit vn cheual
dressé, lors qu'il obeït sans repugnance à la main & aux
talons: on dit vn cheual acheué, lors qu'il manie sans
incertitude auec resolution, sans changer son air, sa cadence & mesure : on dit n'obseruer pas la cadence, lors
que l'on souffre que le cheual fasse vn temps plus haut
ou plus releué que l'autre: on dit ne garder pas la mesure, lors que le cheual auance ou se retarde plus vne
fois qu'à l'autre : on dit le cheual se precipiter, lors que
l'Escolier permet ou n'empesche pas qu'il manie auec
trop de fougue & d'empressement : on dit le cheual se
desvnir, lors que le derriere n'accompagne pas: on dit
encore galoper faux, lors que cheminant à droit, il met
la hanche gauche dedans: on dit encore changer de
pied, lors que le cheual galope tantost sur le pied droit,
& tantost sur le gauche: on dit vn cheual ardent, lors
qu'il veut aller plûtost que le Caualier ne desire: on dit

vn cheual forcer la main, lors qu'il s'en va malgré le
Caualier : on dit vn cheual tirer à la main, lors qu'il s'a-
puye fur le mors, plus par lafcheté & manque de force,
que par mauuaife action de bouche : on dit le cheual
pefant à la main, qui a l'encolure groffe, la tefte lourde,
& qui la laiffe negligemment pancher entre les iambes :
on dit vn cheual fans bouche, qui s'abandonne éperdu-
ment fi-tôft que l'on luy rend la main : on dit vn cheual
rebours, lors qu'il s'oppofe à tout ce que l'on luy demande : on dit vn cheual retif, lors qu'il demeure tout
court par malice ou par lafcheté, fans vouloir auancer
pour quelque chaftiment que ce foit : on dit vn cheual
ramingue, lors qu'il fe deffend auec grand cœur & malice, fans toutesfois s'arrefter lâchement & tout court :
on dit vn cheual de deux cœurs, lors que fon incertitude l'oblige d'aller tantoft d'vn cofté & apres de l'autre,
fans fuiure que fa volonté : on dit vn cheual fe tranfporter, quand lors que vous y penfez le moins il fe iette du
cofté contraire à voftre deffein, au lieu de fuiure fa pifte :
on dit vn cheual fe cabrer, lors qu'il leue le deuant fi
haut qu'il eft, en danger de fe renuerfer, ou qu'il fe
renuerfe le plus fouuent : on dit promener ou paffager
vn cheual fur les voltes de deux piftes, lors qu'il a la
tefte oppofée aux hanches : on dit promener vn cheual
ou le paffager la tefte dans la volte fur les quatre lignes
d'icelle : on dit faire fuir les talons, entendre les iambes,
& connoiftre les aydes à vn cheual, lors qu'approchans
vn talon & puis l'autre, il les fuit également : on dit
pratiquer la volte renuerfée, lors que le cheual ayant la
tefte vis à vis le pilier, on luy fait fuir l'vn & l'autre talon :

on dit galoper vn cheual d'vne pifte , lors que la tefte &
les hanches ne font non plus dedans que dehors: on dit
pratiquer la belle galopade, lors que le cheual galope
vny fur les quatre lignes quarrées: on dit trauailler vn
cheual de la main à la main , lors qu'il tourne & change
de main, fans que les iambes y contribuent : on dit leuer
vn cheual de ferme à ferme: on dit le leuer de pofades,
& luy rendre le deuant leger: on dit tenir les hanches
fujetes à vn cheual, & le mettre enfemble : on dit plier
la tefte à vn cheual, & le rendre fouple: on dit faire
faire des piroüettes de la tefte à la queuë : on dit pi-
roüetter, lors que l'on tourne fort étroit: on dit redoubler la volte, lors que l'on tourne deux tours par vn
mefme chemin , & dans le mefme endroit: on dit former vn demy tour en piroüette, lors que les épaules
font vn raifonnable demy tour, & que les hanches
tournent en vne place comme fur vn piuot: on dit vn
cheual tourner de iuftefle, lors que les épaules & les
hanches demeurent vnies : on dit manier par le droit,
lors que le cheual marque des courbettes iuftes le long
d'vne ligne droite: on dit battre la pouffiere, lors que
le cheual allant à courbette ne releue pas fon deuant, &
qu'il n'eft pas vny de hanches: on dit le cheual caminar,
lors qu'il va fur les voltes, & que les deux pieds de derriere frapent l'vn apres l'autre, fans s'vnir ny rabatre les
deux hanches enfemble: on dit vn cheual forger, lors
qu'il donne de la pince du pied de derriere dans les
branches des fers de deuant: on dit le cheual fe donner
atteinte, lors qu'il fe bleffe & entame des pieds de derriere ceux de deuant : on dit vn cheual fe couper, lors

qu'il se blesse les pieds deuant ou derriere du costé de
l'vn de ces fers : on dit vn cheual clamponnier , lors
qu'il a les pâturons longs , déliez & foibles : on dit vn
cheual iartier, lors que les deux jarrets touchent presque l'vn à l'autre : on dit vn cheual brachicourt, lors
qu'il a les iambes arquées : on dit vn cheual bouté , lors
qu'il porte la jambe comme s'il estoit estropié : on dit
vn cheual harper, lors qu'il porte les iambes en auant
tout d'vne piece : on dit vn cheual chanfrin, lors qu'il a
vne litre blanche qui trauerse le long de sa teste iusques
au bout du nez : on le nomme belle face, lors qu'il a le
deuant de la teste blanc : on le nomme zain , lors qu'il
n'a aucune marque blanche : on le nomme pie, lors qu'il
a du blanc auec du noir, ou tout autre poil : on le nomme obere, lors que son poil est meslé de differentes
teintures : on le nomme arzel , lors qu'il a vne balzane
blanche au pied de derriere hors le moutoir : on le nomme grosse encolure, lors qu'il en est beaucoup chargé :
on le nomme bien effilé, lors qu'il a l'encolure déliée,
longuette & bien tournée : on le nomme entre deux
tailles, lors qu'il n'est ny grand ny petit : on le nomme
ragot & goussault, lors qu'il est bas & fort de son dessous : on le nomme collosse, lors qu'il est par trop
grand & fort : on le nomme courcier, lors qu'il est de
raisonnable grandeur & bien proportionné en sa taille :
on le nomme genet, lors que c'est vn cheual d'Espagne
petit & tres-bien fait : on dit vn cheual bien auantageux, lors qu'il est de belle taille, l'encolure bien releuée, & le corsage beau : on dit vn cheual bien confirmé, lors qu'il est tres-certain en son manége : on dit vn

cheual en eftat d'eftre dreffé, lors qu'il galope vny, la
tefte ferme & bien placée.: on le qualifie du nom de
gentil cheual, lors qu'il a action, gentilleffe, legereté
& foupleffe: on dit ce cheual fe prepare bien, & prend
vn bel air à courbettes: on dit ce cheual a force & legereté, & prend de beaux temps de volte: on dit ce cheual
fait des paffades, qui femblent à toute furie, fans toutesfois s'emporter ny forcer la main, & prend ces trois
temps au bout de fa courfe fans paroiftre fur les épaules:
quelque changement que faffe ce cheual, il fe trouue
inceffamment fur le bon pied & dans la main: quelque
redoublement ou petite volte que trace ce cheual, il fe
trouue toufiours dans l'égalité de fon terrain fans perdre vn poulce de terre & fans changer de pied: cét homme & ce cheual s'accordent fi bien enfemble, que l'on
diroit qu'ils font également doüez de raifon, puis que
le cheual ne fait pas vn temps fans le congé de fon
maiftre, & le Caualier s'accommode fi iuftement à ces
temps, qu'il femble qu'ils n'ont qu'vn mefme deffein.
Si l'adreffe du cheual paroift, l'aifance du Caualier fe fait
auffi admirer en ce qu'il femble qu'il fe ioüe en le faifant
manier. Ce corps droit, cette main ferme, ces iambes
bien tenduës, cét accord de main & de talon fi regulierement obferués, ne laiffent pas perdre vn temps de la
cadence, de la mefure, & de la iufteffe. La methode de
ce Caualier me furprend, en ce qu'il ne fait rien fans en
donner raifon. Sa bonne grace à enfeigner fes Efcoliers
me furprend, fa facilité à s'énoncer m'étonne, & fa
douceur à parler à ces Efcoliers me furprend. Ces leçons font pleines de doctrine, ces enfeignemens beaux

coup intelligibles, sa methode est nette & aisée à
conceuoir. Lors que le cheual se retient, on dit baissez
la main, ou chassez vostre cheual en auant. Lors qu'il
s'abandonne, on dit soustenez vostre cheual. Lors qu'il
se veut échaper malgré vous, on dit tenez la main ferme. Lors que l'on a dessein de le faire leuer, on dit appellez vostre cheual de la langue, donnez l'ayde de la
gaule, en soustenant vn peu la main, & l'aydez du gras
des cuisses, s'il ne leue pour le souflement de la gaule.
Lors que le cheual demeure, on dit animez vostre cheual. Lors qu'il a trop de fougue, on dit appaisez vostre
cheual, & luy ostez l'impatience. Lors que le cheual se
precipite, on dit ne vous laissez pas surprendre, preue-
nez sa fougue, & commencez de pas, le laissant accommoder à loisir. Lors qu'il galope faux, on dit donnez
du talon du dehors, afin de remettre vostre cheual sur
le bon pied : on dit ne chastiez pas vostre cheual à contretemps : on dit voyez d'accorder si bien la main & le
talon, que le cheual n'aye pas lieu de déplaisir : on dit
pour bien guider vn cheual, il faut que le iugement
agisse, que le Caualier soit prudent, & les aydes ou
chastimens donnez à propos, & dans le mesme temps
que la faute est commise : on dit donner haleine à vn
cheual & le caresser : on dit comme il ne faut pas outrer
vn cheual en le trop trauaillant, qu'il ne faut pas aussi
le trop épargner, mais prendre la moitié de ses forces :
on dit le Caualier doit estre tousiours nerueux & vigoureux, mais cela doit estre reglé selon la nature du cheual plus ou moins violent : on dit que quoy qu'il faille
estre hardy à cheual, il ne faut pas neantmoins trauail-
                                                    ler

ler à l'étourdy & sans iugement : on dit qu'il ne faut iamais que le bon Caualier chastie son cheual en colere :
on dit n'abusez ny de la force ny de l'haleine de vostre
cheual : on dit secourir vn cheual, lors que l'on luy
donne l'ayde à propos & dans le temps : on dit tenir vn
cheual dans la main & les talons, lors que l'Escolier
l'empesche de faire quelque action outre sa volonté :
on dit sentir vn cheual dans la main & sur les hanches,
lors que la bouche paroist legere & la gourmette lasche :
on dit vn cheual estre dans la main, lors que la bouche
est legere, les barres sensibles, & qu'il est sans cesse
dans le vray appuy sans déplacer sa teste : on dit le cheual auoir la bouche bonne, lors qu'il obeït auec facilité à la main sans refuser le poin de la bride : on dit le
cheual auoir la bouche loyale, lors qu'il s'échape de la
main auec franchise & liberté, qu'il arreste ou pare
sur les hanches sans repugnance, & marque vne courbette ou plus à son arrest : on dit le cheual auoir la bouche asseurée, lors qu'il ne sort point de la main, & qu'il
ne donne iamais vn coup de teste : on dit le cheual auoir
la bouche fine, lors qu'il s'arreste pour le moindre soû-
tien de la main, ou mesme sans autre chose que mettre
le corps en arriere : on dit le cheual auoir la bouche forte lors qu'il emporte le Caualier : on dit le cheual auoir
la bouche à pleine main, lors qu'il l'a ferme à ce poinct,
qu'il la force, sans toutesfois s'emporter, & ne laisse
pas d'obeïr : on dit le cheual auoir la bouche fausse, lors
qu'il fait trébucher le mors, qu'il le fait balotter dans
sa bouche, & que son incertitude l'empesche d'obeïr à
l'embouchure : on dit le cheual auoir la bouche desa-

C

greable, lors qu'il n'a aucune creance à l'apuy de la
main, qu'il n'y demeure point, & qu'il fait fans cefle
quelque mauuaife action : on dit le cheual trauailler
hors la main, lors que la bride ne luy fert de rien : on dit
le cheual s'armer, lors qu'il baiffe le nez & fait appuyer
le bas de la branche contre fa poitrine : on dit le cheual
porter au vent, lors qu'il fort de la main & leue la tefte :
on dit le cheual boire fon mors & fe deffendre des lévres
lors qu'il prend la branche auec icelles, & qu'il fait cette mauuaife action : on dit le cheual rengorger fa langue, lors qu'il la retire iufques dans le gofier : on dit vn
cheual tic ou auoir le tic, lors qu'il s'amufe à mordre &
pouffer des dents contre la mangeoire au lieu de manger : on dit vn cheual ladre, lors qu'il a le bas du nez &
les lévres deffus & deffous blanches, & qu'il fe couche
dans l'eau : on dit renfermer vn cheual, lors que l'on
luy fait clore vne paffade : on dit renfermer vn cheual du
talon droit : on dit le renfermer du talon gauche : on dit
le renfermer pour changer de main : on dit renfermer le
cheual dans l'extremité des angles : on dit croifer vn
cheual : on dit allegerir vn cheual : on dit animer vn
cheual fans le pouffer : on dit eftrapaffer vn cheual : on
dit donner des coups de brides ou efbrillades à vn cheual : on dit s'attacher trop à la bride, lors que l'on ofte
la liberté au cheual : on dit n'auoir point de main, lors
que l'on ne s'en aide pas à propos : on dit n'auoir point
de jarrets, lors que l'on demeure mol fans force & vigueur : on dit auoir de bons jarrets, lors que l'on eft vert,
vigoureux, & toufiours en eftat d'ayder & fecourir fon
cheual : on dit vn bel homme de cheual, lors qu'il eft

bien planté & bien logé dans la felle, fans quitter fa pofture lors que le cheual manie : on dit vn bon homme
de cheual lors qu'il le fait bien manier, & qu'il en tire
ce qui s'en peut tirer, quoy qu'il ne foit pas bel homme
de cheual : on dit vn homme bien fage & prudent à cheual lors qu'il trauaille auec tel iugement, qu'il ne demande rien de déraifonnable à fon cheual, ny outre fa
force & puiffance : on dit fe feruir bien à propos du caueffon : on dit entendre bien les cheuaux : on dit entendre bien les termes de l'art : on dit cét homme entend
bien la methode de monter à cheual, & en parle auec
connoiffance : on dit cette methode eft dautant plus
vtile qu'elle eft accompagnée de raifonnement, & ap-
puyée fur les bons principes : on dit ce cheual n'a point
de iambes, lors qu'il les a mauuaifes : on dit ce cheual
n'a point de bouche, lors qu'il n'obeït point à la main :
on dit vn cheual fans cœur, lors qu'il eft lafche & poltron : on dit vn cheual fans efperon, lors qu'il n'eft point
fenfible : on dit vn cheual fans memoire, lors qu'il ne
retient point ce que l'on luy fait fouuent pratiquer : on
dit vn cheual fenfible, lors qu'il a l'efperon friant &
delicat : on dit vn cheual auoir bonne force & bien
liante, lors qu'il l'employe au gré du Caualier fans fe
defendre : on dit vn cheual bien fur les hanches, lors
qu'il les baiffe, qu'il plie bien le nerf du iarret, & qu'il
refte dans la ligne de nature : on dit tenir les hanches
fujetes, lors que l'on tient la croupe dedans : on dit porter la croupe dehors, lors que le cheual la veut mettre
dedans, & que l'on luy donne du talon contraire pour
la mettre dehors : on dit faire cheminer les épaules &

C ij

les hanches également, lors que la main commence
l'effet, & que l'aide de l'esperon suit immediatement
apres: on dit laisser traisner les hanches lors que le cheual se desvnit: on dit ce cheual ne plie point les hanches
manque d'estre soustenu: on dit faire diligenter vn cheual sur les voltes, lors qu'il est si iustement pressé & soû-
tenu, qu'il va extrémement viste, sans toutesfois s'a-
bandonner sans oster les hanches, & qu'il garde la cadence, la mesure & le terrain: on dit porter vn cheual
de costé sur l'égalité de deux lignes: on dit le porter de
costé en auançant: on dit aussi le porter de costé en reculant: on dit faire fuir les talons à vn cheual lors que
l'on le porte de costé d'vn talon sur l'autre: on dit plier
le col, la teste & les épaules à vn cheual, afin de le rendre libre: on dit rompre bien vn cheual au trot, lors que
l'on le trote souuent: on dit assouplir les épaules à vn
cheual lors qu'il les a dures & engourdies: on dit confirmer vn cheual en ces leçons, lors que l'on les luy fait
souuent pratiquer: on dit acheuer vn cheual, lors que
l'on luy donne les dernieres leçons de iustesse: on dit
faire manier vn cheual iuste, lors que la piste, la mesure
& la cadence y sont obseruéz: on dit vn cheual iourna-
lier lors qu'il manie tantost bien tantost mal: on dit vn
cheual incertain, lors qu'il n'est pas encore confirmé &
bien asseuré de ce qu'il doit faire: on dit vn cheual se
broüiller, lors qu'il se precipite & ne fait rien que par
hazard: on dit vn cheual mal mis & mal commencé, lors
qu'il fait des voltes & qu'il ne sçait ny troter ny galoper:
on dit vn cheual sçauoir tout & ne sçauoir rien, lors
qu'il fait quelque temps de voltes, & ainsi des autres

airs sans connoissance certaine d'aucun : on dit manier
vn cheual de mauuaise grace , lors qu'il porte la teste de
trauers , qu'il pisse ou branle la queuë : l'on dit vn cheual faire la volte couchée lors qu'il se panche du costé
qu'il manie : on dit vn cheual manier, acculé ou entablé
lors que l'on souffre que les hanches cheminent deuant
les épaules : on dit vn cheual desordonné , lors qu'il ne
garde ny piste ny cadence : on dit vn cheual bien fermer sa passade , lors qu'il se trouue iuste sur sa ligne apres
auoir marqué les temps de la passade : on dit vn cheual
faire contretemps, lors qu'apres auoir leué le deuant, il
fait vn second élans contraire , & ruë parmy ce desordre : on dit vn cheual sauter à temps, lors qu'il garde la
mesure & la cadence de quelque air qu'il commence :
on dit vn Escolier prendre bien le temps , lors qu'il s'ac-
corde aux mouuemens du cheual tels qu'ils soient : on
dit vn Escolier garder le contrepoid, lors qu'il n'est
point ébranlé & qu'il ne perd point l'assiette, pour quelques sauts ou contretemps que fasse le cheual : on dit
vn cheual s'échaper, lors qu'il se transporte malgré le
Caualier : on dit le cheual faire l'enguillade , lors qu'il
se plie comme vn serpent & qu'il veut faire malice :
on dit vn cheual faire le dos de chat , lors qu'il s'éleue
les reins en sautant d'vne piece : on dit le cheual faire
carracoles , lors qu'il tourne d'vne main à l'autre , sans
garder aucun ordre : on dit le cheual serpeger , lors qu'il
trace des quarts de tours continus dans vne longueur
de chemin , & qu'il reuient de la mesme sorte : on dit le
cheual s'égayer & faire le poulain , lors que commençant son manége il est si gaillard qu'il saute & bondit,

comme s'il se ioüoit dans vn pré sans personne dessus :
on dit vn cheual faux marqué, quand par l'artifice du
Mareschal il paroist en l'aage de six ans, bien qu'il en
aye dix ou douze ou plus : on dit vn cheual baigu, lors
qu'il a toute sa vie de petites marques noires sur les
dents, que l'on nomme charbon : on dit vn cheual employer bien sa force lors qu'il manie vertement & des-
quine sans sauter ny se defendre : on dit vn cheual des-
quine lors qu'il a les reins bons : on dit ce cheual a vne
belle carriere, lors qu'il est fort viste : on dit ce cheual se
retient, lors qu'il ne donne pas ce qu'il peut de bonne
volonté : on dit le cheual s'écarter ou s'égarer, lors qu'il
ne suit pas vne ligne droite dans la longueur de sa cour-
se : on dit vn cheual faire vn manége sans regle & sans
methode, lors qu'il fait des sauts mal vnis, & qu'il n'en
continuë pas deux ou trois de semblable air ou cadence : on dit vn cheual esclame ou estrac, lors qu'il a peu
de flanc & de boyau : on dit vn cheual poussif, lors qu'il
bat du flanc & qu'il perd l'haleine : on dit vn cheual
morueux, lors qu'il iette vne matiere verte & époisse
par les narines : on dit vn cheual lunatique, lors qu'il
perd presque la veuë au decours d'icelle, & qu'il la re-
couure en son plein : on dit vn cheual razé, lors qu'il ne
marque plus : on le dit sillé, lors qu'il a les sourcils
blancs.

Sentences & Raisons pour l'éclaircissement de l'Art de monter à cheual.

CHAPITRE TROISIE'ME.

Sentence. LA posture du cheual doit estre en sorte, qu'il reste incessamment en sa liberté naturelle planté droit sur ces quatre iambes, depuis la premiere leçon que l'on luy donne, pour quelque air ou manége que ce soit, iusques à la derniere.

Raison. C'est d'autant que c'est dans le commencement que les cheuaux prennent la bonne ou mauuaise habitude.

S. Il faut que le cheual entame le chemin du pied droit lors qu'il galope sur vne ligne droite allant & venát.

R. C'est que lors qu'il commence du pied gauche ou change de pied, il se desvnit & galope faux.

S. Lors qu'il galope sur les quatre lignes à main droite, c'est sans cesse le pied droit qui entame ou commence le chemin, & lors qu'il galope à main gauche, il faut que ce soit le pied gauche qui entame le chemin.

R. C'est que si galopant à main droite, la jambe gauche commençoit le chemin, il faudroit qu'elle passast sur la droite, & lors le cheual seroit gesné de mauuaise grace & galoperoit faux, & par mesme raison si galopant à gauche il entamoit le chemin du pied & de la hanche droite, il commettroit la mesme faute.

S. Le cheual peut galoper faux deuant aussi bien que derriere, & quelquefois des deux ensemble, mais pour l'ordinaire il se desvnist plûtost derriere que deuát.

R. C'eſt que la conduite de la main a tout autre effet que l'ayde du talon; & comme le cheual eſt guidé, auerty & chaſſé en auant, il a moins de lieu de prendre faux deuant que derriere.

S. Lors qu'vn cheual porte la teſte dehors en maniant, il portera ſans doute la hanche dedans.

R. C'eſt que le cheual faiſant par cette action le col roide, comme la teſte s'égare d'vn coſté, il faut que la croupe marche la premiere.

S. Lors que le cheual galope ſur les épaules, il ne peut auoir la bouche loyale.

R. C'eſt que le manque de ſoupleſſe l'oblige à s'appuyer ſur le mors, & dés ce moment la bouche ne peut auoir de liberté.

S. Lors que le cheual peſe ou tire naturellement à la main, il ne peut qu'il ne galope abandonné.

R. C'eſt que la teſte & les épaules ſe trouuans plus peſantes que la croupe, le plus grand fais emporte le moindre, ſi bien qu'il a recours à la cinquiéme iambe, qui eſt la bride.

S. Lors que le cheual a les pieds & les reins foibles, il a rarement la bouche bonne.

R. C'eſt que ne ſe fiant en ces pieds ny en ces hanches, il s'appuye inceſſamment ſur la bride.

S. Lors que le cheual a bons pieds & bonne hanches, il doit auoir bonne bouche.

R. C'eſt que les bons pieds, la force de reins & les bonnes hanches, donnent vne vigueur & vn ſouſtien ſi bien enſemble, que le cheual ſentant ſon cœur ne s'appuye iamais ſur la bride.

                                            S. Tous

S. Tous les manquemens que font les cheuaux en leur manége, leur viennent par trois moyens, par le defaut de nature, par l'habitude, ou par la faute de celuy qui les a commencez.

R. Lors que la Nature se trouue totalement defectueuse, l'Art à peu de puissance; chacun sçait que l'habitude est vne seconde Nature; si bien que l'vn & l'autre se rendent plus ou moins dangereux, selon que l'Escuyer est plus ou moins sçauant.

S. Tant plus vn cheual est sur les hanches, & plus il doit auoir la bouche agreable.

R. C'est que mieux il est sur les hanches, & plus il est leger à la main, & il ne peut estre leger à la main sans auoir la bouche bonne.

S. Lors que le cheual galope alongé & beaucoup étendu, il porte rarement en bon lieu, c'est vn grand signe de lâcheté, & foiblesse de reins & de iambes.

R. C'est que son peu de cœur donne lieu à sa teste de se déplacer manque de vigueur pour la souftenir.

S. Lors que le cheual est deliberé, vny & bien ensemble, il doit estre tres-propre au manége.

R. C'est dautant que toutes ces actions rendent témoignage de sa force & de ces esprits.

S. Lors qu'vn cheual paroist paresseux, lent, sans s'animer, & qu'il ne témoigne aucune action, il fait assez connoistre qu'il n'est guere propre au manége.

R. C'est que ce sont toutes les marques qu'il est sans esprit, qui est ce qui donne le cœur, & n'y en ayant point par les signes exterieurs, il ne peut estre que lasche.

D

S. Lors qu'vn cheual paroift inquiet, plein de feu &
d'emportement, il eft d'ordinaire colere, capricieux &
defobeïffant.

R. C'eft que de l'inquietude & du feu naiffent la colere, qui fe conuertit en caprice, & de là s'engendre la
defobeïffance.

S. Lors que le cheual au lieu d'obeïr au chaftiment
s'arrefte tout court, faifant des poftures comme s'il fe
vouloit laiffer choir, c'eft vn figne éuident que fa colere
eft prefte d'éclater, & qu'il penfe à faire vne efcapade
extraordinaire.

R. C'eft que fon defefpoir eft fi grand de ne pouuoir
iouïr de fa defobeïffance, qu'il confulte à fa façon de fe
défaire de fon homme, deuft-il fe precipiter.

S. Lors que le cheual à vn regard furieux & farou-
che, qu'il paroift toufiours en colere, c'eft vn figne
qu'il eft ramingue, ou de deux cœurs.

R. C'eft que cette inquietude qui paroift en ces yeux
accompagnée de ce feu, témoigne la varieté de fon
humeur en toutes ces actions, puis que fon caprice ne
le conduit ou fa fantaifie le porte.

S. Lors que le cheual paroift docile, qu'il témoigne
prendre plaifir d'eftre flaté, qu'il a vn regard doux, & fe
montre familier, c'eft vne marque infaillible de la douceur de fa nature & obeyffance.

R. C'eft que les fignes exterieurs des animaux ne
font pas fi fujets à manquer que ceux des hommes, dautant qu'ils ne poffedent pas la faculté de diffimulation.

S. Lors que le cheual eft defvny, il trauaille de mauuaife grace, incommode le Caualier, & eft toûjours en
danger de s'abatre.

R. C'eſt que n'entammant pas le chemin du bon pied, il n'eſt pas droit ſur ces iambes, & de ce defaut naiſſent les deux autres.

S. Lors qu'vn cheual eſt vny, il galope de bonne grace, laiſſe le Caualier à ſon aiſe dans ſon aſſiette, & n'eſt point en danger de s'abatre.

R. C'eſt que trauaillant de cette ſorte il eſt dans ſon centre, ayant le deuant en l'air & la croupe baſſe; & comme il eſt aſſis, il ſe trouue en ſeureté & ne ſçauroit tomber.

S. Tous les cheuaux de cœur & de force ſe defendent ordinairement; mais lors qu'ils ſont reduits, ils valent mieux que les autres.

R. C'eſt que comme la force & la violence du bon vin ſe conuertit en douceur & bonté apres auoir boüilly & ietté ſon écume, tels cheuaux apres auoir conuerty leur eſquine en obeïſſance, ne l'employent que pour contenter leur maiſtre.

S. Lors que le cheual a peu ou point de force & malice, qu'il ſe trouue ſans aucune fierté & deſobeïſſance, il donne peu de plaiſir à ſon maiſtre; ſon manége eſt touſiours lent & deſagreable.

R. C'eſt que lors qu'il manque d'eſprit, il ne peut auoir cœur, gentilleſſe, ny force, qui ſont les choſes requiſes à l'agreément du manége.

S. Lors que le cheual à la braye étroite, le canal ſerré, & la bouche petite, il eſt rare lors qu'il porte en bon lieu.

R. C'eſt que la proportion n'eſtant gardée en aucune de ces parties, il ne peut bien loger ſa teſte.

D ij

S. Lors que le cheual se rencontre auoir la bouche peu fenduë, les barres aiguës, la sousbarbe maigre; il a d'ordinaire la bouche tendre & porte au vent.

R. C'est que l'embouchure & la gourmette ne pouuans trouuer leur vraye situation, le cheual patist incessamment, ce qui l'oblige à branler la teste & begayer.

S. Il ne faut iamais chastier vn cheual sans besoin & à contretemps.

R. C'est que si vous en vsez de la sorte, vous le rebutez, & faites qu'il ne vous obeïra plus.

S. On doit toûjours auoir grand soin de bien accorder la main & le talon, sçauoir que la main commence, & que le talon suiue immediatement apres.

R. C'est que sans cette concordance le cheual ne peut estre certain de ce qu'il fait.

S. Pour bien guider vn cheual, il faut que le iugement agisse le premier, & que les aydes & la vigueur accomplissent le reste.

R. C'est que sans le iugement nous ne pouuons bien faire agir le reste de nos actions.

S. Il faut toûjours donner haleine, & flater vn cheual apres l'auoir trauaillé.

R. C'est que le repos & l'haleine donne de nouuelles forces, & la flaterie luy fait connoistre qu'il a bien fait & contenté son maistre.

S. Comme il ne faut pas outrer vn cheual en le trauaillant auec imprudence, il ne le faut pas aussi si peu trauailler, qu'il ait lieu de se preualoir de sa force pour se deffendre.

R. Si vous le trauaillez trop, vous luy ostez le cœur,

& le peu de trauail le rend vicieux & fans haleine.

S. Le Caualier doit eftre nerueux & vigoureux, mais cela doit eftre reglé felon la nature du cheual plus ou moins violent.

R. Si le cheual eft plein d'ardeur, de courage & de feu, & que le Caualier employe fans befoin fa vigueur & fa force, ce mauuais concert defefperera le cheual.

S. Quoy qu'il faille eftre tres hardy à cheual, il ne faut pas neantmoins trauailler fans iugement & à l'étourdy.

R. C'eft que fi cette hardieffe n'eft accompagnée de prudence & de iugement, le cheual & l'homme courroient rifque de ne s'accómoder pas fouuent enfemble.

S. Il ne faut iamais abufer de la force ny de l'haleine de fon cheual.

R. C'eft qu'vn cheual à bout & épuifé de force & d'haleine, ne peut rien faire qu'à regret & de mauuaife grace.

S. Il ne faut iamais que le bon Caualier chaftie fon cheual par colere.

R. C'eft qu'il n'y a rien qui faffe la difference entre l'homme & la brute que la raifon, & chaftier vne befte par colere n'eft pas eftre raifonnable.

S. La pratique eft fans doute le fondement de l'art de monter à cheual, mais la theorie eft fon plus bel ornement.

R. C'eft dautant que la pratique nous rend capables d'agir, de bien faire manier les cheuaux & les dreffer, mais la theorie nous en enfeigne les vrais termes, & le moyé d'en parler auec connoiffance & en beau langage.

S. Il eſt impoſſible de bien pratiquer l'art de monter à cheual, ſans auoir premierement dans l'imagination ce que nous deuons executer.

R. C'eſt que le ſens commun veut que noſtre eſprit commence aux parties agiſſantes de noſtre corps d'accomplir ce qui s'eſt formé dans noſtre intellect, & alors on l'execute auec la connoiſſance de l'eſprit & du corps.

S. Il eſt impoſſible de faire quoy que ce ſoit ſans en auoir la connoiſſance.

R. C'eſt qu'il n'y a que la connoiſſance qui nous donne le moyen d'accomplir nos deſſeins.

S. Il eſt neceſſaire que la connoiſſance precede nos actions, tant en l'art de monter à cheual, qu'és autres exercices.

R. C'eſt que la connoiſſance nous donne la preuoyance, & la preuoyance nous empeſche de commettre des fautes en noſtre deſſein.

S. L'explication de ce qui ſe pratique dans tous les arts eſt tellement neceſſaire, qu'il eſt impoſſible de les poſſeder ſans eſtre parfaitement inſtruits de l'intention de l'Autheur.

R. C'eſt que comme des pretendans à quelque ſcience que ce ſoit, ne ſont pas ſi éclairez que celuy qui la poſſede & qui en écrit, il eſt ſans doute beſoin de l'explication de l'autheur, pour la rendre palpable à ceux qui la deſirent ſçauoir à fonds.

S. Comme l'exercice de monter à cheual eſt le plus beau de tous, & le plus vtile, il eſt auſſi le plus difficile.

R. C'eſt que le moindre de ces effets dépend du iugement, & ainſi il occupe l'eſprit, la pratique en eſt longue, les termes assez difficiles à entendre, & les regles fort incertaines, & ainsi il faut trauailler selon les occasions, ce qui le rend fort épineux.

S. Il faut trauailler la ceruelle des cheuaux, leur faisant conceuoir auec patience ce que l'on leur demande.

R. C'est que par ce moyen on ne les desespere pas, & que l'on leur conserue les iambes.

S. L'Escolier peut apprendre sur toutes sortes de cheuaux, pourueu que l'Escuyer soit habile homme.

R. C'est que l'on peut sur tels cheuaux que ce soit donner l'assiette, la posture & les principes, qui est ce que l'on doit principalement sçauoir.

S. Il n'est pas necessaire de faire monter des cheuaux dressez aux nouueaux Escoliers.

R. C'est que l'enuie qu'ils ont de les faire manier leur fait perdre la posture & trauailler de mauuaise grace.

S. Il ne faut iamais rien faire executer à vn Escolier au delà de ses forces.

R. C'est que si l'Escolier n'est pas capable de ce que l'on luy demande, on ne le doit pas esperer de luy.

S. Il ne faut iamais auancer vn Escolier qu'il n'entende les principes de l'art.

R. C'est que l'on luy embroüille la ceruelle, & au lieu de l'auancer on le retarde.

S. L'Escolier doit laisser à son Escuyer l'œconomie & la conduite de son trauail, sans s'enquerir quels cheuaux il trauaille, ny pour quelle raison.

R. C'est que l'Escuyer sçauant sçait mieux le talent de son Escolier que luy-mesme, & ainsi il en vse selon sa conscience.

S. L'Efcolier ne doit iamais prendre aucune vanité, quoy qu'il trauaille bien.

R. C'eft qu'il n'y a rien que la prefomption & la bonne opinion que nous auons de nous-mefmes, qui nous empefche d'eftre honneftes gens.

S. Le Cauallier raifonnable ne doit jamais demander à fon cheual ce qu'il ne fçait pas faire, auant le luy auoir fait pratiquer & comprendre.

R. C'eft qu'il n'y a rien qui rebutte plus les cheuaux, que de leur demander dés l'abord, ce qu'ils ne fçauent pas.

S. Les cheuaux refufent ordinairement leur maiftre, manque de connoiftre ce que l'on leur demande.

R. C'eft que comme j'ay dés-ja dit, il faut que la connoiffance precede nos actions.

S. Les cheuaux fe mettent volontiers en colere, lors que l'on commence à leur demander quelque chofe de iufte.

R. C'eft que comme ils n'y font pas accouftumez, cette nouueauté les furprend, & leur preuoque l'inquietude & la colere.

S. Tous les fauteurs generalement parlant font coleres, & fe rebuttent beaucoup plus fouuent que des airs releués ou terre à terre.

R. C'eft que la contrainte & la douleur qu'ils fenrent en cét air violent, fe marie auec la colere; la colere auec le déplaifir; & ce déplaifir leur donne vn chagrin qui les oblige au défefpoir; Et ainfi ils fe rebuttent, & ne fautant que par caprice.

S. Vn cheual de force mediocre, eft ordinairement

plus

plus vifte que celuy qui a plus de reins.

R. C'eft que celuy qui a peu de force, n'ofe contefter, & s'en va de viteffe ; & celuy qui a grand force, fe fie en ces reins, & s'amufe à fauter pluftoft qu'à s'étendre.

S. Vn cheual de mediocre force & plein de bonne volonté, vaut beaucoup mieux pour la guerre, que ce-luy de force & de grand efquine.

R. C'eft qu'il fuffit d'auoir fon ennemy à combattre, fans auoir encore fon cheual à vaincre.

S. Les cheuaux ont toûjours affez de force pour le manége ; mais ils manquent de cœur, de vigueur & de legereté.

R. Puis que c'eft la legereté, le cœur, la foupleffe & la vigueur, qui font les parties plus neceffaires pour le manége ; Il s'enfuit que fi vn cheual poffede ces qua-litez qu'il a toûjours affez de force pour y reüffir.

S. On peut mieux reüffir à dreffer vn cheual plein d'efprits & de feu, quoy que colere & capricieux, que celuy qui feroit fans efprits & fans feu ; bien que docile & de bonne nature.

R. C'eft que celuy qui eft plein d'efprits, ne peut qu'il ne foit mis à raifon par vn bon Efcuyer, & à lors il em-ploye fa force à bien, & donne grand plaifir : Et celuy qui eft fans efprits (quoy que bien dreffé) témoigne toû-jours lâcheté & moleffe en toutes ces actions.

S. Tous les cheuaux de force extraordinaires font rare-ment agreables en leur manége, & leur manége n'eft pas le terre à terre.

R. C'eft que cette force ne s'abaife & ne s'vnit que peu fouuent, ce qui les empefche de couler, & faire la diligence requife au terre à terre.   E.

S. On doit inceſſamment flatter le cheual, & luy donner haleine, lors qu'il a obey, & le recompenſer d'herbe ou de pain.

R. C'eſt que cette careſſe luy fait connoiſtre qu'il vous a contenté, & la récompenſe l'oblige à continüer ſon obeiſſance, afin d'auoir toujours quelque choſe.

S. Le meilleur moyen de dreſſer vn cheual, eſt de luy faire connoiſtre que le Caualier eſt ſon maiſtre, afin qu'il le craigne & l'aime.

R. C'eſt que la crainte fait obeir, & l'amitié fait continüer la crainte.

S. Le bon & prudent Caualier ſe doit accommoder autant qu'il le peut, à ſuiure l'inclination de ſon cheual en l'air qu'il connoiſt qu'il veut prendre.

R. C'eſt qu'il eſt auſſi difficile aux beſtes qu'aux hommes, de forcer leur inclination naturelle.

S. Lors que l'on connoiſt vn cheual de mauuaiſe bouche, qui s'emporte par colere, & ſans craindre le danger, il ne le faut iamais pouſſer ny abandonner, ſi ce n'eſt en pleine campagne.

R. C'eſt que le Caualier ſeroit ſouuent en danger de ſe bleſſer.

S. Lors que l'on laiſſe échaper vn vn cheual de la main, il faut inceſſamment guider droit ſans luy permettre de quitter la piſte de ſa ligne droite.

R. C'eſt que cela l'obligeroit à changer de pied & à ſe trauerſer, ce qui eſt contre l'ordre du beau-partir de main, qui doit eſtre continüé ſur vne meſme ligne, depuis le partir iuſques au parer, ou arreſt.

S. Lors que l'on tire vn cheual arriere, il doit reculler

auſſi droit qu'il a eſté chaſſé en auant.

R. C'eſt qu'il ſe trauerſeroit, & tout cheual qui ſe trauerſe, auançant ou recullant, ne peut rien faire de bonne grace.

S. On ne doit iamais permettre qu'vn cheual ſe ſerre,
mais il le faut conduire aſſez large, & l'eſtendre.

R. C'eſt que tous les cheuaux ſe ſerrent naturellement
aſſez d'eux-meſmes.

S. Le meilleur moyen de dreſſer vn cheual, eſt de luy
faire faire le contraire de ce qu'il veut.

R. C'eſt afin de les tenir toujours dans l'obeiſſance,
qui eſt la pierre de touche pour les dreſſer.

S. Il eſt vray de dire qu'il n'y a point de regles certaines
en l'art de dreſſer les cheuaux.

R. C'eſt que comme il ne s'en trouue pas deux de ſemblable nature, ny du meſme temperamment; il eſt neceſſaire que le bon Eſcuyer change de methode tout
autant de fois que ſon cheual inuente de nouuelles fan-
taiſies, & qu'il ſe ſerue à propos de differents moyens
pour eſſayer de le vaincre.

S. Le cheual doit toujours obſeruer le terrain, la cadence & la meſure de quelque air qu'il manie.

R. C'eſt que le manége ne peut eſtre iuſte, ny appellé
tel, ſi ces regles n'y ſont exactement obſeruées.

S. Le cheual que l'on dit bon & commode pour la
guerre, doit eſtre loyal, obeiſſant, auoir la bouche bonne & le cœur bon.

R. S'il n'eſt commode, le Caualier a peine à le ſouffrir:
S'il n'eſt loyal, il eſt toujours en doute de ſa fidelité: S'il
n'eſt obeiſſant, il n'oſera entreprendre de le faire paſſer

E ij

où il luy plaira : S'il n'a la bouche bonne, il ne le pourra guider felon fa volonté : S'il manque de cœur, il demeurera à la premiere bleffeure ou autre incommodité.

S. Le plus grand deffaut que puiffe auoir vn cheual, eft de s'aculer.

R. C'eft que tournant aculé, il eft inceffamment en eftat de refufer le poin de la bride.

S. Le cheual trottant, galopant ou maniant fur les voltes de deux piftes, doit toujours embraffer toute la volte, & paffer les épaules par les quatre coings de la volte.

R. C'eft que lors que telle figure que ce foit n'eft pas égale, ne gardant ny terrain, ny dimention, le manége ne peut eftre dit iufte ny dans l'ordre.

S. Pour dire vn manége iufte auec verité, & dans les regles, il doit eftre dans la main tres-vny bien enfemble, la tefte bien placée, les hanches pliées bien affis, & garder la cadence, la mefure & le terrain, tant qu'il manie.

R. C'eft qui ayant du deffaut en aucune de ces circonftances, le manége peut eftre dit paffable, mais non pas parfait.

S. Si vn cheual ne fçait bien trotter & galoper d'vne pifte fur les quatre lignes de la volte, il n'eft pas capable de bien & iuftement manier.

R. C'eft que ne poffedans pas les principes, il n'eft pas en eftat d'executer les dernieres leçons.

S. Lors que le cheual entend bien la belle galopade, & qu'il la pratique fans faute, il eft en eftat de bien manier.

R. C'eſt d'autant que la belle galopade eſt le fonde-
dement de tout ce qui ſe fait de iuſte,

S. Vn cheual ny peut iamais manier à ſon aiſe ny de
bonne grace, lorsqu'il ne plie point le nerf du iarret.

R. C'eſt qu'il n'eſt pas aſſis ſur les hanches, & ne l'e-
ſtant pas, il ne peut eſtre à ſon aiſe, ny manier de bonne grace.

S. Quelque changement de main que puiſſe faire vn
cheual, ſe nomme paſſade, pourueu qu'il paſſe & re-
paſſe par vn meſme endroit.

R. C'eſt d'autant que la vraye deffinition de la paſſade, eſt de paſſer & repaſſer par vn meſme chemin.

S. La belle methode, eſt celle qui eſt accompagnée
de démonſtration, & apuye ſur le raiſonnement.

R. C'eſt que tout ce qui fait ſans l'vne de ces parties
eſt tres ſujet au manquement.

S. Vne des bonnes parties de l'Eſcuyer, eſt de ſçauoir
bien s'énoncer.

R. C'eſt que ſans cette partie, l'Eſcolier a bien de la
peine à comprendre le deſſein de ſon Maiſtre.

S. Le raiſonnement de l'Eſcuyer rend l'Eſcolier ſçauant.

R. C'eſt d'autant qu'il n'y a point de leçon ſi efficace,
que celle qui frappe nos ſens par le raiſonnement.

S. Lors que le cheual qui connoiſt les aidés, galope
faux, on luy applique le tallon du dehors pour le remettre ſur le bon pied.

R. C'eſt qu'en luy donnant du tallon du dehors, il le
fuït, & le fuyant, il faut de neceſſité qu'il plie les hanches, ce qui le met ſur le bon pied.

S. Il eſt impoſſible de bien faire manier vn cheual, ſi on ne le ſent dans la main.

R. C'eſt que s'il manie hors la main, il manie ſans creance & ſans certitude.

S. Vn cheual qui manie ſans apuy, ne peut rien faire qui vaille.

R. C'eſt que la bride ne luy ſert de rien.

S. Vn cheual qui manie auec trop d'apuy, eſt ordinairement ſur les épaules.

R. C'eſt que n'eſtant pas aſſis, il faut de neceſſité qu'il peſe à la main, & qu'il ſoit ſans ceſſe ſur le deuant.

S. Le cheual que l'on nomme à pleine main, n'eſt pas à mépriſer.

R. C'eſt qu'il ne laiſſe pas d'obeir, & eſt plus commode, en ce que l'on luy offence moins la bouche, que s'il l'auoit plus delicate, & tous les hommes le peuuent faire manier pour peu ſçauans qu'ils ſoient ; ce qui ne ne ſe peut de ceux qui ont la bouche delicate & tendre.

S. Tout cheual qui a la bouche fauſſe, eſt touſiours deſagreable en ſon manége.

R. Cela parle de ſoy meſme, & nous dit que toute ce qui eſt faux, eſt de nulle valeur.

S. Tout cheual qui rengorge ſa langue paroiſt pouſſif, quoy qu'il ne le ſoit pas.

R. C'eſt que fermant le répy par ſa langue qu'il rengorge ou renferme dans ſon goſier, bouchant le paſſage à ſon haleine, il faut de neceſſité qu'il ſouffle, comme s'il eſtoit pouſſif.

S. On ne peut allegir vn cheual que par le moyen du trot & du caueſſon.

R. C'eſt que le trop le délie, & luy dégourdiſt les iambes, & le caueſſon le ſouſtient.

S. C'eſt vn grand deffaut au Caualier, de ſe laiſſer emporter à la colere, & de battre outrageuſement ſon cheual, & de trop trauailler.

R. C'eſt d'autant qu'il le rebute, & qu'il luy ruïne les iambes.

S. Il n'y a point de Caualier pour colere ou emporté qu'il ſoit contre ſon cheual, qui ne luy cede, lors que le cheual prenant la fougue à ſon tour, ſe deffend auec telle opiniâtreté, que le Caualier eſt forcé de quitter la partie.

R. C'eſt que l'eſprit le plus foible eſt touſiours le plus paſſionné.

S. Lors que le cheual a plus d'auerſion à vne main qu'à l'autre, il ne le faut iamais commencer à quelque manége que ce ſoit, que l'on ne le faſſe cheminer deux ou trois pas en auant, & que l'on ne le faſſe regarder en l'arreſtant du coſté qu'il aura auerſion.

R. C'eſt qu'il n'y a ny geſne ny contrainte en cheminant en auant, & que la couſtume de le faire regarder du coſté de ſon auerſion en l'arreſtant, le diuertiſt & l'empeſche de ſe rendre entier.

S. Les cheuaux ont ordinairement vne main plus libre que l'autre, que l'on appelle leur mignone; C'eſt à dire qu'ils coulent auec plus de facilité à vne main qu'à l'autre.

R. C'eſt que les cheuaux comme les hommes, ont naturellement plus de liberté à vne action qu'à l'autre.

S. Lors que le cheual n'eſt pas aſſis ſur les hanches,

il ne peut former fon arreft de bonne grace.

R. C'eft que ne pliant point le nerf du iarret, il faut
de neceffité qu'il s'appuye fur le deuant, ce qui l'oblige
d'arrefter fur les épaules.

S. Il faut tenir pour conftant que le fondement de
dreffer les cheuaux, eft de leur faire connoiftre, craindre & obeïr aux efperons.

R. C'eft que cette connoiffance les aduertit de ne
tomber plus en faute.

S. La main & le tallon bien concertés enfemble font
les arcs-boutans, comme les premiers mobiles, pour
bien & iuftement faire manier les cheuaux.

R. C'eft que puis que la main eft la premiere caufe
en la conduite du cheual, & que le tallon eft fon aide,
feconde caufe agiffante, le cheual ne peut bien manier
fans ces deux aides, & fans leur iufte concert & concordance.

S. L'vfage du caueffon eft l'vn des meilleurs moyens
dont l'on fe puiffe feruir, pour reduire & dreffer les
cheuaux.

R. C'eft que tous fes effects font bons, & qu'il leur
conferue la bouche, leur plie la tefte & le col.

S. Nous ne deuons rien tant defirer à la perfection
d'vn cheual, que la fenfibilité à la bouche & aux coftez,
qui ne peuuent eftre preferuez que par le caueffon & la
prudence du Caualier.

R. C'eft que lors que le Caualier n'a ny bonne main,
ny bonne ceruelle, le cheual ne peut conferuer, fa bouche ny ces coftez en bon eftat fans cette aide.

S. Il faut de neceffité que la gourmette foit vn peu
lafche,

lafche, pour dire vn cheual à fon aife, & bien dans la main.

R. C'eft que l'experience nous fait voir que lors que la gourmette preffe la fous-barbe, le cheual eft bleffé ou preffé, ce qui l'oblige de battre à la main.

S. La bonne methode de dreffer vn cheual, eft de luy plier la tefte, le col & les épaules.

R. C'eft que fi le cheual ne donne fa tefte, il ne peut iamais eftre bien libre.

S. Vn cheual doit eftre dreffé par les principes.

R. C'eft que l'on n'apprend rien aux hommes ny aux cheuaux, que par de bons fondemens & les regles generales.

S. On dreffe les cheuaux par deux motifs principaux, quant à eux, fçauoir la crainte & la récompence.

R. C'eft que lors qu'il a efté chaftié à propos, il craint le chaftiment, & lors qu'il obeït, il efpere la récompence.

S. Le principal but & le grand trauail d'vn Efcuyer, eft de mettre vn cheual dans la main & fur les hanches.

R. C'eft que fans cela tout noftre labeur eft vain & fans effect.

S. Tous les bons cheuaux refiftent ordinairement, & font difficiles à dreffer.

R. C'eft que comme ils ont beaucoup d'efprits, ils ont auffi plus de feu, ce qui fait qu'ils le deffendent tant qu'ils peuuent.

S. Les cheuaux ont leurs paffions comme les hommes, quoy que differamment.

R. C'eft que nous leur voyós poffeder l'amour, la haine,

l'appetit de vengeance, & mesme l'ambition, comme je le prouue en quelque endroit de mon explication.

S. Lors que le cheual n'est pas sur les hanches, il ne peut former son arrest de bonne grace.

R. C'est que ne pliant point le nerf du iarret, il faut de necessité qu'il arreste sur les épaules, ce qui ne peut estre de bonne grace.

S. Lors que quelque cheual que ce soit, aura plus d'aduersion à vne main qu'à l'autre, il ne le faut iamais laisser commencer quelque manége que ce soit, sans le chasser trois ou quatre pas en auant, ny l'arrester, que l'on ne le fasse regarder du costé qu'il aura auersion.

R. C'est qu'estant porté en auant, il n'y aura point de repugnance; d'autant qu'il n'est pas gesné: Et que le naturel des cheuaux, est d'aller en auant; & ainsi il perdra la fantaisie de se deffendre, lors qu'il connoistra que l'on ne luy demande rien contre sa volonté: Si bien que moitié par surprise, & l'autre par habitude, le faisant incessamment regarder du costé de son auersion en l'arrestant, l'obligera d'obeïr de volonté ou par coustume.

S. Il faut incessamment partir vn cheual droit & l'arrester droit, & le faire reculler aussi droit qu'il a auancé.

R. C'est que lors qu'il se trauerse en quelque action qu'il fasse, elle ne peut estre de bonne grace, ny dans les regles de l'Art.

S. Vn cheual doit fuïr les deux talons également pour bien manier.

R. C'est que sans cette circonstance, il manieroit plus viste du costé qu'il obeïroit mieux, ce qui ne serois pas garder sa cadence.

S. La main gauche est celle qui doit incessamment guider la teste, le col & les épaules du cheual.

R. C'est que la main droite est destinée pour deffendre les autres parties de l'homme, & la main gauche tout à fait commode pour conduire le deuant du cheual.

S. Les iambes sont particulierement destinées pour la condüite de la croupe & des hanches.

R. C'est que la main ne pouuant faire deux offices ensemble, il faut de necessité qu'elle aye vne aide, qui ne peut estre que les iambes.

S. L'Escolier ne doit iamais changer sa posture en aucun rencontre, mais principalement lors qu'il change de main.

R. C'est que cette action est desagreable & oblige le cheual à se desvnir & perdre sa piste.

S. On ne doit iamais manier vn cheual de quel air que ce soit, sans luy faire premierement connoistre ce que l'on luy demande en le passageant.

R. C'est qu'outre que cette maniere d'agir est de l'essence de l'Art, il maniera incomparablement mieux apres auoir esté passagé que lors que l'on le surprend auec precipitation.

S. Lors que vous sçauez, que tel cheual que ce soit, dressé ou non, aura eu sept ou huict iours de repos plus ou moins, ne luy demandés iamais rien de iuste ny de contraint à l'abord, mais galopés le simplement d'vne piste, puis selon la disposition en laquelle vous le trouuerés, vous vous seruirés de vostre iugement pour en tirer d'auantage.

R. C'est que cette maniere d'agir est d'vn homme

d'esprit & de sens, afin de luy abattre sa force, partie de sa malice, s'il en a, & ainsi le rendés dans l'obeissance ne luy laissant de force & de vigueur, que ce qu'il luy en faut pour manier agreablement.

S. Tous les cheuaux fougueux, courageux, tres-gaillards, ceux qui ont beaucoup d'ardeur, les impatiens, & ceux qui sont vn peu colorés, ne doiuent iamais estre mis sur les voltes à l'abord, quoy qu'ils les sçachent faire & soient dés-ja dressez.

R. C'est que cette precipitation de les faire si-tost manier sans connoissance, leur augmente la fougue, l'impatience & le reste, & ils ne manient que par desespoir & à regret; mais les ayant passagés auec patience, portés d'vn talon sur l'autre, & tirés plusieurs fois arriere, ils perdent partie de leur fougue & ardeur, & lors que vous connoissés leur quietude, & qu'ils prennent d'eux-mesmes; Alors vous les secourés selon l'Art, & en tirés ce qu'ils vous donnent auec plaisir & de bonne grace.

S. Le cheual est incessamment guidé de la main gauche, & il faut que la gaulle soit tenuë de la main droite.

R. C'est d'autant qu'elle represente la main qui tient l'espée, & qui doit faire les fonctions d'attaquer & se deffendre.

S. Il est tres-important que l'Escuyer se fasse bien entendre, que l'Escolier soit tres-attentif.

R. C'est afin qu'il obeisse precisement, où il perdroit le temps de l'aide du chastiment.

S. Le concert de l'Escuyer & de l'Escolier est necessaire entr'eux.

R. Afin que l'vn commande à propos, & l'autre execute ponctuellement.

S. L'Efcuyer fe doit auffi bien énoncer qu'enfeigner fidellement.

R. C'eft afin d'imprimer fon deffein en la memoire de ces Efcoliers.

S. L'Efcuyer doit eftre patient & moderé en ces a-ctions, & l'Efcolier tres-obeiffant.

R. C'eft que l'impatience de l'Efcuyer, rendroit l'Ef-colier timide, & ne trauailleroit qu'à regret & fans plai-fir.

S. L'Efcolier doit auoir entiere croyance en la fuffi-fance de fon Maiftre.

R. C'eft qu'il connoift mieux que luy, ce qui luy eft propre.

S. Il n'y a point de cheuaux pleins de force & d'efprits qui ne fe deffendant tout autant qu'ils le peuuent.

R. C'eft que leur cœur les porte contre la volonté de l'Efcuyer.

S. Le cheual ne doit pas manier par le fens de la veuë ny par celuy de l'oüye: mais par le fens du toucher.

R. S'il manie par la veuë, c'eft la routine du pillier; fi par l'oüye, c'eft le bruit de la chambriere ou l'Efcuyer qui l'anime; mais lors que c'eft par celuy du toucher, il manie dans l'ordre, puis que c'eft par la fenfibilité des coftez & bonté de fa bouche.

S. Lors qu'vn cheual a plus d'auerfion à vne main qu'à l'autre, il le faut fans ceffe conduire en auant, & ne le iamais finir fans le faire regarder du cofté de fon auerfion.

R. C'eft que n'eftant point gefné allant en auant, il n'y aura point de repugnance, & le faifant inceffam-

F iij

ment plier la teſte du coſté de ſon auerſion, il obeyra moitié par ſurpriſe, & l'autre par habitude.

S. La main gauche eſt celle qui conduit la teſte & les épaulles, les iambes guident ſans ceſſe les hanches.

S. On ne doit iamais changer de poſture, lors que l'on change de main.

S. On ne doit iamais mettre la main hors la volte ſans beſoin.

S. Il faut auoir la main comme lors que l'on porte vn oyſeau ſur le poin.

S. On ne doit iamais ouurir les iambes par excés.

S. On doit touſiours chaſſer le cheual en auant premier que le changer, le ſouſtenir en le changeant, & le pouſſer de rechef apres qu'il aura changé à la reſerue de ceux quis'emportent.

S. Dés le meſme moment que le cheual a la teſte là où vous deſirés d'aller, il le faut chaſſer en auant.

S. On doit inceſſamment tourner la main, & la porter du coſté que l'on deſire que le cheual porte la teſte.

S. Lors que le cheual veut s'échaper éperdüément, il le faut arreſter tout court, & le tirer cinq ou ſix pas arriere.

S. Si toſt qu'vn cheual refuſe la main, il faut incontinent prendre la reſne, & luy faire faire deux ou trois piroüettes de la teſte à la cuuée du coſté qu'il vous aura refuſé.

Les grands coups de gaule abattent les cheuaux, & les legers les releuent.

Le dedans de la volte eſt du coſté du centre ou pillier, & le dehors eſt du coſté de la circonference.

Lors que l'on a deſſein d'élargir le cheual, il n'eſt pas beſoin de porter la main hors la volte , mais la baiſſer ſimplement, approcher le talon du dedans, & le chaſſer en auant.

Les trois aides dedans pour tourner à droit, ſe font prenant la reſne droite, approcher le talon droit & la gaule dedans.

Les aides du dedans ſe font tours du coſté du dedans.

On renferme les cheuaux du talon dehors , & on les ouure ou élargit du talon dedans.

Il faut touſiours tourner la main vn peu deuant que de changer le cheual.

On ne doit iamais arreſter vn cheual dreſſé, ſans luy leuer le deuant au parer.

On doit inceſſamment eſtre preparé à ſecourir le cheual, le preuenant en ſa malice, afin d'y donner remede.

L'Eſcolier qui pretend eſtre quelque iour Maiſtre en cét Art , doit eſtre ſans incommodité de ſa perſonne, hardy ſans apprenſion , nerueux, fort, vigoureux, & ces actions guidées de iugement, ſageſſe, prudence ſans prendre vanité, quoy qu'il faſſe bien.

Le Caualier ne doit iamais déplacer la gaule en changeant de main , iuſques à ce que le cheual ſoit entierement changé dans ſa piſte & ſur le bon pied.

C'eſt que ce mouuement precipité le deſordonne, fait qu'il s'étreſſit ſans garder ſa piſte , & prend le plus ſouuent faux.

Lors que l'on trauaille ſur les paſſades iuſtes, le long vne ligne droite, il faut porter la gaule de dans, ſans la deplacer que lors que l'on a deſſein de faire marquer les trois temps qui la doiuent fermer.

R. C'eſt afin de tenir le cheual ſujet & renfermé : En
ſorte qu'il ſoit aidé, ſouſtenu & guidé dans l'ordre de
la iuſteſſe, qui ne peut eſtre ſans ces précautions.

DIALOGVE

DE L'AVTHEVR.

L'Eſcolier parle.

Demande. MONSIEVR, Ie vous ſupplie de me
dire le fondement de cét Art.

Reſponce. Ie vous diray qu'il y a trois choſes pour cela.
La premiere, eſt la tenuë ou la fermeté : La ſeconde,
l'vſage de la main : La troiſiéme, la guide des iambes.

Si vous n'auez la faculté de vous tenir, il ne faut
point parler d'eſtre homme de cheual, puis que le premier petit ſaut vous mettroit par terre ; fondement ou
principe ſans replique.

Secondement, Puis que le cheual eſt guidé par la
main, ſi vous n'auez la meſme faculté de vous en ſeruir,
vous eſte incapable de le conduire : Voila encore vne
raiſon conuaincante.

Tiercement, ſi les iambes n'ont la faculté de faire
agir les eſperons : Vous n'eſte point en eſtat d'aller ou il
vous plaiſt, connoiſſés donc ces trois choſes pour fondement

dement ce que vous m'auez demandé.

D. Ie voudrois bien sçauoir pourquoy il y a des Escoliers qui en apprennent plus en six mois que les autres
en vn an.

R. Il y a plusieurs causes de cela, c'est manque d'estre
bien instruits, manque d'affection pour son mestier, que
l'on n'a pas la semblable disposition que son camarade,
que l'vn manque d'assiduité, & l'autre y donne tous ces
soins.

D. D'où vient que l'on fait tousiours commencer les
cheuaux par le pas & le trot pour les dresser.

R. C'est afin de les accoustumer, les rendre legers,
souples ; & par ce moyen leur asseurer la teste, & prendre leur appuy.

D. D'où vient que les cheuaux aiment ordinairement
mieux galoper que trotter.

R. C'est d'autant qu'il n'y a que deux temps au galop, & qu'il y en a quatre au trot, donc le galop leur est
commode.

D. D'où vient que les cheuaux manient mieux au tour
du pilier, lors que l'Escuyer est derriere eux, que quand
il n'y a personne.

R. Bien que cela ne soit pas tousiours veritable, il y
a beaucoup de raisons qui les oblige à cela, le pilier leur
sert de guide, la presence de l'Ecuyer les anime, le bruit
de la chambriere les oblige de se haster, & la routine
les fait bien manier ; mais la chambriere ny l'Escuyer
n'y estant plus, il ne leur reste que la molesse d'vn mes-
chant Escolier, pour le plus souuent qui n'a ny vigueur
ny iarrets.

G

D. D'où vient qu'ils manient auſſi beaucoup mieux dans le couuert qu'à la campagne,

R. Il y a diſtinction en cette demande, & deux rai-ſons à vous dire ſur ce ſujet; La couſtume du couuert & ſa contrainte les tient plus reſerrez, ce qui les empeſche de s'échaper, ainſi ils manient par routine, & obeiſſent par habitude; mais lors qu'ils ſont en pleine campagne, l'eſpace & le grand air leur donne vne eſpece de fierté, qui leur fait prendre l'eſſor, & les empeſche d'obeir comme dans le couuert : Mais ſans doute la couſtume en cela en eſt la ſeule cauſe; car ceux qui ſont inceſſam-ment dans le couuert ne peuuent ny ne veulent point manier ailleurs; ce qui n'eſt pas fort à eſtimer : au con-traire ceux qui ſont dreſſez & accouſtumez à la campa-gne, haïſſent le couuert, ſe trouuent eſtonnez lors qu'ils y ſont enfermez, manient mieux & plus agreablement à la campagne; ce qui me ſemble beaucoup mieux.

D. Mais d'où vient qu'il y en a auſſi qui ne veulent point manier dans le couuert.

R. Cette queſtion eſt aiſée à reſoudre, ie viens de vous en dire vn mot en la precedente reſponce; ce ſont ceux qui n'y eſtant pas accouſtumez, ſe trouuent tellement geſnez de ſe voir renfermez, qu'ils ne reſpirent que l'air & leur liberté.

D. D'où vient que leſdits cheuaux manient mieux ſous les vns que ſous les autres, bien qu'ils ayent appris de meſmes Maiſtres & le meſme temps.

R. C'eſt que l'vn a plus de iugement qu'il a bien em-ployé le temps, & connoiſt mieux ſon air que l'autre.

D. D'où vient qu'vn cheual ruë, ſaute & fait deſordre

ſous vn Eſcolier, & eſt docile ſous vn autre qui n'a pas
plus appris que luy.

R. C'eſt que l'vn eſt mol & foible, n'a fermeté, vigueur ny aſſeurance, l'autre eſt hardy, vigoureux, le
chaſtie à propos lors qu'il veut ruer ou s'échaper.

D. D'où vient qu'vn cheual ſe deſvnit.

R. C'eſt manque d'eſtre ſouſtenu & aidé du talon
dehors.

D. D'où vient que les cheuaux de courbettes, traiſ-
nant quaſi tous les hanches & battent la pouſſiere.

R. C'eſt la faute du Caualier ou du cheual, & bien
ſouuent des deux enſemble; car ſi le cheual eſt mal mis
& naturellement laſche, il bat d'ordinaire la pouſſiere,
ſans qu'il y ait beaucoup de moyen de l'empeſcher, lors
auſſi que l'Eſcolier eſt ſans force & adreſſe, ne l'aidant
pas auec vigueur ny dans le temps, il ne peut qu'il ne
batte la pouſſiere; mais lors que le cheual eſt bien mis
nerueux & vigoureux, que le Caualier le ſecourt à propos, ce deffaut arriue rarement.

D. D'où vient que l'on aduertit inceſſamment vn Eſcolier d'auancer le coſté droit, puis que voſtre principe
veut qu'il aye les deux épaules également auancées.

C'eſt dautant qu'il y a tant d'occaſions de l'écarter de
l'oſter de la vraye ligne, ce qui cauſe mauuaiſe grace au
Caualier que l'on commande ſans ceſſe de l'auancer, afin
que ce continuel aduertiſſement donne habitude de les
auoir pour le moins égales.

D. D'où vient que le cheual ſe ſerre d'ordinaire plûtoſt qu'il ne s'eſtend ou eſtargit.

R. C'eſt que les beſtes auſſi bien que les hommes

cherchent (autant qu'ils le peuuent) leur commodité:
Si bien que le cheual croit amoindrir sa peine en abregeant son chemin.

D. D'où vient que le cheual a d'ordinaire plus de volonté de tourner à gauche qu'à droit.

R. Bien que cela ne se trouue pas tousiours veritable,
on en donne deux raisons assez vrays-semblables, dont
l'vne est naturelle, l'autre vient de l'habitude, le Pallefrenier est le principe de l'vne, en tournant incessamment le cheual à gauche, & l'on asseure pour donner
lieu à l'autre, que le poullain a la teste & le col plié à
gauche dans le ventre de sa mere.

D. D'où vient qu'il y a des cheuaux qui ne s'asloient
jamais sur les hanches.

R. Cela vient du deffaut de nature, qui leur a rendu
le nerf du iarret, l'os de la cuisse plus droit que les autres
si bien qu'il ne peut baisser les hanches sans contraction,
ce qui leur fait douleur & les empesche de s'asseoir ny
plier les hanches.

D. D'où vient que les cheuaux sont d'ordinaire plus
libres à vne main qu'à l'autre, & quoy qu'ils soient bien
dressez, ils ont pourtant tousiours leur mignone.

R. C'est vne chose commune entre les hommes & les
bestes, de prendre naturellment plus de plaisir en quelques-vnes de leurs actions qu'aux autres : Si bien qu'ils
ne peuuent changer cette habitude, d'autant plus qu'elle leur est naturelle, & comme il n'y a rien plus doux que
suiure nostre inclination : on ne la change pas aisément,
il en est ainsi des cheuaux qui cherissants leurs passions,
se portent à suiure leur inclination, prenant plus de

plaifir à manier à vne main qu'à l'autre.

D. D'où vient que les cheuaux fe démentent le plus fouuent, lors que l'on les croit dreffés.

R. C'eft le plus fouuent la faute de ceux qui les ont commencés, les ayant auancés deuant le temps, fans leur auoir donné loifir de fe confirmer en leurs leçons, ce qui les ayans rendus incertains de ce que l'on leur demande, les oblige à fe dédire, lors que l'on les croit bien obeïffans.

D. D'où vient que les fauteurs font quafy tous colerés, & ne fautent que lors qu'il leur plaift, eftans tous baizarés & malicieux.

R. C'eft d'autant que cét air les violente leur engendre l'inquietude: Si bien que lors qu'ils ont la gayeté & quelque rayon de bonne humeur, ils fautent quelquefois; mais cela paffé, la colere occupant leur fantaifie s'ils fautent c'eft par rage & defefpoir.

D. D'où vient que quantité de cheuaux piffent, crient, iouënt de la queuë & la branlent inceffamment.

R. C'eft en premier lieu, leur temperamment chaud & violent, qui caufe cét effet, qui eft de beaucoup augmenté, lors que l'on leur demande quelque chofe contre leur volonté; car alors la bille s'émeut, & fe croyent bien deffendre en commettant de femblables actions.

D. D'où vient qu'il y a des cheuaux qui bronchent inceffament & d'autres beaucoup moins.

R. Le prouerbe nous enfeigne qu'il n'y a fi bon cheual qui ne bronche, mais ceux qui ont bonne force, bon cœur, les nerfs fermes & fouples, broncherent rarement, au contraire les lafches, foibles de nerf & de reins, bronchent ordinairement.

D. D'où vient que les gros cheuaux puiſſans & forts de iambes, ne manient pas comme ceux de legere taille.

R. C'eſt que la force n'eſt pas ſi requiſe pour l'agréement du manége que l'agilité & la ſoupleſſe.

D. D'où vient que les cheuaux manient mieux les vns que les autres.

R. Cela peut eſtre ſouuent cauſé par celuy qui les dreſſe, mais la plus veritable cauſe eſt, de ce que la diſpoſition naturelle donne aux vns force volonté, eſprits & vigueur, & aux autres moleſſe, lâcheté & peu d'eſprits.

D. D'où vient que les cheuaux qui ont peu de force ſont d'ordinaire plus viſtes que ceux qui ont beaucoup de reins & grand eſquine.

R. C'eſt que ceux qui ont peu de force, l'employent pluſtoſt que de conteſter, ne ſe ſentans pas dequoy faire reſiſtance, mais celuy qui a force de reins & feu ſe deffend, ce qui l'empeſche de s'abandonner.

D. D'où vient que les cheuaux de mediocre force, ſautent plus haut & de meilleure volonté que ceux qui en ont beaucoup.

R. C'eſt que quoy qu'il ſemble que la grande force ſoit requiſe aux ſauteurs, cela eſt pourtant tres-faux, car lors qu'elle eſt extraordinaire, elle eſt touſiours accompagnée de malice, ce qui eſt tres-dangereux pour vn ſauteur, d'autant que cela les empeſche de donner ce qu'ils peuuent de bonne volonté, & lors qu'ils ſautent quelquefois, c'eſt par hazard & ſelon leur caprice, mais ceux qui en ont moins ſont preſque tous partagez de diſpoſition legereté & beaucoup moins de malice,

ce qui les fait obeïr plus volontiers: En vn mot la difpofition & agilité eft incomparablement plus propre pour
les fauts, qu'vne force pleine de contre-temps & malice, qui ne peut eftre aux beftes fans quelque efpece de
defefpoir.

D. D'où vient que ceux qui veulent mettre vn cheual à caprioles, le commencement par le trop & le petit galop leger, & tout leur pouuoir pour le rendre libre,
puis qu'il femble que cette metode eft plus propre pour
les mettre terre à terre, que pour les faire fauter.

R. Ceux qui ont cette creance fe trompent lourde-
ment, & bien ie n'ignore pas que la plufpart de nos modernes, lors qu'ils ont deffein de faire vn fauteur ne commencent par le contraire de voftre demande, les mettant d'abord entre les piliers, fans connoiffance de la
bride du pas, trot ny galop, fans mefme qu'ils ayent la
faculté de fe laiffer conduire, pour peu de vigueur où
quelque faut qu'ils laiffent échaper à l'auenture les éguil-
lonnent fe feruent du poinçon fans fçauoir pourquoy
fans confiderer s'ils ont dequoy fournir, les rebutent
quafy tous: Apprenés donc que pour auoir vn bon
fauteur, il doit paffer par toutes les efpreuues de l'obeïffance, autrement il ne fautera iamais que lors qu'il luy
plaira ou par defefpoir.

D. D'où vient que les cheuaux qui manient fur les
voltes fe defvniffent bien fouuent, ne gardent ny cadence ny terrain, quoy que dreffez.

R. Cela vient fans plus de la faute du Caualier, qui ne
les fouftient pas, qui ne s'aide point à propos de ces iambes, qui n'a aucun foin de les chaffer en auant, les laif-

fant gaigner ou perdre le terrain, eftant pluftoft mené
par le cheual qu'il ne le guide luy-mefme.

D. Monfieur, ie vous fupplie de m'apprendre fi c'eft
abfolument le manque de force qui empefche que l'on
ne dreffe les cheuaux.

R. Ce n'eft pas mon opinion, & bien que ie confeffe
qu'il en faut : La refponce que ie vous feray pour refoudre cette queftion, choquera volontiers l'opinion de
beaucoup de perfonnes, ie fouftiens qu'ils ont toufiours
affez de force pour manier ; mais ce qui empefche cét
effet, eft leur mauuaife volonté, leur lafcheté, le peu
de memoire, & principalement le manque d'efprits, de
vigueur, de foupleffe, d'agilité & de cœur ; & s'il eft vray
que ces qualitez ne defpendent pas de la force actuelle
qui confifte à porter ou tirer quelque pefant fardeau ; ce
ne peut eftre la force actuelle qui les empefche d'eftre
dreffez, mais bien le manque d'efprits & de cœur.

D. Vn bon homme de cheual ne peut-il pas vaincre
les deffauts d'vn cheual tels qui foient par fa methode &
experience.

R. Tres-difficilement, il eft vray que le bon Efcuyer,
la bonne methode iointe à l'experience, font fans doute tont ce qui fe peut hnmainement, mais lors que la
nature fe rencontre tellement d'effectueufe priuée de
toutes les fonctions requifes, il eft conftant que l'Art
& experience font contraints de ceder à la nature.

D. D'où vient que vous deffendés d'ouurir beaucoup
les talons à vn cheual, puis que c'eft le moyen de l'empefcher de s'encafteler.

R. Il y a autant de danger de les trop ouurir que de
fouffrir

souffrir qu'ils se serrent par excez, d'autant que les laisser trop serrer les rend en castellés, les ouurir par excez leur affoiblit les talons.

D. D'où vient qu'il y a des cheuaux que l'on iuge boiteux en les voyant marcher, & toutesfois ne le sont pas.

R. C'est qu'il s'en trouue qui marchant auec telle negligence & lâcheté que la veuë est desuë, d'autant qu'ils cheminent en badinant & iouant de la teste, ce qui les fait iuger boiteux, on les appelle boiteux de la bride.

D. D'où vient qu'il y a des cheuaux si endormis, & d'autres si gaillards.

R. C'est que les premiers ont peu ou point d'esprits & de cœur, qui sont les motifs de la gayeté, les autres sont pleins de feu, & ont mercure pour predominateur.

D. D'où vient qu'il y a des cheuaux qui soufflent tellement en galopant & maniant, que l'on les iugeroit poussifs, bien qu'ils ne le soient pas.

R. Il y a deux manieres d'agitation en l'action du cheual, l'vne est agreable, lors que manians ils font entendre vn certain bruit, par lequel ils prennent haleine, qui est vn témoignage du cœur qui les anime; mais il y en a d'autres qui par coustume ou par malice rengorgent leur langue iusques dans le gosier, qui leur bouche le passage; ce qui les fait souffler auec telle impetuosité que ceux qui les entendent les iugent outrés, bien qu'ils ne soient pas.

D. Pourquoy nomme on vn cheual, tantost retif, tantost ramingue, & vne autrefois cheual de deux cœurs, n'est ce pas vne mesme chose.

H

R. Ces actions à la verité ont beaucoup de conuenance, mais elles ont leur difference.

Le ramingue est consideré comme cheual de force plein d'esprits & de cœur, mais fantasque, capricieux, coleré, ennemy de la volonté de son Maistre, se deffend & ne donne rien qu'à regret.

Pour le retif, il presupose vn cheual paresseux endurcy dans vn malice & poltronerie inueterée; si bien que les coups, chastimens ou les caresses ne l'obligent non plus l'vn que l'autre demeurant tout court, sans vouloir partir d'vne place.

Pour celuy de deux cœurs on le nomme ainsi par translation comme les hommes inconstans, flotent incessamment dans leurs desseins, les prenans tous sans en retenir aucun; sont appellez volages & changeans.

Les cheuaux de cette nature sont appellez de deux cœurs, d'autant qu'ils font connoistre à chaque moment qu'vne mesme volonté les porte en plusieurs lieux differents, errants ça & là selon leur caprice.

D. Vn Escolier doit-il souffrir ruer son cheual, lors qu'il le peut empescher.

R. Non d'autant qu'il se met sur les épaules en ruant, se desordonne, & l'Escolier perd sa grace.

D. Pourquoy ordonne-on si souuent à l'Escolier de tenir son cheual dans la main.

R. C'est afin qu'il ne soit iamais surpris.

D. N'est-ce pas le tenir beaucoup dans la main, quand on luy tire la bride.

R. Il y a beaucoup de difference entre tirer la bride ou le tenir dans la main; car outre que ce n'est pas le

terme de l'Art, celuy qui tire la bride le gefne & incommode, & lors que l'on le tient dans la main on le fouftient & le guide auec iugement.

D. Qu'elle difference y-a-t'il entre baiffer la main &
la porter.

R. Elle eft grande, car lors que l'on la porte, on l'ofte
de fa place ; ce qui caufe vn mauuais effort : mais celuy
qui la baiffe fans la tranfporter, ne donne aucun lieu de
déplaifir à fon cheual, & luy laiffe la liberté entiere.

D. Qu'elle difference y-a-t'il entre vn cheual dreffé &
vn qui eft acheué, n'eft-ce pas la mefme chofe.

R. Non celuy qui eft dreffé obeït fimplement à la main
& aux talons ; mais celuy que l'on dit acheué, prefupofe
garder inceffamment la cadence, l'air & la mefure en le
manége qu'il commence tant qu'il ait finy fa reprife

D. Qu'elle difference y-a-t'il entre vn cheual bien
dreffé, & celuy qui l'eft mediocrement.

R. Celuy qui eft bien dreffé fait ce qu'on luy demande par connoiffance & dans l'ordre ; & celuy qui n'eft
pas confirmé, ne fait rien que par hazard.

D. Qu'elle difference y-a-t'il entre vn cheual dans la
main, ou celuy qui n'y eft pas.

R. Celuy qui eft dans la main obeït fans defordre de
bouche, & celuy qui n'y eft pas, ne fait rien de bonne grace.

D. Pourquoy oblige-on fi fouuent les cheuaux à reculer.

R. D'autant que c'eft l'efpreuue de l'obeiffance de
leur bouche.

D. Comment peut-on connoiftre fi vn cheual eft bien
dans la main.   H ij

R. Par le tirer arriere, le chaſſer en auant, le parer ſur les hanches, le leuer deuant, le ſentir ſenſible aux barres, ſans que la gourmette ſoit trop bandée.

D. Lequel eſt plus à ſouhaiter vn cheual de grand force & peu de volonté, que celuy de mediocre force auec bonne volonté.

R. Ie choiſirois le dernier, d'autant que le premier eſt vſé auant que d'eſtre dreſſé.

D. Lequel vaut mieux pour la guerre vn cheual de grande force ou vn de mediocre reins.

R. Celuy qui eſt mediocre en force eſt ſans doute le plus propre; car vous eſte aſſeuré de combattre, lors qu'il vous plaiſt, & celuy qui a grand reins ne peut eſtre que beaucoup incommode: Si bien que vous auès voſtre ennemy à vaincre & à conteſter auec voſtre cheual.

D. Pourquoy faut il tant careſſer vn cheual, puis que c'eſt vn animal ſans raiſon.

R. Bien que le cheual ne poſſede pas la raiſon comme l'homme, cela n'empéche pas que ſon inſtinct ne luy faſſe connoiſtre les careſſes que l'on luy fait, ce qui nous font euident voir par l'obeiſſance qu'ils nous rendent lors que nous les flatons, leur donnons du pain ou autre choſe.

D. Pourquoy eſt ce donc que l'on les chaſtie bien ſouuent au lieu de les careſſer.

R. Pour les faire craindre & obeïr, lors qu'ils manquent à leur deuoir.

D. Pourquoy leur donner du pain ou de l'herbe.

R. Pour ce faire connoiſtre & aymer.

D. Pourquoy rechercher l'amitié d'vn cheual.

R. Afin de le dreſſer.

D. Ne le peut-on dreſſer ſans ſon amitié.

R. Bien difficilement s'il eſt vray que les hommes raiſonnables ont tant de peine d'aprendre quelque choſe de ceux pour leſquels ils ont auerſion, à plus forte raiſon vn cheual le pourroit-il faire.

D. Pourquoy ne luy fait-on pas faire par force, lors qu'il manque de volonté & d'amitié.

R. Crainte de le rebuter & le mettre en colere.

D. Pourquoy ſe met-on en peine de ſon reffus & de ſa colere, puis que l'homme eſt maiſtre de tons les animaux.

R. Cela ſe pourroit en ce qui dépend de les maiſtriſer pour les enfermer, pour les ſoûmettre au ioug, à la charette, au caroſſe & autres choſes ſemblables; mais lors qu'il s'agiſt de les dreſſer, il dépend en partie de leur volonté en ce qui eſt du manége, qui ne peut eſtre agreable ſans leur conſentemét libre & volontaire; & ſi l'homme n'a l'adreſſe de les vaincre par fineſſe ſe faiſant aymer & craindre, s'accommodant à leur humeur, il n'y paruiendra iamais par la force ouuerte, ny par les battre & outrager.

D. Comment peut-on donc dreſſer les cheuaux rebours & indomptables.

R. Par la bonne methode, la patience, douceur, la connoiſſance & l'induſtrie du bon Caualier, qui les gaigne peu à peu par ces ſoins.

D. Quel ordre faut-il tenir pour y paruenir.

R. En luy faiſant faire par la douceur ce que l'on ne peut obtenir par force.

D. Pourquoy n'eſt-il pas permis de le battre & de le faire obeir par force, quand ſa malice a épuiſé voſtre patience, & qu'il mépriſe vos careſſe.

R. C'eſt d'autant qu'au lieu de le faire obeir, il ſe porteroit au deſeſpoir iuſqu'au reſſentiment.

D. Lors que le cheual eſt battu par excez, a il aſſez de iugement pour s'en reſſentir.

R. Ce qui l'oblige à ſe venger de cét outrage, n'eſt pas par vne notion poſitiue de iugement, arreſté par l'ordre du raiſonnement; puis que ce n'eſt pas de cette maniere qu'il le poſſede, mais par vn inſtinct de la nature, qui eſt d'autant plus paſſionné qu'il eſt foible, ce qui le pouſſe à ſe venger lors qu'il en trouue l'occaſion.

D. N'y-a-il point de moyen de l'adoucir lors qu'il eſt en colere.

R. Tres facilement, il le faut beaucoup careſſer, luy donner du pain ou autre choſe qui le diuertiſſe, car n'ayant pas vn cœur de vengeance determiné par la raiſon, il ne tient pas ſa colere, reuient auſſi-toſt qu'il ſe void flaté & careſſé de celuy qui eſt ſon maiſtre.

D. Comment doit-on chaſtier vn cheual pour ne le mettre point en colere.

R. Bien que cela ſemble difficile, & ce contrárier il ſe peut, neantmoins il faut prendre ſon temps, le chaſtier doucement & à propos au meſme temps qu'il commet la faute, faiſant ainſi, il n'a pas le temps de penſer à ſon mal ny exercer ſa colere.

D. Quel eſt le plus certain moyen pour dreſſer vn cheual.

R. C'eſt d'employer ſon adreſſe à ſe faire aymer & craindre.

D. Y a-il quelque raison pour cela.

R. Sans doute c'est d'autant que l'amour donne la crainte, la crainte fait obeir, & l'obeissance rend le cheual dressé.

D. Pourquoy ordonne-on sans cesse d'auoir la teste haute & droite.

R. Il y a deux raisons bien considerables pour cela: La premiere est, que si-tost que l'on void vn homme à cheual, on le regarde à la teste, soit pour connoistre son visage, ou pour considerer sa posture : L'autre, que l'on ne peut baisser la teste sans perdre le fonds de sa selle, ce qui oblige le cheual à commettre de mauuaises actions.

D. Peut-on dresser tous les cheuaux de quelque nature qu'ils soient.

R. Non.

D. Qui en empesche.

R. Deux choses, l'vne lors que le Caualier n'en est pas capable ; & l'autre, lors que le cheual est lasche, poltron, sans bouche & sans aucun sentiment des esperons.

D. Quel moyen y-a-il de les rendre sensibles, lors qu'ils n'ont point d'esperon de vigueur.

R. C'est vne chose assez difficile, le meilleur est de leur en donner peu souuent, & lors que la necessité y oblige ; il leur en faut donner ferme sans le leur laisser dans le poil.

D. Pourquoy deffend-on si estroitement de branler le corps & les iambes.

R. C'est, que qui que ce soit ne peut faire manier vn

cheual iufte, s'il n'eft maiftre des actions de fon corps
& de ces iambes.

D. Quel moyen y-a-il de ne branler point le corps &
les iambes, lors qu'vn cheual a grande force & qu'il faute, mefme auec contre-temps.

R. Cela eft du tout impoffible à vn homme qui n'a ny
force, ny tenüe, ny iarrets : mais rien de plus facile a
celuy qui eft fort à cheual, vigoureux, nerueux qui fçait
prendre le temps & garder le contre-poids.

D. Qu'eft-ce que garder le conrre-poids.

R. C'eft vne certaine iuftoffe & égalité que le Caualier obferue en fa pofture qui le tient inceffamment preparé à fouffrir quelques fauts & contre temps que le cheual puiffe faire, fans eftre incommodé ny perdre fon
affiette.

D. Qu'eft-ce que contre temps, c'eft vn faut defordonné, qui furprend lors qu'on y penfe le moins, quand
le cheual fait femblant de s'éleuer pour fauter, qu'il a le
deuant en l'air, qu'il demeure quelque temps en cette
pofture, puis filence tout d'vn coup, & retombe d'vne
piece fur les épaules.

D. Qu'eft-ce proprement eftre maiftre des actions
de fon corps.

R. C'eft garder fa pofture lors que le cheual manie
fans branler la main, le corps ny les iambes, & refter
toufiours en fon affiette.

D. Qu'eft ce que l'appuy de la main.

R. C'eft lors que le cheual s'appuye fur le mord, auec
telle difcretion que la main n'eft point incommodée,
fans que l'on puiffe remarquer qu'il porte au vent ou tire
à la main.

D. Que

D. Que veut on entendre lors que l'on dit que le che-nal n'a point d'appuy.

R. C'eſt lors qu'il a la bouche tellement tendre, & apprehende ſi fort le mords, qu'il n'oſe s'appuyer deſſus, crainte de ſe bleſſer, ce qui l'oblige d'eſtre touſiours hors la main, & comme la bride ne fait aucun effet, on le dit ſans appuy.

D. Y a-il moyen de donner de l'appuy au cheual.

R. Oüy il le faut beaucoup troter & le tirer arriere ſans le galoper.

D. Que veut-on entendre lors que l'on dit de la main en auant.

R. C'eſt tout ce qui eſt depuis l'oreille du cheual iuſ-ques à la main du Caualier.

D. Et de la main en arriere.

R. C'eſt par la meſme raiſon, tout ce qui eſt depuis la main du Caualier iuſques au bout de la queuë.

D. Que veut dire voltes de deux piſtes.

R. C'eſt lors que le cheual met la croupe dedans, & qu'il marque vn chemin des épaules & l'autre de la croupe.

D. Pourquoy ne pratique-on que quatre effets de la main.

R. D'autant que le cheual ne peut aller qu'en auant, en arriere & des deux coſtez: ce qui ſe peut faire auec quatre effets de la main, ſans qu'il ſoit beſoin d'en in-uenter de ſuperflus.

D. Les effets de la main ſont-ils fort neceſſaires.

R. Ils le ſont à ce point, que le Caualier ne peut eſtre homme de cheual s'il n'en a la connoiſſance & la prati-que.

I

D. Lequel eft le plus neceffaire de fe bien feruir de la main ou des iambes.

R. Sans fçauoir l'vn & l'aute, on ne peut eftre homme de cheual, mais comme la main eft inceffamment la maiftreffe en la conduite du cheual, & qu'il fe rencontre quelque fois qu'elle n'a pas befoin de l'aide du talon, fi de deux biens on doit toufiours choifir le meilleur, il eft plus auantageux d'auoir la main bonne que les iambes.

D. Qu'elle difference y-a il entre le bel homme de cheual, & celuy qui eft bon homme de cheual.

R. La difference eft, que le bel homme de cheual n'eft obligé pour poffeder ce nom, que d'eftre bien planté, droit & affis dans la felle en bonne pofture; En vn mot fon talant eft de paroiftre beau à cheual : Mais le bon homme de cheual, quoy qu'il n'obferue pas la regularité de cette affiette, fe dit bon homme de cheual, lors qu'il le guide auec iugement, qu'il en tire ce qu'il fe peut de iufte & raifonnable.

D. Peut on pas eftre bel & bon homme de cheual tout enfemble.

R. Quoy que cela fe rencontre rarement, il fe peut neantmoins, lors que cela arriue, le Caualier eft accomply, & la perfection acheuée.

D. Quel don de nature doit auoir celuy qui veut paruenir à la profeffion, d'enfeigner l'art de monter à cheual.

R. Il doit eftre fans incommodité de fa perfonne, fort, nerueux, vigoureux fans aucune apprehenfion, toutes ces parties accompagnées d'vn iugement net & entier, fans prendre aucune vanité, eftre obeïffant, & ne fe iamais rebuter du trauail.

D. Comment peut-on deuenir bon homme de cheual.

R. Par la pratique, le long trauail, l'inclination, l'af-
fidüité, la connoissance, la parfaite intelligence des termes de cét Art, & des bons enseignemens d'vn excellent Maistre.

D. Suffit-il à vn Escuyer d'estre bon homme de cheual de sa personne.

R. Non.

D. Qu'elles autres parties doit-il encore posseder.

R. Il faut qu'il aye la capacité de bien enseigner, &
s'énoncer agreablement, faire conceuoir à son Escolier
ce qu'il veut qu'il execute, luy en donner les raisons,
garder la moderation en ces actions, que sa patience &
douceur fassent voir qu'il est homme acheué en sa profession.

D. Qu'elles doiuent estre les parties d'vn Escolier.

R. L'amour pour son Maistre, vne estime particuliere pour sa personne, vne loüable ialousie qu'vn autre
l'aime mieux ou soit mieux aimé de luy, l'enuie de luy
rendre sans cesse seruice, luy faire incessamment paroistre ces respects par sa ciuilité, & luy rendre vne obeïssance aussi fidelle que de longue durée.

D. Comment peut-on connoistre si vn Escolier peut
estre quelque iour bon homme de cheual.

R. Par la disposition que l'on remarque en son commencement, par la posture que l'on connoist en peu de
temps sembler naturelle, par le soin qu'il prend, par la
liberté que l'on void naistre chaque iour en ces actions,
par vne affection de se plaire à ce qu'il fait, & la curiosité qu'il a d'imiter ceux qui trauaillent bien.

D. Qu'eſt ce proprement bien trauailler.

R. C'eſt ſuiure & imiter la bonne methode, ne s'é-
loigner iamais des principes, pratiquer les bons preceptes, agir auec iugement, ne perdre pas vn mot des commandemens qui ſont faits, executer ponctuellement
les leçons, preuoir les deffauts du cheual, & y donner le
remede en meſme temps.

D. Quels deuoirs ſe doiuent les Eſcoliers les vns aux
autres.

R. A parler à la rigueur, ils ne ſe doiuent rien, eſtans
tous nez Gentils-hommes, & payens les vns comme les
autres; mais par ciuilité ils ſe doiuent tout, comme aſſo-
ciez en meſme éducation, l'affection, la fidelité, la fran-
chiſe, le ſeruice, l'aſſiſtance, vne vnion fraternelle qui
les lie enſemble, comme ceux qui ont ſuſcé meſme lait,
c'eſt à dire receu les meſmes enſeignemens.

D. D'où vient que l'on commande à l'Eſcolier d'obeïr
ſi préciſement.

R. C'eſt que ſans cette obeïſſance ponctuelle, on perd
le temps de l'aide & du chaſtiment; ce qui empeſche
l'effet que l'on veut faire.

D. Pourquoy cette execution eſt-elle ſi neceſſaire.

R. Crainte que le cheual prenne habitude de demeurer & faire ſon manége lent.

D. Le manége preſt & diligent eſt-il le plus beau.

R. Oüy certainement, pourueu qu'il n'y ait rien de
precipité, que la meſure, le terrain & la cadence y ſoient
inceſſamment obſeruées, principalement aux airs, terre
à terre, ou à ceux qui en approchent le plus.

D. Qu'eſt ce bien obſeruer le terrain.

R. C'eſt faire inceſſamment la figure égale ſans aller plus large ou plus ſerré à vne main qu'à l'autre.

D. Pourquoy cette circonſtance eſt-elle neceſſaire.

R. D'autát que le manége n'auroit ny grace ny iuſteſſe.

D. Quel ordre doit-on obſeruer pour rendre le ma-nége des voltes de deux piſtes parfait en ſa pratique.

R. Il faut que la teſte & les épaules ſoient guidées par la conduite de la main, que les hanches ſuiuent imme-diatement aprés, par l'aide de la iambe, ſans que le che-ual ſe deſvniſſe, qu'il embraſſe toute la terre, qu'il paſſe la teſte & les épaules par les quatre coins ou angles de la volte, que la croupe ſuiue proportionnément aux épau-les, que la meſure ou cadence ſoient également obſer-uées à vne main comme à l'autre, & lors qu'il finira ſa repriſe, que les épaules ſoient oppoſées à la croupe, re-ſtant droit ſur l'vn des diametres, que cette fin ſoit ac-compagnée du bon & iuſte arreſt ſur les hanches, auec deux ou trois temps de ferme à ferme.

D. Si tout ce que vous venés de dire n'y eſtoit obſer-ué, ne ſeroit ce pas des volte.

R. Non du moins elles ne ſe pourroient pas nommer iuſtes ny dans l'ordre, car il n'y a que ces circonſtances qui leur puiſſent donner ce nom auec iuſtice.

D. D'où vient que je voy ſi peu de pratique de la iu-ſteſſe que vous auez deſcrite.

R. De pluſieurs cauſes : La premiere, que le cheual n'a pas eſté bien mis : La ſeconde, qu'il n'a pas l'obeiſſan-ce parfaite : La troiſiéme, qu'il manque de vigueur : La quatriéme vient du deffaut du Caualier, qui n'a pas la pratique, la bonne methode, qui ne le ſouſtient pas,

I iij

n'a nul iugement, point de iarrets ny ceruelle.

D. Faut-il obferuer la mefme iufteffe aux paffades.

R. Il y a difference de paffades, il n'eft pas de befoin d'vne fi exacte iufteffe aux paffades de la main à la main, aux caracolles, à la galopade ny au manége de guerre, il fuffit qu'il foit vny & tienne vne hanche, afin qu'il ne s'abatte ; mais pour celles de trois temps, elles ne peuuent eftre nommées iuftes fans que l'ordre des iufteffes y foit obferué.

D. Il eft certain que ce que vous dites eft beau, mais bien difficile à executer.

R. Tout le monde demeure d'accord qu'il y a de la difficulté, mais pourueu que le iugement agiffe que l'on trauaille de ceruelle, que le Caualier s'exerce, pratique fouuent, qu'il ait vigueur & de bons iarrets, cela fe peut fans beaucoup de merueille.

D. Combien faut-il de temps pour fe rendre bon homme de cheual.

R. Toute la vie de l'homme à peine y peut elle fuffire, ce qui n'eft pas mon opinion feule, puis que defunt Monfieur de Pluuinel poffeffeur de plus de quarante ans de cét Art, le plus excellent de fon fiecle, n'auoit point de honte de confeffer qu'il aprenoit tous les iours.

D. Mais pour l'eftre paffablement.

R. C'eft felon que l'on eft enfeigné, felon la difpofition & le foin que l'on y donne ; mais fi vn Efcolier ne fçait quelque chofe au bout de deux ans, ie ne luy confeille pas d'y employer d'auantage de temps.

D. Et pour dreffer vn cheual quel temps y doit-on employer.

R. Il y en a, comme je vous ay dés-ja dit, que l'on ne peut dreſſer, pour le temps il n'y en a point de prefix, il faut aux vns ſix mois, aux autres plus; mais lors que vous auez fait trauailler vn cheual ſix mois, s'il ne vous donne des témoignages de ſa force, ſoupleſſe & obeïſſance; ſur tout s'il n'a bon eſperon, il n'apparcient qu'aux grands Seigneurs qui ont des Eſcuyers de les y tenir d'auantage.

D. A quoy les piliers ſont-ils propres.

R. Pour donner l'aſſiettre aux Eſcoliers pour leur acquerir la fermeté, pour leur faire garder la poſture, pour les aſſeurer, & pour leur donner la quietude, les faire donner dans les cordes, leur apprendre à reculer & leuer le deuant.

D. D'où vient que nous voyons ſi peu de cheuaux bien manians dans la grande quantité qu'il y en a dans les Academies.

R. Cela vient de ce que l'on les fait monter par toutes ſortes d'Eſcoliers bons & mauuais, de la negligence des Eſcuyers qui ne leur font que rarement donner leçon, & le plus ſouuent par eſtre auſſi mal commencez que finis.

D. D'où vient que la pluſpart des Eſcoliers ſortent de l'Academie auſſi peu ſçauans qu'il y ſont entrez.

R. C'eſt manque de connoiſſance des principes des termes de cét Art, & de la démonſtration qu'il faut apprendre en patticulier pour entendre les commandemens qui ſont faits par Maiſtre, afin d'y obeïr, ce qui n'eſtant pas, ils s'en vont non pas auec la pratique, mais l'idée confuſe d'vne méchante routine qui ne leur ſert pas de beaucoup.

D. Comment peut-on connoiftre fi vn cheual eft dreffé.

R. En éprouuant s'il obeït à la main & aux talons.

D. Comment peut-on connoiftre fi vn Efcolier eft bon homme de cheual.

R. Lors qu'il pratique la bellopade fans faute, qu'il tire tout ce qui fe peut d'vn cheual dreffé, ou non, & qu'il ne luy demande rien au deffus de fon pouuoir.

R. Qu'eft-ce proprement que veut dire le mot air.

R. C'eft vn nom que l'on a trouué pour exprimer le terme du manége, d autant que tout ce que fait le gentil cheual eft par gayeté, comme s'il eftoit en l'air.

D. Combien y a-il de fortes d'airs en tout.

R. Ie croy que l'on en peut compter iufques à dix.

D. Quels font-ils.

R. Le terre à terre plus releué que terre à terre, le mefair, les courbettes, les croupades, les balotades, les hautes croupades, les cabrioles, le pas, le faut & celuy d'vn temps.

D. Quelle eft leur difference, afin que je les puiffe connoiftre.

R. Le terre à terre eft celuy qui diligente le plus, & quitte moins la terre, le plus releué eft celuy qui eft plus gay & gaillard, le mefair tient du plus gay & des courbettes, les courbettes eft vn manége iufte & acheué, les croupades tiennent le fer caché, les balotades le font voir exterieurement, les hautes croupades s'éleuent beaucoup fans ruer, les cabrioles finiffent leur faut en la plus grande hauteur, ruënt & éparent celuy d'vn temps s'éleue des quatre pieds, & retombent; en forte que l'on n'entend qu'vn coup des quatre fers, le pas, le faut marque

que

que trois temps, ruë & epare au troisiéme comme les cabrioles.

D. Monsieur, Puis que vous m'auez voulu faire tant de grace, ne me déniés pas de m'apprendre les reigles certaines de ce bel Art.

R. Monsieur, ie vous puis asseurer qu'il n'y en a point, d'autant que nostre profession est vn Art, & non pas vne science reelle, il y faut agir selon les occurrences, & changer aussi souuent de methode, que la varieté, malice & inquietude du cheual trouue de nouueaux moyens pour se deffendre, qui sont en aussi grand nombre que le sable de la mer, & auec autant d'inconstance que le vent a de diuers torbillons pour agiter les ondes.

D. Qui est-ce donc qui nous pourra donner quelque précaution, pour nauiger sur vne mer si pleine de tempeste & d'escueils.

R. Le iugement, la pratique, la methode, l'experience, la démonstration & le raisonnement, sur lesquels comme i'ay dit, i'ay appuyé le commencement & la fin de mon modelle.

Ce qui se peut dire en bons termes de la beauté du Cheual

CHAPITRE QVATRIE'ME.

LORS que l'on fait rencontre d'vn cheual, on peut déduire sa perfection en ces termes. La rencontre de ce cheual est belle, il marche agreablement, il a vne douce fierté en ces actions, il paroist tout feu, & neantmoins il ne marque aucun emporte-

K

ment, il a l'action belle, il a vne certaine fougue meflée
de douceur, qui ne déplaift pas: Il ne fe peut voir de plus
belles alleures, ces mouuemens font beaux, fa bouche
paroift auffi fine que loyale, obferués comme il fe ioüe
inceffamment auec fon emboucheure, fa bouche fraifche & garnie d'efcume, nous affeure de fa bonté, vous
diriés qu'il trauaille à blanchir fon mords, afin de faire paroiftre l'albaftre des deux coftez des boffettes; On remarque quelque chofe d'extraordinaire en fon port, fa
gentilleffe fe découure à chaque moment; Il eft vray
qu'il furprend ceux qui le regardent, & comme s'il vouloit nous perfuader la fable de la Cirene, comme elle
charmoit les oreilles par fon chant, il femble nous en-
chanter par ces regards, la iufte proportion de fa taille,
nous affeure qu'elle n'a point d'égale, on peut dire en le
confiderant qu'il peut paffer pour vn chef de nature
donné à l'homme pour le feruice & le plaifir, il a la tefte
petite, l'oreille courte, efguée, fort deliée, la porte
merueilleufement, ces yeux font vifs, clairs, eftince-
lans, & femblent porter la lumiere par tous les endroits
qu'il chemine, fon encoleure eft longuette, bien tournée, tres-effilée, paroift mediocrement releuée par l'in-
narcature que la nature femble auoir formée exprés pour
la rendre parfaite; En forte que ce col de figne paroift
fi regulierement proportionné qu'il nous aduertit qu'il
doit porter en bon lieu, ces épaules auffi petites que fines, nous donnent affez à connoiftre qu'il eft leger de
fon deuant, & qu'il bronche peu fouuent; Il eft vray que
c'eft luy rendre iuftice, lors que l'on admire fon corfa-
ge; tant plus on le confidere mieux on le trouue pro-

portionné, ces reins sont forts, doubles & vnis, sans
se resentir de l'ensellé, son eschine est egale, sans pouuoir estre accusé de l'auoir basse, sa croupe est ronde,
ces cuisses bien troussee, ces costes larges, son flanc
plein fort releué, sans toutes-fois estre gros & aualé, sans
estre estrac, esclame ou ventre de leurier, il a le bras fort
& nerueux, le genoux assez gros, le canon plat, large,
peu de poil aux iambes, le boullet bien proportionné,
le pasturon court, bas, iointé; le pied fort & creuz, la
corne noire & liante, les talons forts & assez hauts, la
solle basse, ferme, seche, & toutes-fois bien nourrie, la
fourchette petite, les talons assez ouuerts, la couronne
ferme, sans estre trop dessechée ny par trop molle, il
marche ferme sans taster non plus sur le paué que sur
la terre, & ne met que rarement le pied à faux.

Ces pasturons sont nets de galle & de creuaces, ces
iarrets secs, plats & larges, sa iambe plate, & tellement
seche que l'on en peut voir les nerfs destachés.

C'est Pellote ou boulle de neige qui luy marque l'e-
stoille, donne vne grace merueilleuse à son front, vny
où il paroist si peu de sallieres, qu'il ne le peut faire paroistre vieux en apparence ny en effet, il semble que la
nature n'y a voulu estendre le blanc trop haut, crainte
de le rendre difforme, ny si bas qu'il puisse estre nommé chaufrin, afin encore qu'aucune marque bizare ne
le peut faire iuger de mauuaise humeur ou capricieux,
ces nazeaux ouuerts & incarnats au dedans, nous marquent son cœur lors qu'il fronce ou esternuë pour nous
témoigner la netteté de son cerueau & la liberté de son
haleine, cette teste si vnie & sans ride, nous témoignent

K ij

fa ieuneffe fans luy regarder à la dent, puis que l'on ne
peut dire qu'il paroiffe vieux par aucune conjecture, fon
encoleure, ces épaules & le refte des parties du deuant
font fi iuftement proportionnées que nous luy faifons
iuftice de dire qu'il eft tout beau de la main en auant,
cette iufte égalité deuant & derriere, me furprend en
ce qu'il ne fe peut coupper, cette cimetrie generalement obferuée en toutes les parties de fon corps, femble qu'elle n'a efté formée que pour donner l'aggréement à faire agir ces mouuemens de bonne grace en ces
alleures, & ainfi de quelque façon que l'on puiffe le confiderer, il eft efgalement beau de la main en auant & de
la main en arriere.

Auoüons que ces crins fins & deliés, & mediocrement longs, dont il eft peu chargé, nous aduertiffent
de fa force fans malice, de fa vigueur fans caprice, d'v-
ne gentilleffe agreable, d'vne legere inquietude fans
beaucoup d'ardeur, d'vne fougue fans emportement,
d'vne petite repugnance fans opiniatreté, & d'vn cœur
qui nous affeure q   n'employera tous ces rares dons,
que pour donner de la fatisfaction à celuy qui aura le
bon heur de le dreffer.

Confiderons encore ces efpis ou rapollins connus de
tous pour les meilleures marques, comme tefmoins de
leur fidelité, nommez par les Italiens Efpazes Romai-
nes, qui luy ageancent fi agreablement l'encoleure, ce
faifant voir des deux coftez qu'ils femblent y auoir efté
mis exprés, pour donner l'ornement à cette partie : Ne
diroit on pas qu'outre qu'ils marquent fa bonté, la nature les a encore voulu placer au milieu de fon front, le

ong dé ces flancs, afin qu'ils fuffent en euidence, comme les tefmoins de fa valeur.

Son poil, fa robe & fon manteau, ne furprennent-ils
pas, la veuë & les yeux ne doiuent-ils pas eftre efbloüis
par cette diuerfité de poil, où il femble que la nature
aye pris plaifir à fe diuertir, en le nuant d'autant de differentes teintures, qui nous paroift l'iris ou l'arc en
Ciel, lors que ce bel aftre approchant la fin de fa cource, le fait paroiftre dans la moyenne region, orné
de la diuerfité de ces eclatantes couleurs, pour repaiftre
nos yeux par cette agreable veuë, & nous affeurer de la
cereneté, donc nous efperons joüyr le lendemain; c'eft
ainfi que ces marques auffi belles que bizares, quoy
que naturelles, acheuent fon ornement auec tant d'a-
uantage, que fi ie ne connoiffois mon infuffifance, i'a-
uoüe que ie ne me pourrois laffer de vous entretenir inceffamment d'vn objet fi agreable.

Ce qui fe peut dire en bons termes d'vn tres-gentil cheual.

IL doit eftre de mediocre taille, fort defchargé de raifonnable force, & non incommode, la doit auoir ef-
gale, vnie & bien liante, doit eftre agile, fouple, vigoureux & nerueux, l'action belle, plein de bonne volonté, difpofition naturelle, facilité à leuer le deuant, bien
dans la main & fur les hanches, poffeder le vray appuy
de la main, y obeïr fans aucune repugnance, fuyant efgalement les deux talons, & ne galoper iamais faux.

Son cœur doit eftre fans malice, fa fougue fans emportement, fon agilité fans moleffe, fon courage fans

colere, orgueilleux sans desespoir, vitesse sans ardeur, action sans impatience, souple sans lâcheté, sensible sans estre ennemy au fer, fier & superbe en ces actions, sans neantmoins refuser le chastiment qui luy sera donné à propos par le sage & prudent Escuyer.

Voila les termes & les qualitez que l'on peut dire d'vn gentil cheual, il est vray qu'il s'en rencontre peu ou point de tels.

Mon dessein aussi a esté d'en faire le portrait, pour vous enseigner selon ma promesse les beaux & bons termes de cét Art, plustost que pour l'opinion que i'aye qu'il s'en puisse rencontrer vn au degré de perfection, que vous l'auez oüy despeindre. Raison.

C'est qu'il n'y a rien de parfait en ce monde, cela estant, comment pourrions-nous esperer vne perfection acheuée en vn animal irraisonnable : D'ailleurs, s'il est vray que cette perfection despend de la disposition des organes, qui font agir les esprits plus où moins, selon le temperamment de celuy dans lequel elles agissent; comment pourrions nous esperer vn accord si parfait de la nature dans vne brutte, puis qu'il ne se rencontre pas dans vne ame douce de raison.

L'ordre que l'Escuyer doit tenir pour commencer son
Escolier, & dresser le cheual.

CHAPITRE CINQVIEME.

LORS que l'Escuyer prudent est bien entendu en son Art, a pour but de bien commencer son Esco-lier, & luy donner les bons principes, il doit premiere-

ment penfer à le bien placer à cheual, afin de luy donner la belle affiette, & la veritable poſture le faiſant af-
feoir ſur la ſelle, ou comme diſent aucuns le planter dans
la ſelle, ſi à propos qu'il en puiſſe trouuer le fonds : En
vn mot, il ne le doit pas laiſſer trauailler que lors qu'il le
iugera en la belle & bonne poſture, qui doit eſtre à plus
prés celle que vais faire mon pouuoir de vous deſpeindre
en ces termes : Sçauoir, la teſte haute, le viſage droit
ſans regarder d'vn coſté ny d'autre, les eſpaules eſgalement auancées, le corps droit ſans paroiſtre vouſté, boſſu
ny de trauers, ſans ſe pancher plus ſur vn coſté que ſur
l'autre, reſtant en eſgalité d'aſſiette, la ceinture vn peu
en auant, le corps ferme & en arriere, ſans eſtre toutes-fois renuerſé ſur l'arçon de derriere, la main ferme
iuſte, fermée bien placée, & lors que le cheual ſe trouuera en eſtat de manier, que les reſnes tenuës de la
main gauche du Caualier, ſe trouuent ſi eſgales, & la
main ſi bien poſée, qu'elle ne ſurpaſſe la hauteur du pommeau de la ſelle que de quatre doigs ſeulement, qui eſt
la vraye ſituation de la main de la bride, le poignet ſera
inceſſamment droit & non renuerſé, le poulce fermement appuyé ſur les reſnes, qu'elle ne paroiſſe point
auancée vers les oreilles du cheual, qu'elle ne ſoit point
vacilante, mobile ny incertaine, ſans eſtre auſſi eſtropiée ou de mauuaiſe grace par quelque contrainte ou
autre action deſagreable, le coude doit reſter en ſorte
qu'il ne paroiſſe ny plus haut ny plus bas que le poignet,
les iambes ſeront inceſſamment fermes, bien eſtenduës,
ny trop ſerrées, ny trop ouuertes, qu'elles ne ſoient point
contraintes, que le talon ne paroiſſe par trop en dehors,

ny aussi trop proche du poil ou des costez du cheual, il ne faut pas qu'elles soient trop auancées vers
les espaules, ny aussi tellement racourcies, que l'esperon
se trouue dans le flanc du cheual, ce que l'on nomme à la
geneste, que la pointe du pied paroisse tant soit peu plus
haute que le talon que le iarret demeure ferme sans se
plier: Et enfin pour vous dire la position des iambes iustement placées, est lors qu'elles sont naturellement droites du genoux en bas, que la pointe du pied située sur la
premiere barre de l'estrier, s'y trouue bien logé qu'il ne
paroisse aucune contrainte en cette action, & qu'elles
soient placées entre les espaules & le flanc du cheual,
ce qui formera la veritable assiette & la belle posture du
Caualier.

Ce que dessus accomply par la diligence de l'Escuyer,
& compris par son Escolier, il donnera tous ces soins à
ce qu'il reste autant qu'il se pourra en cette posture sans
la changer lors que le cheual maniera ; ce qui ne se peut
acquerir que par la pratique, le long trauail & l'habitude accompagnée du soin perpetuel du bon Escuyer, &
encore tout cela ne suffit pas : Il y a trois conditions requises pour y bien reussir: Il faut que l'Escolier y donne son consentement, ces soins & sa peine, qu'il ait inclination, disposition & amour pour son mestier, & que la
pratique, le long trauail & l'assidüité y cooperent auec
la peine & les enseignemens du bon Escuyer, autrement
se seroit trauailler en vain, conclüons donc, & disons
qu'il est necessaire que l'Escuyer soit sçauant, & qu'il
montre fidelement; mais il faut aussi que l'Escolier y contribuë ; c'est à dire qu'il ait la volonté, & qu'il se donne
de

de la peine pour acquerir quelque science.

Voicy les raisons de ce que ie viens de dire

CHAPITRE SIXIE'ME.

LA premiere est, pour parler generalement, que si la teste, le corps, la main, les iambes & le reste ne demeurent en la scituation que i'ay marquée lors que le cheual agist en maniant; Il est vray qu'il ne peut y auoir aucune bonne grace en l'action du Caualier, outre cela il gaste entierement le cheual en beaucoup de circonstances : Premierement, lors qu'ils se sont alarmé & inquieté par ce continüel mouuement, il ne sçait à quoy se resoudre, si bien que ne pouuant agir dans l'ordre, il fait de pis en pis; Et finalement se met en colere, & s'abandonne à toute mauuaise action.

Raison de chaque chose en particulier.

Si la teste du Caualier est basse, le nez sur les crins ou courbé sur le col du cheual, il faut de necessité que le cul s'eloigne du fonds de la selle, ce qui fera changer le Caualier de posture, & obligera le cheual de ruer, & se mettre sur les espaules, ne trouuant plus de contrepoids.

Raison pour le corps.

Puis qu'il est constant que du contre-poids du corps, dépend la force, la fermeté & la bonne grace du Caualier, ne puis je pas dire auec verité que si le corps ne reste en sa veritable assiette, qu'il est impossible que le Caualier & le cheual ayent aucune concordance entr'eux, ce

L.

qui eſtant empeſché par le mouuement du corps, l'effet de l'vn & de l'autre ceſſe, & ce deſordonnement empeſche qu'ils ne ſe rencontrent iamais en meſme temps,
ce qui oſte la bonne grace & empeſche la iuſteſſe du manége.

Raiſon pour la main.

S'il eſt conſtant comme perſonne n'en peut douter
que la main eſt le gouuernail de ce nauire animé, qui
eſt conduit par ce moyen au gré du Caualier, bien ou
mieux, ſelon qu'il a l'vſage de s'en bien ſeruir : N'eſt il
pas vray de dire que ſi le Caualier n'eſt maiſtre abſolu
de cette partie, qu'il eſt impoſſible que le cheual y puiſſe
prendre aucune creance, par exemple, ſi elle eſt vacilante, la bouche ſera en deſordre, la crainte de ſe blef-
ſer, luy oſtera l'appuy, le fera battre à la main & porter
au vent, s'il la rude, les barres ſeront eſchauffées & blef-
ſées, s'il s'y attache par excés, il ne trouuera aucune liberté, & on luy engourdit les barres : Si bien qu'il ne
ſçait à quoy ſe reſoudre incertain qu'il eſt de reſter ou
s'enfuir, s'il la porte trop haute, il l'oblige à ſortir de la
main, s'il l'auance vers les oreilles, elle n'a aucun effet,
s'il la met hors la volte par excez, il geſne le cheual, s'il
la eſtropiée, il ne le peut ſecourir, & s'il la tient trop
longue, la bride eſt de nul effet.

Raiſon pour les iambes.

Puis que la main eſt la premiere agiſſante, en ce qui
dépend de bien guider le cheual, la meſme verité s'enſuit, & l'on peut dire ſans s'écarter de la raiſon, que les
iambes ont la moitié de la gloire en ſa conduite, & comme la main gouuerne ce qui eſt dit de la main en auant,

l'experience nous fait voir que les iambes regiſſent ce
que nous appellons de la main en arriere, par cette raiſon, le Caualier qui n'a pas les iambes fermes, bien ten-
dües & placées en bon lieu, ne s'en peut iuſtement
ſeruir; & ainſi le cheual ne peut agir auec liberté, d'autant qu'il eſt en inquietude perpetuelle, à cauſe du
mouuement qui le deſordonne, luy donne la fougue
luy cauſe la colere, d'où viennent les emportemens &
les autres deffauts, s'il les a mal tournées, & qu'elles
touchent inceſſamment ſon ventre, il eſt obligé de s'enfuir, s'il les a trop eſloignées, il n'eſt pas en eſtat de le
ſecourir & le chaſtier dans le temps, s'il les a trop auancées, il le bleſſera aux eſpaules, s'il les a trop racourcies,
elles ſont de mauuaiſe grace & de peu d'effet, & pour
peu qu'il peſe ſur les eſtriez, il ſe trouue hors la ſelle & en
perd le fonds, ſi elles ſont trop en arriere, les aides n'en
peuuent eſtre iuſtes, outre que cette poſture eſt fort deſagreable, ſi la pointe du pied eſt en dehors par excez, le
talon eſt toûjours dans le poil, & s'il eſt trop en dehors,
la iambe paroiſtra eſtropiée, & ſera ſans effet, donc la
vraye poſition des iambes eſt de les auoir droites du genoux en bas & placées entre les eſpaules & le flanc, comme i'ay des-ja dit.

Raiſon du coude & du poignet.

Lors que le coude eſt trop haut, le Caualier eſt geſné
de mauuaiſe grace, & n'a aucune force non plus que de
liberté, s'il l'a trop ſerré ou preſſé contre le corps, il ſe
geſne & gaſte ſa poſture, & rend les effets de la main
ſans aucun fruit: Apprenés donc que le poignet & le
coude doiuent toûjours eſtre d'égale hauteur, en quel-

que action que ce soit, & principalement en courant
la bague.

CHAPITRE SEPTIE'ME.

LORS que le Caualier sera instruit de ce que ie viens
de dire, & qu'il en aura l'intelligence parfaite, on
pourra luy apprendre les premiers termes de cét Art,
que l'Escuyer pratique lors qu'il veut faire commencer
ou finir les reprises.

Pour les commencer, on aduertit l'Escolier de se preparer d'estre ferme & droit, de bien conduire son cheual, sans qu'il demeure par lascheté, & qu'il s'abandonne par trop de fougue, ce qu'il continüe tant que
l'on luy dit halte, hola, parés, arrestés, ou c'est assez,
qui est la mesme chose; & l'vn des termes dont l'on se
sert pour aduertir l'Escolier de finir sa reprise; En suite,
on luy doit enseigner les quatre effets de la main qui se
doiuent accomplir sans que le coude, le corps, les bras,
ny autre mouuement y contribuent, & tenir pour constant que la main & le poignet doiuent faire cét office,
& rester incessamment en leur place; Et s'il est quelquefois necessaire qu'ils s'escartent pour aider & secourir le
cheual, on le doit remettre auec diligence en sa place
& position ordinaire: En mesme temps qu'elle aura agy
en son effet. Raison, Si la main & le poignet se trans-
portent & demeurent esloignés de leur scituation, le
cheual déplace la teste dés le moment qu'il ne se sent
plus soustenu, si elle se transporte vers les oreilles, ou-

tre que le Caualier commet vne action de mauuaife
grace, il n'eft pas en eftat d'agir,& fon effet eft nul,fi elle
eft ouuerte les refnes coulent de la main,& donne lieu au
cheual de fuiure fa volonté, fi elle eft portée trop haut,
elle l'oblige de leuer la tefte & fortir de l'obeïffance, fi
on y eft trop attaché, on endurcit les barres, on rend la
langue noire & preffée,on l'oblige d'ouurir la bouche,
on luy bleffe la fous-barbe, fans qu'il puiffe iouyr d'aucune liberté. Concluons donc qu'elle doit eftre ferme,
fermée le poignet droit fans eftre renuerfé, & fcituée
comme i'ay dit quatre doigts audeffus le pommeau de
la felle, les ongles quelque-fois vn peu en haut, & quelque-fois en bas, felon le befoin d eftre fouftenu , ou de
iouïr de la liberté d'aller en auant. Raifon; Si on s'attache perpetuellement à la main, on luy ofte enfin la fenfibilité, fi au contraire on la laiffe negligemment baffe
fans iamais le fouftenir, il prendra couftume de baiffer
la tefte & alonger le nez; fi bien que le iugement doit
agir en ce rencontre autant qu'en nul autre ,fouftenant
ou baiffant la main felon le befoin, comme i'ay dés ja
dit.

Apprenés auffi qu'il y a grande difference entre baiffer
la main & le poignet, & laiffer tomber imprudemment
la bride tout d'vn coup fans iugement. Raifon; C'eft
que le poignet baiffé tant foit peu & à propos, donne la
mefme liberté que fi on alongeoit les refnes de 2. pieds.

Il ne faut auffi iamais hauffer la main de la bride bruf-
quement auec furprife & violence. Raifon, C'eft que
vous efpouuentés le cheual par ces faccades & efbrillades, qui le defefperent au lieu de luy ayder.

L iij

Des effets de la main & positions de la gaule.

CHAPITRE HVICTIE'ME.

LORS que l'on a deſſein d'égayer vn cheual, le laiſſant aller en auant ſelon ſa volonté, on dit pour parler en bon Caualerice. Eſchaper vn cheual de la main,
partir vn cheual de la main, chaſſer vertement vn cheual, le pouſſer nerueuſement, & l'abandonner auec
iugement.

C'eſt tout ce qui ſe peut dire touchant les parties de
main, & apprendre en meſme temps que ce partir eſt
executé par le premier effet de la main, & pratiqué par
cette methode, on baiſſe d'abord la main & le poignet,
la ceinture vn peu en auant, & le corps en arriere, puis
on approche les iambes autant qu'il eſt neceſſaire, alors
il s'échape, s'enfuit en auant & s'abandonne, s'il eſt
dreſſé & obeïſſant autant qu'il plaiſt au Caualier & donne le premier des quatre effets de la main & du poignet
en ſon entiere perfection.

Second effet de la main.

On dit auſſi pour ſe ſeruir des termes de l'Art, lors
que l'on a deſſein d'arreſter vn cheual.

Parer vn cheual ſur les hanches, leuer vn cheual à ſon
arreſt, luy faire fort l'arreſt iuſte, & l'aſſeoir ſur les
hanches.

C'eſt ce qui ſe peut dire de bons termes, touchant
les arreſts, parades ou poſades, qui dépendent du ſecond

effet de la main, fous les termes cy-deffus, & fe prati-
quent ainfi.

Il faut y preparer le cheual, & penfer à fe bien difpo-
fer foy-mefme, afin d'agir en cette action auec adreffe
& iugement par cette methode, le Caualier & le cheual fe trouuans à peu prés vers le finiteur de leur cource, le Caualier portera tant foit peu les ongles en haut, pe-
fera mediocrement fur les eftriez, mettra le corps en arriere, puis l'arreftera ou le parera en deux ou trois temps,
ayant le foin d'empefcher qu'il ne fe trauerfe à fon arreft
auec le plus de douceur qu'il fe pourra, crainte de luy
bleffer la bouche ; puis ayant finy fa cource par cette a-
dreffe, il luy fera marquer deux ou trois pofades, & aprés
l'auoir fait reculer, il le careffera beaucoup ; ce qui donnera le fecond effet de la main & du poignet de la bonne maniere, ce qui ne pourroit autrement. Raifon ; Si
le Caualier au lieu de refter ferme & droit aprés auoir
party, mettoit la tefte baffe, laiffaft negligemment aller
fon corps, fans fouftenir le cheual & le fentir dans la
main, il ne le pareroit iamais fur les hanches, au contraire il le mettroit fur les efpaules, l'arrefteroit fur le deuant, l'obligeroit à baiffer la tefte & leuer la croupe ; ce
qui feroit entierement faux & contre nos regles : Vous
voyez donc la neceffité qu'il y a en cette action de refter
iufte droit, ayant la main douce & le corps vn peu en
arriere.

Troifiéme effet de la main.

Le troifiéme eft d'auffi grande confequencé que le
premier & le fecond. Raifon ; D'autant que c'eft en
tournant ou changeant de main que le Caualier peut

commettre plufieurs fautes bien confiderables ; Pre-
nez-donc bien garde à fon vfage qui fe pratique par cette methode, on tourne vn peu la main, le poignet &
es ongles vers le cofté droit en le fouftenant, puis on
chaffe le cheual en auant le conduifant & arondiffant
fans permettre qu'il s'acule, puis on le conduit en fon
chemin iufques à ce qu'il ait accomply fon demy tour,
c'eft à dire la tefte où il auoit la croupe, lors que la main
a commencé, ce que l'on appelle changer de main : cela bien obferué, vous aurez le troifiéme en fa pureté &
felon l'Art.

Quatriéme effet de la main.

Finalement, on pratique vn quatriéme effet de la
main, qui n'a point d'autre objet en fon efpece que
le troifiéme comme ce premier guide, la tefte & les efpaules à main droite, l'effet de ce dernier eft de plier le
cheual à main gauche le faifant obeïr, comme nous
auons dit à droit, pour cét effet on tourne le poignet &
les ongles du cofté gauche, le demy tours'acheue comme i'ay dit à droit, & le cheual changé vous donnera le
quatriéme & dernier effet de la main dans l'ordre de noftre Art, c'eft ce que l'on peut dire des effets de la main,
chofe la plus neceffaire de noftre meftier, comme de la
derniere confequence. Raifon ; C'eft qu'eftant conftant
que le cheual eft inceffamment guidé par la main : Si
on n'en a l'vfage auec la pratique, quel moyen d'en
auoir les effets.

CHA.

CHAPITRE NEVFIE'ME.

PVIS que i'ay commencé de vous entretenir de la main & de ces effets, de la neceßité qu'il y a de les sçauoir parfaitement; Ie ne veux pas vous priuer d'vne circonstance aussi curieuse que necessaire, sans vous en dire quelque chose de bien particulier, d'autant qu'elle peut estre ignorée de personnes qui se croyent fort habiles en cette profession, ce qui m'oblige de vous faire part de ce que i'en ay appris, protestant que ie seray fort rauy d'en apprendre vne plus forte & acheuée definition, de ceux que ie connoistray capables de me la faire connoistre telle, par la force du raisonnement.

Ie sçay bien qu'il est fort aisé à toutes sortes de personnes de dire, qu'il est absolument necessaire que le cheual soit tout à fait dans la main pour bien manier, ce que ie confesse auec eux, car disent ces Docteurs, s'il n'est dans la main, qu'elle obeissance & iustesse peut-on attendre de leur manége, ce qui est encore fort pertinemment conclud. Mais ie croy que la plus grande part de ceux qui vsent de ce terme se trouueroient fort embarassez, si on les prioit de nous apprendre la véritable Ithimologie de ce terme, & nous l'expliquer si intelligiblement qu'il peut tomber dans nostre imagination, c'est à quoy ie desire trauailler, tant pour ma propre satisfaction, que pour donner plus de lumiere que ie pourray à ceux qui l'ignorent, comme pour confirmer ceux qui ont des-ja quelque idée par cette definition.

M

Le cheual fe peut dire dans la main, lors qu'il prend
& garde fi iuftement l'appuy, que lors que les refnes
font en leur deüe égalité, tiennent & logent la tefte
auec vne telle liberté & ayfance, qu'il la porte inceffamment en bon lieu, fans s'égarer de fon deuoir; C'eft
à dire qu'il fe ramene fans eftre gefné, qu'il porte haut
fans que l'on luy puiffe dire qu'il a le nez au vent, qu'il
le baiffe auec telle proportion que l'on ne puiffe l'accu-
fer de s'armer ou porter trop bas; Lors qu'il ioüyt d'vne
liberté fi entiere que l'on ne puiffe remarquer le moindre deffaut à fa bouche; Lors que fa facilité à fuiure la
main & le poignet ne luy peut reprocher la moindre
repugnance aux effets raifonnables de la bride; Lors
qu'il donne librement fa tefte & fon col au moindre
mouuement du poignet; Lors que fa bouche eft fenfible & fine, fans que l'on puiffe dire qu'il porte au vent
bigaye, ou batte à la main; Lors qu'il aime & goufte fi
agreablement le mords qu'il ne fe bleffe iamais la fous-
barbe, que la gourmette fe rencontre inceffamment à
fon point battant eternellement en fon lieu, que l'égalité fe trouue fans ceffe en la liberté de fa bouche, qu'il
n'a trop ny peu d'appuy, que fa liberté ne rencontre iamais d'obftacle à l'obeïffance, quand il eft tellement leger que les barres reftent toûjours fenfibles;
Lors qu'il n'a iamais la langue noire par l'incommodité
de l'emboucheure; Lors que l'aggréement de fa bouche fe connoift par l'écume qui blanchit inceffamment
fon mords & ces boffettes; Lors que l'effet de la bride
eft fi religieufement obferué, qu'il n'y a ny barrés engourdies, ny fous barbe entamée, ny rien d'offencé en

les lieux plus fenfibles : C'eſt enfin lors que l'on luy peut donner de nom de bouche entiere , gaillarde, fenfible & toûjours en eſtat de rendre fidelle obeïſſance au Caualier : Voila ce que i'eſtime pouuoir eſtre deffi-ny, touchant le terme eſtre dans la main, s'il ſe trouue quelqu'vn qui s'en puiſſe mieux acquiter , ie me ſoûmets auec beaucoup de ioye de l'apprendre de luy.

Les poſitions de la gaule , aides , effets & chaſtimens.

La premiere ſe nomme la gaule croiſée ſur le col ou épaules du cheual, la pointe d'icelle en bas, ce qu'il aide à tourner à main droite auec plus de facilité, afin de parfaire le changement à main droite.

La ſeconde, ſe pratique en la plaçant du coſté droit le long des eſpaules, décendant vers le bout du nez pour l'aider à tourner à main gauche.

La troiſiéme trouue ſa place poſée pardeſſus le bras gauche, afin de ietter les hanches dehors, ou pour le faire promptement obeïr, lors qu'il ne connoiſt pas encore les iambes ny l'aide des talons , ou lors qu'il eſt en-nemy du fer & chatoüilleux. Raiſon ; C'eſt que ſi on le chaſtioit des talons lors qu'il ne les connoiſt pas, au lieu d'y obeïr, il ſe ietteroit contre , s'impatienteroit & fe-roit deſordre , ce qu'il faut éuiter autant qu'on le peut.

Finalement la quatriéme poſition de gaule ſe prati-que la plaçant du coſté droit derriere la botte du Caua-lier, le long des flancs, afin de tenir les hanches ſujettes au beſoin, & commencer d'obeïr lors qu'il ſera temps de le paſſager ſur les voltes. Raiſon ; C'eſt que ſi on n'ac-couſtumoit dés le commencement les cheuaux par ces aides douces à ſouffrir vers la fin de plus rudes chaſti-

mens; on auroit bien de la peine quand le temps seroit
venu de leur demander quelque chose de iuste, principalement lors qu'ils se rencontrent sensibles, impatiens
& ennemis du fer.

CHAPITRE DIXIE'ME.

APRES auoir apporté mon soin & ma peine à vous
enseigner ce que i'ay iugé plus necessaire touchant
la main & le poignet, comme des positions de la gaule,
il me reste à vous dire à quel vsage ils sont propres, &
de quelle consequence est l'vtilité qui en reuient au
Caualier.

C'est en premier lieu, la pierre de touche pour connoistre si le cheual eschape vertement de la main, s'il
se laisse guider de bon gré, s'il a loyauté de bouche &
l'entiere liberté, s'il souffre volontiers les chastimens,
s'il prend les aides, s'il a belle carriere, s'il part droit,
s'il suit la ligne sans se trauerser, s'il change de pied, s'il
grate menu, s'il court tride, s'il rassemble ces forces en
courant, s'il galope vny & bien ensemble, ou s'il galope
sur les espaules, s'il n'y s'abandonne qu'autant que le
Caualier luy donne de liberté, s'il court estourdiment
ou en ménageant ces forces, s'il court auec legereté
sans incommoder celuy qui est dessus, s'il court d'esqui-
ne & de reins, ou s'il galope laschement & sans force,
ne témoignant aucune vigueur, s'il charge à la main,
s'il a trop d'ardeur en partant, ou s'il fait ébanlançon,
tout ce que dessus, sont les fruits de l'vtilité de la bonne main & de ses effets.

De l'vtilité du second effet.

C'eſt par luy que l'on connoiſt ſi le cheual a bons reins, s'il ſe place librement ſur les hanches, s'il forme ſon arreſt au gré du Caualier, ſans ſe trauerſer ou branler la teſte, c'eſt l'vtilité du ſecond effet.

Vtilité des deux derniers effets.

Pour ce qui regarde les deux autres derniers effets, ie vous diray qu'ils ſont également neceſſaires pour auoir vne parfaite eſpreuue au tout & en chacune de leurs actions; Sçauoir, s'ils ont la liberté entiere, quoy que le Caualier ne fuſt pas tout à fait raiſonnable ny des plus excellens en cét Art, cela eſtant, il obeïra bien à celuy qui ſera bon homme de cheual: Voila ſommairement l'vtilité des effets de la main, ſans la connoiſſance & pratique deſquels, on ne ſe peut dire auec iuſtice bon homme de cheual. Raiſon; C'eſt qu'auec la perfection de cette pratique, vous pouués tirer tout ce que peut donner le cheual dreſſé, ou non, & ſans elle vous ne pouués vous ſeruir ny des vns ny des autres.

L'vtilité des aides de la gaule.

Quoy qu'il y ait pluſieurs vtilitez des aides de la gaule, on ne les peut poſitiuement dire en particulier. Raiſon, D'autant que pour les bien connoiſtre il faut auoir l'vſage & la pratique, & ces aides & effets ne ſe font bien voir que dans les occurrences, ſans qu'il y ait rien de prefix ; mais pour vous les faire mieux entendre, ie vous donneray cette comparaiſon, comme nous diſons; La iambe, le talon ou l'eſperon, l'aide ou le valet de la main, la gaule eſt auſſi nommée ſon aide ou ſa ſeruante quaſi en tous rencontres; D'autant qu'elle agiſt inceſſam-

ment auec elle l'aide, & la fuit d'ordinaire; & comme
plufieursyeux voyent mieux qu'vn feul, il eft probable
que deux ou trois aides iointes & concertées enfemble
dans le mefme temps, ont bien plus d'efficace qu'vne
feule : Voila comment la gaule partage le fruit de ces
aides auec la main.

Ce que c'eft galoper faux, & pourquoy le cheual fe defvnit.

CHAPITRE VNZIEME.

C'EST le plus fouuent par la faute de l'Efcolier qui
ne le fouftient point, manque de luy donner vigueur
comme par la lafcheté du cheual qui n'a point de cœur,
c'eft encore manque de bonnes hanches, faute d'eftre
chaftié de cette imperfection, par habitude, & pour ne
l'auoir pas troté & commencé fur des lignes droites.

Ce defvnir ou galoper faux eft proprement lors que
le cheual galopant à main droite, fait paffer en commençant fon chemin la iambe gauche pardeffus la droite, foit deuant ou derriere, & lors que l'efpaule gauche
comme la hanche auance la premiere, cela eft dit galoper faux ou fe defvnir, & par le contraire lors qu'il galope à main gauche, & que le pied droit comme la iambe
droite auec la hanche entament le chemin; cela eft auffi
dit faux pour la connoiffance; il eft tres-facile de s'en
apperceuoir, il faut feulement obferuer que lors que le
cheual galope faux, il n'eft iamais droit fur ces quatre
iambes, qu'il incommode celuy qui eft deffus, & qu'il

est le plus souuent couché, & lors qu'il galope à main
droite, il fait passer le pied gauche deuant, il est encore le mesme lors qu'il galope à main gauche, il faut
que le pied & la hanche gauche entament le chemin,
autrement le galop est faux, si bien que par cette démonstration afin qu'il reste incessamment vny & sur le bon
pied, accroupé & sur les hanches, il faut que le pied,
les espaules & les hanches entament sans cesse le chemin du costé qu'il galope sans changer de pied : Voila
ce qui regarde la iustesse du trot & du galop d'vne
piste.

Le cheual se peut encore desvnir par le droit, allant
& venant ; sçauoir, lors qu'il change de pied & galope
sur le pied gauche, par exemple, lors qu'il galope le
long d'vne muraille ou d'vn grand chemin, il faut qu'il
soit toûjours sur le pied droit, & lors qu'il vient à changer de pied, on le dit faux ; & quand il retourne sur la
mesme ligne, il doit encore galoper sur le pied droit,
autrement il est faux ; ainsi il faut conclurre que de quelque costé que galope le cheual sur vne ligne droite, il
faut qu'il galope sans cesse sur le pied droit.

Pour remettre vn cheual sur le bon pied lors qu'il galope faux.

Lors que le cheual galope faux, vous vous seruirés
de deux moyens pour le remettre vny, par exemple, si
c'est vn cheual qui entende les iambes & connoisse les
talons, & y obeïsse précisément, s'il se desvnit galopant
à main droite, il le faut vn peu soustenir de la main, &
en mesme temps luy appuyer assez vertement le talon
gauche, il se doit vnir ; mais s'il ne le faisoit pas, vous
le soustiendrés de rechef, le chasserés vn peu en auant,

& luy appuyrés le talon gauche vne fois ou deux de fuï-
te, il ne manquera de fe remettre fur le bon pied, par
la mefme raifon, fi galopant à gauche il commettoit la
mefme faute, il faudroit luy donner du talon droit vne
ou deux fois en le fouftenant, ce qui caufera le mefme
effet.

Mais lors que ce fera vn poulain ou vn ieune cheual
qui ne connoiffe ny main ny talons, commençant
feulement à troter & galoper, s'il change ou fe défvnit
à quelque main que ce foit, vous le ferés en mefme
temps remettre au trot fans toutesfois l'arrefter ny permettre qu'il demeure tout court, puis ayant quelque
peu continué de trot, vous l'animerés & le fouftiendrés
vn peu de la main iufques à ce qu'il prenne le petit galop leger, le changeant ainfi de temps en temps, le guidant du trot au galop & du galop au trot, le fouftenant
& animant de fois à autre felon le befoin, vous paruien-
drés peu à peu à ce que vous defirés & en peu de temps,
& l'accouftumerés à ne prendre plus faux iufques à ce
qu'il foit temps de luy faire entendre les talons & prendre les aides. Mais comme il fe trouue des cheuaux qui
fe défvniffent inceffamment lors que l'on les change
de main, foit à droit ou à gauche, prenant le galop faux
malgré le Caualier, quelque diligence & foin qu'il prenne de les fouftenir & chaffer en auant : Ie veux vous enfeigner vne précaution de grand effet à ce deffein, qui
eftant pratiqué à propos, l'empefchera fans doute de fe
défvnir ny iouyr de fa malice ou mauuaife habitude,
pour bien executer voftre deffein, il faut eftre inceffamment preparé, & ne manquer iamais de luy appliquer
vn

vn coup d'efperon ou deux affez fermes, du cofté
dehors, le fouftenant raifonnablement & le chaffa
auant, fi-toft qu'il aura parfait fon demy tour & qu'il
fera fur fa ligne fans manquer de remettre à l'inftant les
iambes en leur place fans les laiffer dans le poil, & que
cette action s'accompliffe auec iugement, vigueur &
dans le temps, vous deués eftre affeuré qu'en executant
ponctuellement ce que ie viens de vous prefcrire qu'ils
ne fe peuuent point defvnir, ce chaftiment & aide tout
enfemble eft fçauant, curieux & de grand fruit, ie prie
le Caualier de s'en fouuenir, afin de le pouuoir mettre
en pratique au befoin.

Refte de vous apprendre le moyen d'vnir vn cheual
qui change de pied en galopant par le droit, lors que
vous connoiftrés qu'il aura changé de pied, il luy faut
auffi-toft donner vn coup ou deux du talon droit, & apres
ce chaftiment, il le faudra chaffer en auant des deux
talons, en le fouftenant vn peu, puis au bout de vingt
pas l'arrefter fur les hanches, le faire reculer cinq ou fix
pas, il n'y a point de cheual qui ne s'vniffe par le droit
en luy faifant fouuent pratiquer cette leçon.

CHAPITRE DOVZIE^ME.

APRES que l'Efcuyer aura rendu fon Efcolier certain des effets de la main, de leurs vtilitez, des
aides, pofitions & chaftimens de la gaule, que fon imagination fera frappée des auis & preceptes que i'ay donnés depuis le commencement de ce modelle iufques à

N

ce chapitre, il doit l'auertir que pour bien & methodi-
quement trauailler, il faut suiure ponctuellement ce qui
s'enfuit, & tenir pour constant que pour commencer &
finir vne chose de laquelle dépend la perfection de nostre ouurage, & l'vnique moyen de dresser les cheuaux,
il les faut acheminer & acheuer par les principes que
ie vous enseigneray presentement, & poser pour base
& fondement que les leçons contenuës en ce Chapitre sont sans plus, le pied d'estail, qui doit soustenir tout
ce qui se pratique de plus considerable en la Caualerie.

Lorsque vous aurés dessein de commencer tel cheual
que ce soit, qui n'aura encore eu aucune connoissance
du manége, fust-il poulain, ieune cheual ou d'aage mediocre, quand il auroit huict ou neuf ans & plus, il n'importe, pourueu que l'Escuyer soit sçauant, on les doit
dresser les vns & les autres, moyennant qu'il se trouue
de l'estoffe, c'est à dire bouche, vigueur & esperon.

Afin de bien réussir, vous leur donnerés à tous le
simple canon, la branche droite, la grosse gourmette
ronde, assez courte, les crochets bien ajustez à l'œil du
mords; le tout bien poly & estamé auec vn cauesson,
selon leur taille, gentillesse ou malice. Raison; C'est
afin de leur conseruer aux vns & aux autres la bouche,
la sensibilité aux barres, & la sous-barbe entiere ; ce
que vous marquerés qui se doit le plus iudicieusement
conseruer, & afin que ie n'oublie aucune chose qui puisse
fauoriser mon dessein, ie vous aduertis qu'auant leur
mettre le cauesson, vous considererés auec exactitude
leur taille, la grosseur de leur teste, la forme de leur
encoleure, la grosseur de leurs espaules, la bonté ou

manquemens de leur bouche, ce que ie prefupofe que
le bon Caualier doit iuger par fa preuoyance, pour felon ces obferuations leur donner le cauefſon plat, le
tors & rond : ou bien le camarre ou figuette, puis vous
aurés vne grande corde à boucle auec le contre fan-
glon que vous attacherés à l'anneau du milieu du cauefſon, & les deux autres anneaux feruiront à mettre
les deux petites longes que le Caualier doit tenir en ces
deux mains, dans la iuftefſe afin de s'en pouuoir feruir,
cela fait, vous ferés conduire voftre cheual au lieu du
manége, voftre Efcolier defſus fi vous le iugés afſez fage
& docile pour fe laifſer monter & conduire iufques au
pilier, au tour duquel vous vous le ferés cheminer de
pas feulement, le guidant auec la chambriere, luy laiffant autant de corde que le iugerés à propos qu'il em-
brafſe de terrain; Alors le faifant guider par voftre Efcolier, qui le conduira doucemét auec iugement, le faifant
cheminer non en rond ny en auuale, non plus que fur
des lignes courbes, comme la plufpart de ceux qui ne
fçauent pas le meftier, ny le danger qu'il y a de trauailler par cette faufſe methode, comme ie pretend le prouuer en la fuite de mon difcours. L'Efcolier fe preparera donc de trauailler fur quatre lignes droites, qui doiuent compofer vn quarré le plus parfait qu'il fe pourra,
comme à celuy qui fera trauailler de donner ordre à fon
difciple de prendre le foin de le conduire incefſamment
fur lefdites quatre lignes, les fuiuant l'vne apres l'autre,
s'il veut donner vn afſeuré fondement à fon Efcolier, &
voir quelque iour fon cheual en eftat de bien manier,
fans fouffrir qu'il les quitte, qu'il tourne feulement la

main à l'extremité de chacune d'icelles, afin qu'il reste
en bonne posture & droit sur ces quatre iambes, sans
s'écarter de sa piste, ny cheminer trauercé; C'est ce qui
se doit inuiolablement pratiquer pour bien commencer
tel cheual que ce soit, & toute autre methode est absolument fausse. Raison; C'est que lors qu'il chemine en
rond, en auuale ou sur des lignes courbes; il faut de necessité qu'il s'en ensuiue plusieurs notables deffauts:
Premièrement, il est impossible qu'il ne se panche ou
fasse la volte couchée: Secondement, lors qu'il commencera de galoper, il prendra le plus souuent faux:
Tiercement, il ne peut iamais estre droit sur ces quatre
iambes: Quartement, il aura le plus souuent la teste
hors la volte: En cinquiéme lieu, il ne donne iamais
bien sa teste: Et en sixiéme lieu, il ne regarde point son
chemin lors qu'il trauaille en cette sorte, qui sont les
plus grands deffauts comme les plus contraires aux
regles de nostre Art, aprés auoir prouué ma proposi-
tion; il est constant que l'on doit trauailler en quarré,
afin de preuenir par cét asseuré principe à rendre le cheual capable de bien manier quelque iour, ce qui doit
estre long-temps pratiqué de pas & de trot. Raison,
Afin de luy gagner la teste & les espaules de l'assoublir,
luy rendre les mouuemens beaux, le trot resolu, le plis
de la iambe agreable, pour paruenir à le faire galoper
lors que l'on le sentira leger, souple & deliberé.

Mais afin de garder quelque ordre en vn chapitre
que ie vous ay marqué de telle consequence, il est iuste
que ie uous fasse remarquer iusques aux moindres circonstances, qui doiuent estre gardées en sa suite.

1. C. Qu'il soit droit, qu'il ait la teste dans la volte, qu'il regarde son chemin, qu'il donne librement sa teste sans faire le col roide, qu'il chemine sans cesse en auant, qui est comme i'ay dit la base & le fondement de tout le mestier, qu'il regarde donc du costé qu'il ira, soit à droit ou à gauche, ayant incessamment la teste ferme, & lors qu'il sera capable de galoper, qu'il ne prenne iamais faux, ny sur le mauuais pied, qu'il galope aussi iuste qu'il a troté, sçauoir sans s'écarter des lignes quar-rées, & se bien souuenir des precautions suiuantes, qui sont la teste droite & bien placée, qu'il regarde son che-min, soit à droit ou à gauche, qu'il embrasse tout le ter-rain, & lors qu'il finira sa reprise, que le Maistre & l'Escolier prennent le soin de luy faire plier le col, & qu'il regarde du costé qu'il aura trauaillé, luy tirant la teste vers le costé du pilier ou centre de la volte. Raison, C'est que si on ne luy donne habitude de donner libre-ment sa teste, il ne peut trauailler de bonne grace, n'a point de liberté à obeïr ce qui le rend enfin entier, c'est pourquoy le principal est de trauailler dés l'abord à leur placer la teste, leur plier le col & les épaules tout autant qu'il se pourra.

2. C. Il faut prendre vn soin particulier qu'il ne se des-vnisse en galopant. Raison; Lors qu'il se desvnit outre la mauuaise action qu'il commet, il est en danger de s'a-battre, & le plus souuent couché, & cette habitude est fort difficile à corriger, au contraire lors qu'il reste sur les hanches, il manie toûjours agreablement, & son a-ction est plaisante, il faut encore auoir le iugement de luy oster la precipitation en son galop, le soustenant &

conduifant de mefme égalité, & le continuer de cette
methode iufques à la fin de ces reprifes. Raifon ; C'eft
que la precipitation caufe l'ardeur, de l'ardeur vient le
feu, la fougue & l'emportement qui à la'fin efchauffent
les barres, le font tirer à la main & bleffer fous la gourmette.

3. C. En cette derniere circonftance, vous appren-
drés combien il eft important d'auoir inceffamment ef.
gard à la tefte au col & aux efpaules, pour la tefte, elle
doit eftre tellement libre que fi toft que le Caualier tire
l'vne des deux cordes du caueffon, il la doit donner fans
aucune refiftance, pour fon col il doit eftre fi bien plié,
qu'il ne fe trouue iamais roide & rebelle à ce point de
contefter contre la volonté de fon Maiftre, pour les efpaules elles doiuent eftre renduës fi fouples, fi deftachées
de terre, & fi libres qu'il ne s'y puiffe rien adjoufter, &
tout ce que deffus pratiqués par cette methode autant
de temps qu'il en faudra pour paruenir à la iufte obeïffance de ces premieres leçons, tant qu'il foit bien confirmé en toutes les circonftances, fouffrés cependant
pour finir ce chapitre, & vous donner vn eternel fouuenir de mes preceptes que ie repete, que l'on ne doit
iamais abandonner le trauail des quatre lignes droites

CHAPITRE TREIZIE'ME.

CE que deſſus gagné ſur le cheual, il faut que l'Eſcolier apprenne qu'il eſt neceſſaire de tourner la main toutes les fois que la neceſſité le requiert: Mais cette aide doit eſtre plus particulierement pratiquée, lors que l'on ſe trouue proche de l'extremité de l'vne des quatre lignes ou angles de la volte. C'eſt pourquoy l'Eſcolier y doit eſtre touſiours preparé. Raiſon; C'eſt que le cheual eſtant ſurpris par ce retardement ſeroit incertain du lieu où on le voudroit conduire, ſon impatience le feroit changer de pied, cette fauſſe aide le mettroit en deſordre, ſans qu'il reſtat droit ſur ces iambes, ainſi il ſe deſvniroit en faiſant ſon demy tour: Si bien que l'Eſcolier ſe doit ſans ceſſe reſeruer vne preſence d'eſprit à l'aider dans le temps du beſoin, le ſouſtenir, le porter en auant, tourner la main à l'extremité des lignes, le bien arondir tant qu'il ſe trouue la teſte oppoſée à la croupe, lors qu'il aura finy ſon changement de main. Raiſon; C'eſt que ce connoiſſant chaſſé en auant, bien conduit & arondit; il ne peut qu'il ne chemine dans l'ordre, d'autant qu'il eſt des-ja demy tourné, par cette methode qui à dire vray eſt la plus commode, la pierre philoſophale & l'vnique ſecret pour leur apprendre à changer de main auec liberté, puis qu'ils n'ont aucune peine, aucune geſne, & ſuiuent la main auec vn plaiſir qui les ſoulage, qui eſt le but de noſtre trauail.

Il faut bien ſe donner garde de changer de main en

reculant. Raiſon ; C'eſt que le cheual ne peut marcher
le cul le premier ſans grande incommodité, d'autant
qu'il s'entable qui eſt vn notable deffaut, car les hanches paſtiſſent à tel point que cette incommodité le
rend rebours, & tellement entier, qu'il eſt contraint de
refuſer le point de la bride, & deſobeït, à cauſe de la douleur que l'on luy fait ſouffrir, adjouſtés à cela qu'il eſt
encore forcé par cette contrainte de porter la teſte hors
la volte, n'y ayant point de cheual qui mette la croupe
par trop dedans, qui ne ſoit obligé de mettre la teſte
dehors, afin de ſe ſoulager : Aprenés donc, que lors
que la croupe marche la premiere, qu'il ne peut iamais
manier iuſte ny de bonne grace. Raiſon : C'eſt qu'il eſt
certain que lors que la croupe eſt par trop dedans, il eſt
vray que les eſpaules ſont de trauers & hors la ligne de
nature, ce qui eſt manifeſtement faux.

 On ne doit iamais changer de main que ſur l'vne des
extremitez des quatre lignes de la volte, chaſſant le cheual en auant en l'arondiſſant iuſques à ce que le demy
tour ſoit accomply. Raiſon : C'eſt afin qu'il connoiſſe
par cette methode la douceur & la facilité qu'il y a de
tourner de cette maniere, qui ne contraint aucunement,
afin que la liberté & le plaiſir qu'il y trouuera ſe conuer-
tiſſe en habitude, & qu'ainſi il tourne & change d'vne
main à l'autre, ſi toſt qu'il ſentira le moindre mouuement & l'aide de la main : Voila à peu prés le fruict de
mes preceptes & des premieres leçons, dont ie me ſert
ordinairement, ce qu'il faut pratiquer ſans ceſſe, & les
continuer auſſi long-temps que le Caualier ſçauant &
diſcret le iugera à propos, careſſant & flatant le cheual
           luy

luy donnant recompenfe lors qu'il vous aura contenté, le tout auec beaucoup de patience & douceur, ne le cha- ftiant qu'au grand befoin, iamais en colere ny fans rai- fon iufques à ce qu'il foit fi pleinement confirmé en ces premieres leçons, que vous ne puiffiés craindre aucune efquipée ou efcapade : Aprés cela foyés perfuadé que de ces principes dépend tout noftre labeur : Notés en- core que celuy qui les fçaura bien mettre en pratique fe peut dire fçauant fans fe donner beaucoup de vanité.

CHAPITRE QVATORZIE'ME.

LORS que voftre cheual fera au poin que vous ve- nés d'entendre, il le faudra conduire dans vn lieu fpacieux, où le trotant & galopant par le droit quelque cinquante ou foixante pas en longueur : Vous effayerés de le changer de main fans l'aculer ny le trop preffer: Prenés vn foin particulier de luy donner affez d'efpace, faites en forte que chaque pas qu'il fera foit en auançant & s'arondiffant : & pour dernier auis, trauaillés fi bien que lors qu'il aura accomply fon demy tour, il fe trou- ue fur la ligne fur laquelle il eftoit venu, puis qu'il con- tinuë fon chemin le plus droit qu'il fe pourra, afin de prendre l'autre demy tour à main gauche, de la mefme methode que i'ay enfeigné à droit.

Ie vous auertis que vous ne ferés cette leçon que de pas & de trot, iufques à ce qu'il y foit tres-certain, & qu'il change auec liberté de bouche, de tefte & d'efpau- les, & lors qu'il fera leger & deliberé prenant le petit

O

galop de luy-mefme, vous le pourrés laiffer faire, l'o-
bliger à le continuer par la vigueur moderée de vos
aides, le changeant à droit & à gauche, de la mefme
methode que ie vous ay enfeigné de pas & de trot; &
lors qu'il aura obey & changé auec iufteffe, arreftés le,
careffés le fort, donnés luy du pain ou de l'herbe, afin
de luy faire connoiftre qu'il vous a contentés, puis fans
l'inquieter & furprendre, vous effayerés de le faire reculer cinq ou fix pas, continüant cette leçon trois ou
quatre reprifes, le carefferés autant de fois qu'il vous
obeïra. Finalement vous le conduirés au petit galop leger iufques au bout de l'vne des lignes, puis vous le
changerés encore vne fois ou deux, s'il vous obeït, arreftés, tirés en arriere, careffés le comme deuant, puis
luy donnés haleine & le renuoyés à l'Efcurie crainte de
le rebuter; Ie vous donne pour toutes ces leçons autant
de temps que voftre prudence le iugera neceffaire, afin
qu'il la faffe auec plaifir & loyauté, à quoy eftant paruenu vous le pourrés exercer tous les iours de voftre trauail, le galopant legerement, le changeant de main autant de fois que la moitié de fa force & haleine vous en
donneront de connoiffance, le careffant toufiours à la
fin des reprifes, afin de l'obliger à y prendre plaifir, &
refter en eftat de vous fatisfaire, pour cét effet, vous luy
ferés careffe, luy donnerés du pain, & apres l'auoir fait
auancer à reculer par plufieurs fois, vous luy donnerés
grand haleine, luy ferés encore retirer fa galopade par
deux ou trois reprifes, puis l'ayant careffé vous l'enuoye-
rés à l'Efcurie : Mais fi au premier iour de voftre exercice, il luy prenoit fantaifie de vous defobeïr par vn peu

de caprice meſlé de malice, ne vous faſchés point, ne l'o-
bligés pas à la colere, au contraire traités le doucement,
reuenés à vos principes, eſſayés par vos premieres leçons
auec grande patience, faites ſi bien qu'il rentre en ſon
deuoir, continüés ainſi, luy faiſant repeter toutes les leçons precedentes iuſques à ce que vous luy ayés de rechef imprimé dans la memoire, & lorſqu'il ſera deue-
nu bien obeïſſant, vous le confirmerés par les leçons
que nous auons enſeignées iuſques à ce qu'il tourne
ou change d'vne main à l'autre auec la liberté & aiſance
que vous pourrés ſouhaiter.

CHAPITRE QVINZIE'ME.

CE que deſſus bien imprimé dans ſa memoire, &
ſuppoſé qu'il ne vous refuſe point l'obeïſſance de la
main, vous le ferés conduire dans le lieu du manége, où
prenant aſſez d'eſpace vous le ferés trotter & galoper
fort legerement ſur les hanches, ſans oublier de prendre
les quatre lignes, comme baſe & guide de tout ce que
vous deués faire, la teſte ferme dans la main & ſur le
bon pied, empeſchant qu'il ne faſſe la volte couchée,
puis vous le parerés de temps en temps ſur les hanches,
luy leuerés le deuant, luy ferés marquer deux ou trois
poſades à ſon arreſt, ce que continuërés iuſques à trois ou
quatre repriſes, par la ſemblable methode luy faiſant
careſſe luy donnant haleine entre les repriſes lors qu'il
vous obeïra, puis le renuoyerés à l'Eſcurie ; & au premier
iour de voſtre trauail vous le galoperés d'abord ſur les

quatre lignes de la volte, & l'arresterés sur les hanches
à l'extremité de chacune d'icelles, luy leuerés le deuant
au parer, le ferés reculer cinq ou six pas, & continuërés ce trauail sept ou huict iours durant, afin de le preparer à changer de main en moindre espace sur l'extremité des quatre lignes droites l'vne apres l'autre, pour
à quoy paruenir, vous vserés de cette methode.

　Vous le ferés partir sur la premiere, au bout de laquelle
vous le changerés à main droite de pas seulement, le plus
rondement qu'il se pourra ; puis vous reprendrés la mesme ligne, laquelle vous suiurés iusques à son extremité,
où vous changerés à main gauche, comme ie vous ay
enseigné à main droite, puis vous reprendrés encore la
mesme ligne que vous suiurés iusques à sa fin ; mais au
lieu de changer ny à droite ny à gauche vous tournerés
seulement la main pour prendre la seconde, & la suiure
le plus droit qu'il se pourra iusques à son extremité, où
estant paruenu, vous tournerés ou changerés de main de
mesme maniere que vous auiés fait sur la premiere, afin
de la reprendre, la suiure & changer encore à main gauche comme deuant, puis reprendre la mesme seconde
ligne la suiure comme la premiere, mais estant à son extremité, il faudra passer sans changer de main pour gagner la troisiéme sur laquelle il faudra faire ce que vous
aués fait sur les deux precedentes ; enfin trauailler d'vn
iugement si net & entier que vous en puissiés faire autant
sur toutes les quatre sans commettre aucune erreur &
sans se troubler, puis en faire autant en commençant à
gauche, c'est ce qui s'appelle changer de main sur les
quarts ou angles de la volte, trauailler de quart en quart

fur les quatre lignes quarrées. L'vne des belles & plus
difficiles leçons de tout le meftier & la plus fçauante, il
la faut pratiquer vn mois ou deux de pas & de trot plus
ou moins felon la fouplefle, liberté, obeïffance ou memoire de cheual; & enfin de galop y gardant la methode & les circonftances dont ie vous ay aduerty pour auoir
ce rare manége en fon entiere perfection, requis à vn
cheual de guerre & combat particulier.

CHAPITRE SEIZIEME.

LE Caualier doit fçauoir la meniere de laquelle on
doit donner des efperons au cheual, afin qu'il obeïffe fans repugnance: Conceués donc que comme c'eft
le meilleur & le plus vtile pour le chaftier, que c'eft auec
cette precaution de faire & accomplir cette action par
la bonne methode, qui eft de ne leur laiffer iamais refter
dans le poil, dans le ventre ny contre les flancs: Il faut
donner affez ferme de coup & preftement, du mefme
endroit où les iambes fe trouuent placées en le furpre-
nant. Raifon: C'eft afin qu'il obeïffe à ce prompt chaftiment auant qu'auoir loifir de former deffein de fe
deffendre, puis il faut auffi toft remettre les iambes
en leur place, & continuer fon trauail fans en vfer iamais autrement. Raifon: C'eft que fi vous luy laiffés
refter les efperons dans le ventre, s'il eft fenfible, vigoureux, chatoüilleux, plein de cœur & ennemy du fer; il
eft conftant qu'il fera fon deuoir de ne les endurer pas,
fe fera encore le vray moyen de le reduire au defefpoir
par cette imprudence.   O iij

Si vous en vſés encore ainſi à vn cheual laſche &
poltron qui n'aura vigueur ny cœur, ie ne ſçache point
de meilleur moyen pour en faire vne roſſe.

Moyen de faire cheminer le cheual en arriere.

CHAPITRE DIX-SEPTIE'ME.

C'EST par cette methode que ie deſire que vous
luy faſſiés comprendre ce miſtere; ſi c'eſt vn cheual
d'Eſpagne, barbe, caſtillan de legere taille, ou vn fort
gentil animal, vous luy donnerés le caueſſon plat. Raiſon : C'eſt afin de ne luy donner aucun deplaiſir, s'il
eſt de mediocre taille aſſez fin & ſans malice point trop
chargé de teſte & d'épaules, vous luy donnerés le caueſſon rond & tors : Mais lors que ce ſera vn gros cheual eſpoix, dur de col, de teſte & d'épaules, vous luy
donnerés le caueſſon, cammare ou ſiguette, puis ayant
bien examiné leur taille, vous leur ferés mettre celuy
des trois que vous iugerés leur cauſer meilleur effet, &
voſtre Eſcolier eſtant deſſus, vous luy mettrés les longes
dans les mains, ajuſterés les reſnes de la bride, en ſorte auec celles du caueſſon que le mords ne fera aucun
effet, lors que le Caualier s'en voudra ſeruir : Cependant pour premiere leçon, vous ferés agir en faiſant
tirer les cordes de coup & aſſez ferme par voſtre Eſcolier, ſans que le mords faſſe aucun effet, comme i'ay dit,
s'il ne recule vous redoublerés vne ſeconde fois, & vn
peu plus ferme, pour luy donner à connoiſtre que l'on

le chaftie à caufe qu'il n'a pas obey, ce que vous conti-
nuërés iufques à quatre ou cinq fois plus ou moins, felon le befoin, toufiours auec moderation. Raifon: C'eft
afin de ne les pas defefperer, vous laifferés auffi des in-
teruales entre les chaftimens, puis au bout de quelque temps vous luy en donnerez encore auec plus ou
moins de force que vous le iugerés neceffaire, & qu'il
fera dur de tefte & de col, ce qui fera continüé fi long
temps que l'on connoiffe qu'il fe prepare de baiffer les
hanches, tefmoignant vouloir reculer: Alors vous ceffe-
rez vos chaftimens pour le careffer, le laiffant penfer à
luy & reprendre ces efprits, puis vn peu apres vous re-
commencerez voftre action auec affez de fermeté, s'il
vous obeït pour peu que ce foit, reculant vn pas ou
deux, arreftez le foudain & le flatez beaucoup, le laiffez
en repos, quelque temps apres effayez par la mefme
methode s'il fe trouueroit en humeur de vous obeïr &
reculer cinq ou fix pas, s'il le fait flatez comme deuant
& luy donnez du pain; puis le renuoyez à l'Efcurie. Le
lendemain eftant au manege vous en vferez comme i'ay
enfeigné, s'il recule facilement, il le faut fort careffer &
luy donner du pain tout autant de fois qu'il obeïra: mais
enfin s'il vous defobeïffoit n'eftant encore confirmé,
ne le battez pas pour cela, tafchez à le diuertir en le
conduifant cinq ou fix pas en auant, effayez auec douceur & patience de le remettre en fon deuoir. Raifon:
C'eft que fi vous l'outragiez auec violence, vous luy
donneriez lieu de defefpoir, ce qui le pourroit rebuter. Mais fi apres beaucoup de patience il s'opiniaftroit
à ne vouloir plus reculer du tout, faites luy mettre la

grand' corde , faites poſter vn homme prudent & qui
entende vn peu le meſtier, deuant luy auec la gaule
en main & la grand' corde , luy ferez mettre la gaule deuant les yeux en luy donnant par fois vn leger coup de
ladite corde auec iugem…t & à temps. Raiſon : C'eſt
afin de le ramener à l'obeïſſance auec ces petits chaſtimens , qui n'eſtans pas violens ne luy peuuent pas donner beaucoup de colere, ainſi il rentrera en ſon deuoir
pluſtoſt que par la force , & pour peu qu'il recule vous
le flaterez , luy ferez donner du pain, vn moment apres
vous verrez s'il voudra reculer en luy monſtrant la gaule , & faiſant ſemblant de faire agir la corde , s'il recule
cinq ou ſix pas d'aſſez bonne volonté , vous l'arreſterez
le flaterez , luy ferez oſter la corde comme l'homme
& la gaule , ſans qu'il la voye plus , & continüez ſeul ce
que ie vous ay enſeigné cy-deuant ſans le trop preſſer, &
afin de conclurre cette premiere leçon, lors que vous
l'aurez rendu certain à reculer facilement pour les deux
cordes du caueſſon , ſans l'effet du mords , ſi toſt qu'il
ſentira le coup donné à propos, qu il ſe preparera de reculer , & qu'il ſentira le Caualier en volonté de faire
agir le caueſſon ou en faire ſemblant , il le faudra beaucoup flater. Raiſon : Afin que cette connoiſſance iointe aux careſſes , le tienne en obeïſſance perpetuelle, c'eſt
ainſi que vous le condüirez inſenſiblement à la ſeconde leçon & maniere de reculer par la methode qui s enſuit.

CHA-

CHAPITRE DIX-HVICTIEME.

VOVS ajufterez vos refnes en forte que le mords fera effet auec le cauefson. Raifon : C'eft afin qu'a-gifsans tous deux enfemble, ils fafsent chacun leur ef-fet en mefme temps, cette iuftefse eftant obferuée, vous donnerez comme deuant vn leger coup des deux cordes du cauefson fi à propos qu'il fente l'effet du mords, & le chaftiment du cauefson tout enfemble, que s'il recule, c'eft tres-bon figne; il faudra continüer cette metho-de auec prudence & douceur meflée d'vn peu d'har-diefse, luy faifant toufiours fentir le chaftiment du ca-uefson auec l'effet du mords, fans pourtant l'ennuyer s'il obeït de bonne volonté, ce que vous continüerés aufsi long-temps que voftre iugement & fon obeifsan-ce vous le feront connoiftre necefsaire, iufques à ce qu'il recule pour le cauefson & la brille enfemble fans s'impatienter, branler la tefte, fortir de la main, apres quoy il le faudra preparer à la troifiéme leçon, qui a pour objet de le faire reculer auec la bride feule : Vous ferez voftre pofsible de vous mettre en force & bonne pofture, puis vous feruant à propos de voftre iugement vous peferez fur les eftriez, mettrez le corps vn peu en arriere, puis fouftenant les ongles en haut, vous vous rendrez afsez nerueux pour connoiftre s'il voudra recu-ler pour l'effet de la bride feule, ayant toutefois incef-famment les cordes de voftre cauefson preparées afin de vous en feruir en cas de refus pour aide & vray prefer-

P.

uatifue de fa bouche : mais s'il vous obeït dés la premiere fois, baiſſant les hanches ſi toſt qu'il vous ſentira le corps en arriere, & qu'il recule trois ou quatre pas,
baiſſez en meſme temps la main & l'arreſtez , teſmoi-
gnant par vos careſſes le plaiſir que vous receuez de ſon
obeïſſance : Puis quelque temps apres remettez le dans
la main, leuez legerement le poignet & vous mettez en
eſtat de le faire reculer cinq ou ſix pas auec la bride
ſeule, & trauaillez ſi iudicieuſement que cette action
s'accompliſſe auec delicateſſe & iuſteſſe ſi eſgale qu'il
ſoit obligé de reculer auec plaiſir ſans eſtre forcé ny violenté, ce qui ſera continüé ſept ou huiĉt iours, donnant
ſept ou huiĉt pas de recueil, auec bonne volonté & liberté de bouche : mais afin d'en tirer la derniere obeïſſance, il faut par exemple le faire cheminer ſur les quatre, comme i'ay enſeigné en l'ordre de mes principes,
puis faire reculer ſur les meſmes lignes, ſans qu'il les
quitte non plus qu'en cheminant en auant ; le tout auec
grande précaution & conſeruation de ſa bouche, ayant
inceſſamment le caueſſon preparé, afin qu'il vous ſerue
de precaution contre ces malices, lors qu'il voudroit
tirer contre la bride ou ſe ietter ſur la main ; c'eſt ainſi
que vous accomplirez cette leçon dans l'ordre de la
belle methode pour luy apprendre à cheminer en arriere, & reculer franchement ſans luy gaſter la bouche
ny luy incommoder les barres, ce qui ſera continüé
iuſques à entiere obeïſſance.

CHAPITRE DIX-NEVFIE'ME.

LORS qu'il reculera auec toute la fidelité requise,
se seruant de bride seulement; on commencera à
luy apprendre la connoissance des talons, afin qu'il y
obeisse auec la mesme franchise que nous auons desi-
ré qu'il peut reculer. Raison : C'est qu'estant conduit
de la main & du talon, il est necessaire qu'il obeisse
aussi librement à l'vn comme à l'autre afin d'y paruenir, vous luy ferez mettre le gros cauesson à testiere
de cuir & deux bonnes longes de corde, puis le ferez
attacher entre les piliers, sellé & bridé sans personne
dessus, non pour le faire saulter, mais afin de luy donner la connoissance de ce que l'on desire, qui est en vn
mot de luy faire connoistre les talons en cette maniere,
l'on se postera derriere luy auec la chambriere, de laquelle on frapera contre terre, afin de le faire donner
dans les cordes, ce qui fera deux effets; l'vn le confirmera à reculer; & l'autre à leuer le deuant : Apres cela, le Caualier l'obligera à porter le derriere d'vn costé
& d'autre par le moyen de la chambriere, l'obligeant
par fois à rester quelque temps en chaque endroit, ce
qui sera continüé cinq ou six iours; afin de l'accoustumer : mais lors qu'il se portera de bonne volonté d'vn
costé & d'autre, si tost qu'il verra le Caualier en estat
de le chastier, il le faudra caresser, & vn moment apres
fraper de la chambriere contre terre, afin qu'il donne
librement dans les cordes; c'est alors que vous ferez

P. ij

monter voftre Efcolier deffus auec les efperons , & fi-
toft qu'il fera placé dans la felle , vous luy ferez pratiquer fous l'Efcolier ce que vous luy aurez fait faire feul,
tant que le iugerez à propos: Enfin vous luy ferez tourner
la main à droité, & aprocher le talon droit apuyant doucement : mais de coup s'il obeit pour peu que ce foit,
il le faut careffer , s'il n'obeit pas, il ne le faut pas batre
pour cela , & ne le toucher fi-toft du talon , mais luy
aider auec la chambriere feulement. Raifon : C'eft
que s'il eftoit violenté par l'efperon, il prendroit vn déplaifir qui ne fe pafferoit peut eftre pas aifement, fi bien
qu'il faut vfer quelque temps de la premiere leçon, le
portant auec icelle d'vn cofté & d'autre : Mais enfin il
faudra tenter le moyen des talons de la maniere que i'ay
dit cy deffus, le careffant pour peu qu'il obeiffe, afin
de l'accouftumer à les fouffrir & craindre continüant,
& le furprendre quelquefois en donnant de coup, puis
remettre la iambe en fa place fans oublier de luy porter fouuent la croupe d'vn cofté & d'autre, & en venir
toufiours à ces fins, qui eft de le pinfer fouuent, tantoft
d'vn talon & apres de l'autre, ce qui fera continüé tout
autant qu'il le faudra, pour luy donner creance à ce que
deffus. Mais afin de voir quelque progrez à ce commencement, on fe feruira d'vn autre moyen : vous le ferez
ofter des piliers, puis au premier iour de voftre trauail
vous luy ferez mettre le caueffon à fon ordinaire auec
la grande corde, puis vous luy ferez mettre la tefte
vis à vis le pilier, & ferez tourner le poignet à droite,
& luy donner en mefme temps vn leger coup du talon
droit, afin de voir s'il obeira, s'il obeit à la bonne heu-

re, vous le flaterez, puis luy ferez fubtilement donner
de l'autre, s'il obeit encore, il ne faudra pas luy en
demander d'auantage, le renuoyer à l'Efcurie, puis le
lendemain vous continuërez voftre deffein fans la grand'
corde, s'il obeit de bonne volonté, laiffez le faire ce
qu'il voudra, apres l'auoir flaté vous effayerez à luy
faire fuir l'autre par la mefme methode, ce qui vous
ayant réuffi vous aurez beaucoup gagné, mais comme ils ne font pas toufiours en bonne humeur, s'il arriue qu'il vous refufe ne le battez pas pour le faire obeir
par force, diuertiffez le en le guidant cinq ou fix pas
en auant, puis le reculez iufques à voftre pilier, où vous
ferez encore agir vos talons l'vn apres l'autre, trauaillant inceffamment auec prudence iufques à ce qu'il
fuye également les deux talons, mais s'il vous refufoit
quelquefois mefme auec opiniaftreté & malice, ie
vous donne aduis de ne vous iamais mettre en colere
iufques à le battre outrageufement, reuenez à vos principes, faites luy mettre la grand' corde, & en vfez comme ie vous ay enfeigné. Raifon : C'eft qu'il n'y a rien
de plus dangereux que de rebuter vn cheual, car vn
chaftiment violent & mal à propos, le recule de plus
d'vn mois, voire gafté bien fouuent tout ce qu'on a fait
en fix : Aprenez cependant que cette maniere de les
faire fuir les talons fe nomme la volte renuerfée.

Autre methode de faire fuir les talons pour faire cheminer les épaules & la croupe en mefme temps, il luy
faudra mettre la tefte contre vne muraille, puis le guider de la main & du talon, faifant cheminer la main la
premiere & fuiure le talon apres, iufques à l'extremité

de la muraille, puis retourner en changeant les aides
de la mesme façon que vous l'auiés mené, enfin pour en
tirer la derniere obeissance, vous le renfermerez du talon droit à l'extremité de la muraille, apres l'auoir porté du talon gauche, puis luy ayant remis la teste à la
muraille, vous le porterez du talon droit & le renfermerez à l'autre extremité auec talon gauche, enfin pour
le confirmer entierement en cette vtile maniere d'agir,
vous le guiderez de la main & du talon sur deux lignes
paralelles, sans permettre qu'il auance ou recule; mais
apres qu'il aura obey, il faut encore qu'il le fasse en
auançant & en reculant.

Voila sommairement la methode de leur apprendre
à fuir, obeïr & connoistre les talons, ce qu'ils doiuent
necessairement sçauoir. Raison : D'autant que l'on se
sert de cette aide quasi en tous rencontres pour les pourmener sur les voltes, pour faire la volte renuersée, pour
faire fuir les talons la teste dedans, pour apprendre les
passades iustes ; & finalement pour les guider d'vn talon
sur l'autre, lors que l'on se trouue embarassé en tel endroit que ce soit.

CHAPITRE VINGTIE'ME.

LORS qu'il fuira également les talons, il le faudra
mettre sur les hanches par cette methode, vous luy
mettrez la teste contre la muraille, comme si vous auiés
dessein de luy faire fuir les talons, puis l'arrestant en tel
endroit qu'il vous plaira, vous le ferez reculer cinq ou

six pas, puis en le surprenant vous le pousserez auec
iugement contre ladite muraille, il craindra de se blesser
le nez ou la teste, si bien que pour euiter ce mal, il aime-
ra mieux se mettre sur les hanches. Autre moyen, faites
le cheminer sur vne ligne droite de pas seulement, puis
l'arrestez de dix en dix pas, le tirez arriere, rendez-vous
assez vigoureux, faites siffler vostre gaule & luy en donnez par fois sur le costé gauche, continüez dix ou douze
iours de suite, vous en verrez l'effet. Autre moyen :
Cherchez en vous pourmenant à la campagne quelque
endroit vn peu penchant, ce que l'on nomme calade,
preparez le au petit galop de haut en bas, puis vous
seruant à propos du cauesson, faites luy former l'arrest
en deux ou trois temps, puis le tirez sept pas en arriere,
continuez cette methode dix ou douze iours, il s'asseoira
bien tost sur les hanches. Raison : D'autant que c'est
le moyen de luy faire plier le nerf du iarret, qui est
l'vnique secret pour cét effet, deplus cette leçon est la
plus vtile de toutes.

Car puis qu'il est vray que nous faisons consister toute la merueille de nostre Art, à bien mettre & asseoir vn
cheual sur les hanches, il faut que cette action soit bien
considerable, en effet si nous en examinons exactement
la consequence, nous trouuerons que la croupe & tout
le derriere ne porte que la queuë, qui est fort legere en
comparaison de la teste & du col qui sont portez par les
épaules, il est donc necessaire de trouuer quelque
moyen pour soulager les épaules, qui sont sans comparaison d'vn autre poids que la queuë, afin de contre-
peser & faire quelque égalité à ce poids, qui ne peut

eſtre recompenſé qu'en alegiſſant les eſpaules, tenant
inceſſamment le cheual aſſis ſur les hanches, qui eſt le
ſecret qui nous donne tant de peine, & où nous réuſ-
ſiſſons bien ſouuent le moins.

    C'eſt à ce propos que ie pourrois dire des hanches, ce
que i'ay propoſé ailleurs, parlant de la main, puis que
l'on dit qu'il faut que le cheual ſoit aſſis ſur les hanches pour bien manier, ce qui eſt fort vray, mais la diſ-
ficulté eſt de ſçauoir préciſement ce que c'eſt qu'eſtre
bien aſſis ſur les hanches, ce que i'eſpere faire voir,
bien que le cheual ſoit tout ſur le derriere comme cette
action ſe peut rencontrer, par exemple, lors qu'il s'a-
cule ou entable par ſa malice ou la faute du Caualier,
il ne s'enſuit pas qu'il ſoit ſur les hanches lors que ces
iambes ſe trouuent hors la ligne de nature, ou tant ſoit
peu eſloignez d'icelle, & tant plus ils en ſont égarez &
tant moins il eſt ſur les hanches. Raiſon: C'eſt que n'e-
ſtant pas comme i'ay fait voir ſur la ligne de nature, il
eſt dit entrouuert & aculé, mais non pas ſur les hanches, exemples, lors qu'il manie ſur les voltes de deux
piſtes, quoy qu'il aye les hanches aſſez prés la terre, s'il
bat d'vn pied l'vn apres l'autre ſans s'vnir & accompagner des deux hanches enſemble & rabattre en meſme
égalité, il ne peut eſtre dit ſur les hanches. Raiſon:
D'autant que ne pliant pas les iarrets, il eſt eſcarté de la
ligne de nature, & ne peut pas eſtre ſur les hanches lors
qu'il galope de trauers ou change de pied, il peut auoir
la croupe bas; mais d'autant que le coſté qui ſe deſvnit ſort de la ligne de nature, ie dis qu'il n'eſt point ſur
les hanches.

Mais

Mais dira quelqu'vn, qu'eſt-ce donc eſtre bien ſur
les hanches, pour pouuoir dire vn cheual aſſis ſur les
hanches, il faut que tout le derriere ſoit dans la ligne
de nature, mais comme dira encore ce curieux, Qu'eſt-
ce que cette ligne de nature. Reſponce : C'eſt lors que
l'os de la hanche eſt placé droit en auant, les iambes
de derriere & les iarrets auancez ſous le ventre du cheual, faiſant plier le nerf du iarret, en ſorte que les deux
hanches s'vniſſent enſemble ſans aucune contraction,
plaçant par cette vnion les iambes, les iarrets & la
croupe ſans luy donner aucune incommodité, alors il
peut eſtre dit aſſis ſur les hanches : Voila cette ligne de
nature ſur laquelle il doit eſtre pour demeurer inceſſamment ſur les hanches. Raiſon : C'eſt qu'eſtant en cette
poſture, il n'eſt point entrouuert ny eſcartelé, porte
les deux hanches enſemble ſans ſe deſvnir, & par con-
ſequent il eſt à ſon aiſe, c'eſt ce qui ſe peut dire ſur les
hanches, & non autre choſe ; mais bien entrouuert &
ſur le cul, c'eſt à dire eſcartelé.

La pratique du caueſſon & ſon vtilité.

CHAPITRE VINGT-VNIEME.

IE ſçay bien que nos modernes n'approuuent pas l'v-
ſage du caueſſon, mais ſans m'amuſer à refuter leur
opinion, ie diray qu'il eſt impoſſible de dreſſer vn cheual dans l'ordre de la iuſteſſe, ſans luy incommoder les
endroits les plus ſenſibles, ſans ſon aide. Non pas à la

Q

verité dans les mains d'vn ignorant, mais lors qu'il eſt
mis en vſage par vne ſçauante main & vne bonne ceruelle, il faut auoüer que c'eſt le ſouuerain preſeruatifue
de leur bouche.

C'eſt pourquoy l'on s'en ſert auec iuſtice pour pluſieurs raiſons, entre leſquelles i'en ay voulu choiſir trois
pour l'inſtruction de tout le monde.

La premiere eſt, Afin de leur plier la teſte, le col &
les eſpaules.

La ſeconde, Pour leur conſeruer la ſenſibilité aux
barres.

La troiſiéme, Pour leur faire connoiſtre & aimer le
mords.

Mais afin de faire gouſter cette verité, ie demande
lors qu'il a le col roide, qu'il ne veut pas donner ſa teſte
ny regarder ſon chemin, y a-t'il vn autre moyen que le
caueſſon pour le guerir de ce mal, s'il appuye ſur la main,
qu'il s'abandonne ſur le mords, qui peut luy oſter cette
imperfection ſans luy déchirer la bouche que le caueſſon;
s'il eſt plein d'ardeur, d'impatience & d'emportement,
laiſſerez vous tous les iours fauſſer les branches, rompre
des embouches, & perdre la bouche pluſtoſt que de vous
ſeruir du caueſſon, qui arreſtera ſans doute cette ardeur,
reprimera cette impatience, & conſeruera la bouche; i'en faits iuge ceux qui ſe voudront tant ſoit peu
laiſſer guider à la raiſon, & croire ceux qui nous ont
laiſſé pour enſeignement de cét Art, le trot, le canon
& le caueſſon, pour commencer & finir les cheuaux ieunes & vieux : En ſecond lieu, qui peut mieux conſeruer vne bouche tendre & delicate, que le ſimple canon

aidé par le cauesson : N'est-il pas vray qu'il ne peut estre
par ce moyen offensé ny dedans ny dehors la bouche,
qui peut mieux donner le vrais appuis que le trot racour-
cy & soustenu par le moyen du cauesson, ou quelquefois estendu ou abandonné selon le besoin, n'en a on
pas mesme à faire, lors qu'ils s'emportent, forcent la
main par ardeur ou malice, & se deschirent la bouche &
les barres : N'est-ce pas le cauesson qui est le preserua-
tif en tous ces rencontres.

Ie viens à ma troisiéme raison, qui n'est pas de moindre consequence que les deux precedentes, puis qu'il
est question de faire aimer vne chose non animée à vn
animal qui n'est pas doüé de raison; ce qui m'oblige
de vous faire conceuoir comme cette amour se communique, cela se fait par la subtile inuention de l'Escuyer,
qui s'est aduisé de faire quelque peu de mal à son cheual pour luy causer vn grand bien : N'est-il pas certain
que l'effet du cauesson est de pinser, mordre & d'entamer le nez du cheual, mais il ne deschire & n'offen-
se iamais la bouche, au contraire il la soulage, la preserue sensible & entiere : Voila donc ce bon Medecin
qui fait vne legere incision pour guerir vne grande playe,
& qui fait du mal pour le bien de son malade, que donc
le cauesson pinse & entame le nez du cheual exterieurement, il n'importe, voire il est plus à propos qu'il le fasse
pastir, pourueu que ce ne soit auec excez. Raison : D'autant que cette douleur exterieure causée par le cauesson,
luy fait connoistre qu'elle ne procede pas du mords, puis
qu'elle ne le blesse dehors ny dedans la bouche, si bien
qu'il se laisse facilement persuader à aimer ce qui ne l'in-

commode pas : C'eſt par ce moyen que l'eſperance nous
fait voir que l'on peut faire aimer & gouſter la bride aux
cheuaux, en ſe ſeruant bien à propos du caueſſon, qui
eſt ce que i'auois à vous prouuer.

Moyen de reduire & dreſſer vn cheual deſobeiſſant

CHAPITRE VINGT-DEVXIEME.

LORS que vous rencontrerez quelque cheual meſ-
chant & indocile à ce point, que les eſperons, la
chambriere ny aucuns des chaſtimens, dont on ſe ſert
d'ordinaire, ſeront entierement invtiles, ne vous imaginez pas le vaincre par le battre & outrager de la derniere violence, aſſeurez que vous deuez eſtre de ne le
vaincre par ce moyen, faites mettre pied à terre, cependant que l'on vous preparera vn caueſſon, vne grande
corde & voſtre chambriere en main, & le mettrez en
eſtat que vous ſoyez le Maiſtre, faites le conduire au pilier ſellé & bridé, les eſtriez abbatus auec ce qui le pourra incommoder, & l'attachez ſi bien audit pilier qu'il
ne connoiſſe point de iour de s'en pouuoir fuir, le bor-
nant à voſtre volonté par le moyen de la corde, puis vous
approcherez auec du pain ou de l'herbe, & commencerez par le careſſer & luy en donner, cela fait, eſſayerez
de le faire cheminer en auant au tour le pilier, luy monſtrant la chambriere pour luy donner à connoiſtre ſon
chemin, n'importe comment, pourueu qu'il obeïſſe,
& qu'il chemine de l'eſtenduë de voſtre corde, pour peu

qu'il chemine de bonne volonté, il le faudra careffer,
finon il faut faire en forte qu'il obeïffe par le moyen de
la chambriere, ce que cōtinuërez tous les iours de voftre
trauail iufques à ce qu'il prenne le trot de luy-mefme, &
au bout du temps qu'il voudra le petit galop, car autrement vous ne feriez pas affeuré de fa docilité, il faut auffi
faire en forte qu'il chemine & galope fur le bon pied autant qu'il fe pourra, donnant parfois de la chambriere
contre terre, principalement lors qu'il galopera faux,
ce qui fera continüé neuf ou dix iours felon le befoin par
la mefme methode, afin de le confirmer de l'vne & de
l'autre main à cette premiere obeïffance, apres quoy
vous effayerez de le faire changer de main de pas feulement, luy faifant voir la chambriere deuant luy, l'aidant
felon l'Art, & fi-toft qu'il aura changé, il le faudra faire
fuir en auant, & l'accouftumer à changer ainfi de pas &
de trot à vne main, Puis à l'autre auec toute la prudence requife, le beaucoup careffer lors qu'il fera fon deuoir, que s'il fe mettoit par fois en colere ne voulant
obeir fe refouuenant de ces malices, il le faut faire obeir
par force luy monftrant la chambriere de fois à autre,
tantoft deuant luy, apres derriere, & quelquefois des
deux coftez, l'animer ainfi felon le befoin auec iugement fi long-temps que vous connoiffiez qu'il commence à obeir dés lors qu'il vous verra en eftat de luy en
donner lors qu'il fera venu à ce point, vous aurez beaucoup gagné, flatez le, & confiderez qu'il faut du temps
pour vaincre vn fi mauuais naturel apres ces premieres
leçons, & fuppofé qu'il vous obeïffe auec liberté, trotant, galopant changeant de main à voftre volonté,

Q iij

vous prendrez vne molette d'esperon émoucée que vous logerez dans vn baston de deux ou trois pieds à voſtre commodité, & la tiendrés en voſtre main, & lors qu'il galopera au tour le pilier, vous appliquerés la molette auec iugement de coup en le ſurprenant ſans la laiſſer reſter dans le poil, afin de luy faire connoiſtre le fer & luy faire ſouffrir par cette methode, eſtant beſoin de toute neceſſité qu'il le connoiſſe, le ſouffre & y obeiſſe, s'il l'endure qu'il continuë ſon chemin ſans ſe faſcher, ruer ny reculer, c'eſt bon ſigne ; mais ſi vous redou-blés & qu'il la fuye, c'eſt bien mieux, auſſi ne deués-vous manquer de le careſſer & luy donner du pain, ſi-non remettés le auec la chambriere, & le bruit de vo-ſtre voix le chaſtiant par ce moyen, puis ne laiſſés pas de luy en donner d'vn coſté & d'autre, vne fois vers le flanc, vn autre à la croupe en le ſurprenant inceſſam-ment, faites agir la chambriere & la molette enſemble, afin que ces deux aides du meſme temps l'accouſtument à fuïr, afin qu'il les ſouffre ſeparement, ce que conti-nuërés ſi long-temps en faiſant agir vos aides à propos, qu'il ſouffre la molette en tous les endroits que vous la voudrés appliquer, l'appuyant à l'abord, doucement, apres mediocrement, puis aſſez ferme ſelon qu'il la ſouffrira docilement, ce que bien connu, careſſés le, donnés luy du pain & l'enuoyés à l'Eſcurie.

CHAPITRE VINGT-TROISIEME.

PVIS au premier iour de voſtre trauail, vous luy donnerés le gros caueſſon à teſtiere de cuir, le ferés mettre entre les piliers ſellé & bridé ſans perſonne deſſus,
les eſtriez abbatus afin qu'ils luy battent les coſtez. Raiſon : C'eſt pour l'accouſtumer aux branles & aux mouuemens, ce qui luy oſtera l'apprehenſion & ſouffrir la
molette ſans ſauter ny ruer, qui eſt le but de noſtre deſſein, faites le ſimplement cheminer la croupe d'vn coſté
& d'autre par pluſieurs fois, frapperés auſſi de voſtre
chambriere contre terre, faites tant qu'il donne dans les
cordes ne luy donnant de quatre ou cinq iours d'autre
leçon que luy faire cheminer la croupe ſans qu'il ruë, le
faire donner dans les cordes, reculer ſans qu'il leue le
deuant, finalement vous luy appliquerés la molette de
coſté & d'autre pluſieurs fois tous les iours de voſtre
trauail vn iour au tour le pilier, vn autre entre les piliers
ſans luy changer ces leçons tant qu'il en ſoit tres-certain,
& qu'il obeïſſe à la molette ſans aucune repugnance,
vous n'oublirés auſſi de le careſſer autant de fois qu'il
obeïra, luy donner du pain & le renuoyer à l'Eſcurie,
mais au premier iour de voſtre trauail, vous le ferés pourmener le long d'vne muraille, l'aidant & guidant auec
la grande corde, & lors qu'il y penſera le moins vous luy
ferés appliquer la molette, le ferés retourner, & ferés
encore le meſme, ce que vous continuërés le pourmenant de cette ſorte iuſques à ce qu'il obeïſſe par le droit,

cela fait & fuppofé qu'il l'endure vous luy ferez mettre
la tefte vis à vis le pilier, luy ferés fentir la molette vers
le flanc, luy faifant faire la volte renuerfée comme s'il
y auoit quelqu'vn deffus, le ferés auffi auancer & reculer
par le moyen de la grande cordé & de voftre chambriere :
Enfin vous agirés de la mefme maniere que l'on
dreffe vn cheual docile lors que l'Efcolier eft deffus, &
ne le tirerés point de ces leçons iufques à ce qu'il y foit
bien affeuré : Apres cela, vous le ferés reculer par le
moyen de la grande corde, ayant du pain en voftre main
que luy monftrerés, le ferés auancer, puis luy en ayant
donné vous l'obligerés à reculer autant qu'il vous plaira
& auancer tout de mefme; finalement vous le ferés
troter & galoper à toute furie au tour le pilier, ne manquerés
de luy appuyer la molette de cofté & d'autre, le
faifant changer de l'vne à l'autre main auec diligence &
preftefle, luy appuyant la molette fi toft qu'il aura changé,
puis l'ayant encore remis dans les piliers, fait plufieurs
fois donner dans les cordes, reculer & porter le
derriere d'vn cofté & d'autre, vous le renuoyerés à l'Efcurie;
c'eft la methode dont vous vferés pour le vaincre.
Raifon : Vous luy acquerrerés la patience, luy ofterés
l'inquietude, luy ferés venir la volonté d'où s'enfuiura
l'obeïffance, car eftant rompu à ce que deffus, il fera
forcé de fe rendre. Alors il n'y aura plus de danger de
monter deffus & fuiure voftre methode, ce qui fera continué
iufques à ce qu'il foit confirmé : C'eft ainfi que
vous dompterés & deuiendrés Maiftre du plus capricieux
& rebours de la nature, vous obferuerés encore
s'il vous plaift ce que ie vais dire : Que fi les Caualiers
	n'eftoient

n'estoient point emportés par l'impatience, qu'ils se
voulussent donner le loisir, se resoudre à commencer
les ieunes cheuaux par cette methode ; nous ne verrions
pas tant de desordres, de cheutes, de bras cassés, de
iambes estropiées, de cheuaux ruinez de iambes & de
flancs, de bouches deschirées, de barres endurcies &
de sous-barbe en composte : En vn mot ce seroit le
vray secret de n'en rebuter aucun, mais le dernier auantage & le plus considerable est, que nous ne mettrions
iamais nostre Escolier en danger, la mesme obseruation
se doit faire pour ce qui regarde les deux piliers, il se
faut bien garder de faire monter vn Escolier que l'on ne
soit pleinement asseuré de leur sagesse s'ils voudront
souffrir que l'on montedessus, car ie vous aduertis que
i'en ay veu arriuer de grands desordres.

Ce que c'est que passade, combien il y en a, & leurs vtilitez.

CHAPITRE VINGT-QVATRIEME.

POVR bien entendre & iouyr du fruict de ce chapitre, il est necessaire que le iugement nous fasse
conceuoir que quelque figure que l'on puisse marquer
ou tracer en faisant manier le cheual, galopant, cerpe-
geant, faisant caracoles, repoulains ou autres tours d'vne
piste, se peuuent nommer passades moyennant cette obseruation ; sçauoir, qu'il passe & repasse incessamment
par le mesme endroit, piste ou chemin qu'il a des-ja passé : Voila les circonstances qui font la passade, & qui

R

leur en donnent le nom. Pour sa definition, elle est telle selon le sentiment de tous.

Passade, N'est autre chose qu'vne estenduë de chemin borné ou non, par lequel le cheual doit passer & repasser sans qu'il luy soit loisible de s'en escarter, à moins de perdre son nom. Raison : C'est que si le terrain n'estoit pas gardé, le cheual ne passant plus par le mesme chemin, cette action se nommeroit tours à l'auenture, sans y auoir rien de reglé.

Pour ces diuersitez, elles sont en si grand nombre, que ie ne pourrois sans changer l'ordre de mon dessein les nommer toutes par les noms que chacun leur donne selon leur caprice, ce qui m'oblige de vous en faire connoistre quatre principales, tant pour ne vous embarasser l'esprit, que d'autant que de l'vne d'icelles dépendent toutes les autres.

Noms des quatre principales passades

La premiere se nomme passade de la main à la main.

La seconde est dite passade ou demie volte de quatre temps.

La troisiéme passade en pirojiette, qui est demy tour d'vn temps.

La quatriéme est la passade iuste de trois temps, celle dont toutes les autres dépendent sans contredit.

Definition de la premiere. Elle est ainsi nommée pour plusieurs raisons: Premierement, c'est que l'on ne se sert iamais que de la main en cette sorte de manége. Secondement, on luy dóne ce nom lors que les cheuaux tournent naturellement par obeïssance de bouche, sans auoir eu aucune connoissance du manége. Tiercement, elle est ditte de main à la main, d'autant qu'ils fuiuent d'vne main à l'autre. En quatriéme lieu, on la baptife de ce nom, d'autant que le vray but de ce manége, eft de faire agir la main pour iuger de leur liberté.

L'vtilité, Elle eft vtile pour la guerre, neceffaire pour efgayer les cheuaux à la campagne, les tenir en haleine excellente pour pratiquer la belle galopade, & pour rendre tefmoignage de leur obeïffance.

Definition de la feconde. Elle eft ainfi nommée, d'autant qu'il faut obferuer quatre temps pour fon accompliffement, autrement elle ne traceroit pas fon chemin felon l'ordre de noftre deffein, qui eft de la fermer en quatre temps fans que la croupe efchape.

L'vtilité, C'eft que lors que l'on connoift que le cheual a peu de force, on leur donne ce moyen & aifance de tourner lentement, afin qu'ils ayent plus de liberté.

Definition de la troifiéme, Elle fe nomme piroüette, & emprunte fon nom du mot propre, *Piuot*, d'autant que fon effet eft de tourner ou rouler fur luy-mefme: En effet en cette forte de manége, le cheual doit tourner fur fes hanches comme fait le piuot dans fon crapaut, ce qui luy donne le nom de piroüette par Metaphore.

Il y en a de deux fortes; La premiere, fe pratique de la tefte à la queuë, & alors fe font les efpaules qui reprefentent le piuot : Celle-cy eft pratiquée lors que les cheuaux refufent le poin de la bride ou fe rendent entiers, alors on leur fait faire vne ou plufieurs piroüettes de la tefte à la queüe du cofté qu'ils ont refufé.

Mais la veritable piroüette eft lors que les hanches font le demy tour d'vn temps, fans que la croupe échape,

R ij

Ce manége ne dépend pas entierement de l'Escuyer non plus que de son adresse ; il est besoin que le cheual soit partagé d'vne disposition toute particuliere accompagnée de force, soupleße & legereté.

Son vtilité ; Elle a cela de rare, que c'est le meilleur moyen de gagner la croupe au combat particulier.

Definition de la quatriéme. On la peut nommer iuste, lors que le cheual est tellement acheué, qu'il part sur vne ligne droite bornée, ou non, sans la quiter, que se rencontrant à l'extremité d'icelle, il s'assist si iustement sur les hanches qu'il se trouue en estat de former son arrest à demy, & marquer trois temps en tournant auec telle iustesse & égalité de terrain, que le troisiéme accomplisse la passade en fermant le demy tour, en sorte qu'il se rencontre la teste & les espaules directement opposée à la croupe, qui est proprement à dire sur la ligne par laquelle il estoit venu lors qu'il est party de sa premiere place; puis qu'il ait assez d'adresse & iustesse pour repartir sur cette mesme ligne, sans la quiter ny se trauerser pour se rendre au finiteur d'icelle, afin de marquer ou tracer les mesmes trois temps à gauche de la mesme iustesse que i'ay prescrit à main droite, ce qu'estant continüé & obserué deux ou trois fois de chaque main, elle aura sa definition, se pourra appeller passade iuste de trois temps.

Son vtilité : Elle est vtile pour le manége de guerre, pour le combat particulier, ie remets à en dire d'auantage lors que i'enseigneray le moyen de l'apprendre au cheual, & la faire pratiquer au Caualier.

Ce que c'eſt que volte, pourquoy ainſi nommée, de combien de
ſortes il y en a; A quoy elles ſont vtiles

CHAPITRE VINGT-CINQVIEME.

VOLTE vient du mot volter, qui ſignifie tourner,
& comme nous diſons en France tourner ou changer de main; Les Italiens diſent volte ou volter, lors
qu'ils font faire caracoles ou changemens de main, ce
terme eſt encore vſité parmy les gens de guerre, lors
que les troupes font retraite par neceſſité ou par prudence, on dit vn tel Regiment ou Armée a fait volte
face; c'eſt à dire demy tour à droite pour s'en aller.

Mais la raiſon pourquoy elle eſt ainſi nommée, eſt
que l'on la deſpeint en figure ronde, qui a ſa piſte ou
chemin marqué par la circonference de ſon tour, elle
a auſſi des diamettres qui la partagent en quatre, for-
mans des angles pour trauailler en quarré, elle a encore ſon centre, afin de donner à connoiſtre au Caualier
qu'il doit trauailler en telle ſorte que la piſte du cheual
ſoit touſiours eſgalement eſloignée dudit centre lors
qu'il chemine au tour le pilier.

Pour le nombre de ces noms, on en peut à mon auis
compter iuſques à ſix ou ſept.

Il y a la volte ronde: La volte auuale: La volte berlongue: La volte d'vne piſte: La volte de deux piſtes:
La volte renuerſée; Et la volte compoſée de quatre lignes droites.

R iij

De la volte de figure anuelle ou de la berlongue arrondie.

Trauailler en cette maniere & fur telles figures eft faux. Raifon : Tel cheual que ce foit ne peut trauailler dans l'ordre qu'il ne foit droit, qu'il n'ait la tefte & le col plié du cofté qu'il chemine : Or celuy qui trauaille fur l'auuale ne peut eftre que panché & couché , donc il eft faux de trauailler fur les auuales.

Trauailler fur les lignes courbes eft tres-faux. Raifon: S'il faut abfolument que le cheual refte droit fur les quatre pieds lors qu'il manie ; ie dis qu'il ne peut eftre droit fur icelles, puis qu'il n'y a pas d'efpace raifonnable pour fuiure vne longueur de chemin ; le cheual donc ne pouuant eftre droit ; il eft tres-faux de trauailler fur les lignes courbes.

En trauaillant en rond ou circulairement d'vne pifte, le cheual ne peut qu'il ne fe defvniffe en changeant de main, à caufe qu'il ne fuit ny lignes ny angles, donc trauailler en rond eft totalement faux.

La volte d'vne pifte eft bonne, pourueu qu'elle fuiue le vray chemin en longueur conuenable, tournant la main à chaque extremité, fans que les efpaules & les hanches paroiffent plus dehors que dedans.

Volte de deux piftes ou chemins eft la mefme chofe, elle eft ainfi nommée, d'autant qu'en la pratiquant, le cheual marque deux endroits ; l'vn eft tracé par les efpaules à fçauoir le grand tour, & le petit eft formé par les hanches à l'entour le centre.

De la volte compofée de quatre lignes droites.

Enfin il y a cette excellente methode de trauailler, qui fe nomme volte en quarré, qui doit eftre autant admirée que cherie de ce qu'il y a de bons Caualiers au monde, puis que c'est l'vnique trefor qui fournit ce qu'il y a de beaux & bons effets en l'Art de monter à cheual.

Sa figure est quarrée, formée de quatre lignes droites égales, qui composent vn quarré parfait.

Sa definition est vne figure quarrée composée de quatre lignes droites pour trauailler de quart en quart.

Son vtilité est d'empescher les cheuaux que l'on dresse par cette methode de se couche, pencher ou defvnir.

Definition & vtilité de la volte renuerfée.

Elle est ainsi nommée, d'autant que sa pratique est directement opposée à la veritable volte de deux pistes, & bien que ie demeure d'accord qu'elles marquent chacun deux pistes ou chemins ; c'est pourtant auec cette difference que la renuerfée marque le petit tour, piste ou chemin des espaules, & la veritable volte de deux pistes marque vn grand tour auec vne estenduë tracée par son deuant. Si bien que traçant le rebours l'vne de l'autre, on l'appelle renuerfée.

Son effet est de plier la teste, le col & assouplir les espaules.

Pour son vtilité, elle donne le moyen de connoistre les talons, & de gagner la teste & les espaules.

L'ordre de mettre vn cheual fur les voltes.

CHAPITRE VINGT-SIXIEME.

LORS que le cheual aura passé par les leçons cy-dessus, qu'il y sera si bien confirmé que l'on ne puisse douter de son obeïssance, il lúy faudra faire met-

tre le cauesson, puis estant au lieu du manége, vous le
pourmenerés sur les quatre lignes droites, le leuerés à
l'extremité de chacune, puis le tirerés arriere, ce que
vous pratiquerés ainsi les suiuant l'vne apres l'autre, cela
fait, vous le pourmenerés de rechef sur les mesmes lignes la teste en dehors, & le porterés de costé sur icelles de ligne en ligne, sans manquer de leuer & reculer au bout de chacune d'icelles, puis vous prendrés de
rechef le mesme chemin & ferés former vn petit tour à
l'extremité de chacune d'icelles sur les quatre angles de
la volte, tout ce que dessus sera pratiqué à main droite
& à gauche incessamment sur les quatre lignes auec toutes les leuades, reculemens & posades necessaires pour
le rendre souple & obeïssant autant de temps qu'il en
faudra pour estre asseuré de son obeïssance, puis au premier iour de vostre trauail vous le passagerés en cette
maniere la teste estant opposée aux espaules, vous guide-
rés la teste & le deuant par le moyen de la main, la tournant à droite, apres vous seruant du talon, vous ferés
suiure les hanches & suiurés ainsi tout le tour, les épaules traçant le premier chemin, & la croupe guidé par le
talon formera le petit chemin au tour le centre, ce que
vous continüerés vn iour le pourmenant, l'autre le leuant & tirant arriere, luy faisant marquer des posades à
chaque arrest tant qu'il soit souple, obeïssant & certain
en toutes ces leçons : Finalement, vous le mettrés sur
le passage, l'animerés & vous rendrés plus nerueux
qu'à l'ordinaire, & l'obligerés à prendre quelque temps
de telle cadence qu'il voudra, si sa vigueur & gentillesse
luy permettent de prendre vn temps ou deux, arrestés

le

le soudain, faites luy beaucoup de caresses, donnés luy
du pain ou de l'herbe, puis continüés vostre passage
sans permettre qu'il manie, leués le seulement sur les
quarts de la volte & tirés arriére, puis cheminés vn tour
ou deux d'vne piste de pas seulement, le caressant, le
leuant par fois & le portant d'vn costé sur l'autre : Bref,
lórs que vous le sentirés leger de bouche, gaillard & sensible aux esperons, taschés de le renfermer, le faisant
passager vigoureusement, s'il s'anime à la bonne heure,
contribués de vostre costé, ioignés vostre vigueur à son
adresse, & l'obligerés à prendre sa cadence iusques à
sept ou huict temps, arrestés comme deuant, caressés
le beaucoup, puis l'ayant recompensé, continüés de le
passager, s'il s'anime & prepare, secourés le & luy laissés
couler vne volte entiere ou plus si vous luy iugés assez
de force & disposition pour cela, ce qui sera continüé
par vostre prudence si long-temps que le iugerés necessaire, & qu'il soit tellement confirmé qu'on luy puisse faire couler autant de voltes que vous en pourrés
raisonnablement souhaiter, aussi bien à droit comme à
gauche, le tout sans le presser & ennuyer, suiués seulement cette methode, vous verrés que le temps & la
patience luy acquerront le reste.

CHAPITRE VINGT-SEPTIE'ME.

IL reste à vous apprendre que l'on pratique trois sortes de changemens de main sur les voltes de deux
pistes, dont les deux premiers se font en dehors, & le

S

dernier fe pratique en dedans, fans toutefois que la croupe efchape ny aux vns ny aux autres.

1. Il fe pratique en cette maniere, on appetiffe infenfiblement la volte, en fouftenant vn peu la main, conduifant les hanches; & lors que l'on le iuge inceffamment renfermé, on le porte fi iuftement en auant qu'il ne forte de la volte, puis on tourne adroitement le poignet à gauche, ce qui le change en dehors, fans luy laiffer efchaper la croupe, puis on reprend la pifte gauche, tenant la croupe dedans, afin de continüer pour changer par la mefme methode.

2. On fait manier le cheual à l'ordinaire, & lors que l'on a deffein de changer, l'on choifit celuy des diametres ou endroits de la volte que l'on iuge le plus propre à fon deffein, puis appetiffant la volte comme deffus, on le guide iufques à l'extremité du diametre fans le laiffer trauerfer ny defvnir; & lors que l'on y eft paruenu on le chaffe iufques à l'extremité de la circonference, fans toutefois la couper, puis on tourne la main en dehors & on change auffi en dehors, puis on continüe de le guider fans que la croupe efchape tant que l'on veuille changer de main.

3. On le pratique en dedans, comme i'ay des-ja dit, fans quiter non plus l'ordre de deux piftes, puis ayant appetiffé la volte quafi iufques vers le centre lors que l'on le iuge en eftat de pouuoir eftre changé fans qu'il s'acule, on le chaffe tant foit peu en auant, & on le laiffe changer en dedans, puis on continüe l'ordre des voltes de deux piftes iufques au premier changement.

Notés que pour paroiftre bien prudent, on ne fait

iamais plus guere plus de deux changemens de main dans vne reprife. Raifon : C'eft qu'il patift en cette action, & fi on luy demandoit au delà de fa force, on le mettroit en fantaifie de n'en plus faire.

La pratique des paffades de trois temps.

CHAPITRE VINGT-HVICTIE'ME.

ON choifira vne ligne droite de vingt cinq ou trente pas, bornée ou non, fur laquelle il faudra pourmener le cheual, afin de luy faire connaiftre voftre deffein, puis l'ayant pourmené deux ou trois fois allant & venant, il le faudra tirer arriere cinq ou fix pas à l'extremité de la ligne; cela fait, il le faudra partir au petit galop, iufques au bout de la ligne, ou il le faudra partir fur les hanches le leuant de ferme à ferme, puis le tirer arriere le careffer, ce qui fera continüé cinq ou fix fois allant & venant de la mefme methode, fans qu'il demeure par lafcheté, ny qu'il s'en aille par furie.

Enfin le Caualier le condüira le long de ladite ligne, le tenant fouftenu dans la main iufques à fon extremité, où eftant paruenu, il tournera la main & le poignet vers le cofté droit; ce qui conduira la tefte & les efpaules, puis faifant fuiure le talon gauche immediatement apres, il affujettira les hanches les faifant fuiure, ce qui formera le premier temps de pas feulement, puis tournant de rechef la main à droite, & faifant fuiure le talon gauche, il tracera le fecond; puis finalement tournant encore la poignet comme les deux fois precedentes, & faifant faire le deuoir à fon talon gauche, le troifiéme temps fera formé dans l'ordre, fermera la paffade en telle maniere que la tefte & les efpaules fe trouuèront oppofées aux hanches fur la ligne par laquelle il eftoit venu, alors nous aurons la paffade iufte de trois temps, paffagée à main droite, & le cheual fur fon chemin en eftat de nous donner le mefme à main gauche felon noftre deffein.

Pour à quoy paruenir, il le faudra tirer arriere cinq ou fix pas, puis l'ayant leué de ferme à ferme, flaté & recompenfé, il faudra fuiure la ligne iufques à fon extremité, afin qu'il execute à main gauche, ce que nous luy auons fait pratiquer à main droite, mettant le corps en arriere, tournant les ongles & le poignet à main gauche pour le condüire comme deuant, faifant en mefme temps fuiure le talon droit, pour donner le premier temps à gauche, puis tournant encore la main vers le cofté gauche, & faifant accompagner le talon droit le fecond temps foit marqué; puis finalement, faifant cheminer la main à gauche & fuiure le talon droit, le cheual fe trouuera renfermé en forte qu'il nous fera voir le troifiéme temps en fa perfection; puis que le demy tour fera accomply, la paffade fermée la rendent auffi iufte & acheuée qu'à la main droite, ce qui fera continüé de pas de l'vne & l'autre main, tant que le cheual s'anime, pour nous donner le contentement de la faire pratiquer en fa perfection qu'il eft requis.

Pour à quoy paruenir il ne reftera plus qu'à le laiffer efchaper de la main auec affez de iugement pour qu'il ne s'abandonne que felon la volonté du Caualier, puis

le parer fur les hanches, le leuer deuant, le tirer arriere,
deux ou trois fois d'vn bout à l'autre : & enfin le partir
auec affez de precaution, pour luy faire obferuer les
trois temps releuez, bien vnis & arrondis en certe maniere les trois temps ou cadençes de mefme mefure, vigueur & efgalité de terrain, la iufteffe tellement obferuée, que les temps ne foient ny plus ny moins releuez
l'vn que l'autre, & que la paffade s'accompliffe par cette methode.

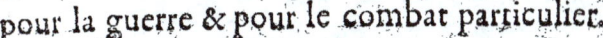

C'eft moyennant cét ordre que nous aurons la paffade iufte de trois temps en fon ordre & tres excellente
pour la guerre & pour le combat particulier.

L'ESCVRIE
DV SIEVR
DE BEAVREPERE:

OV IL EST TRAITE' DES SOINS
que l'on doit auoir des cheuaux pour les tenir
en bonne santé, gaillards, bien nourris, &
foigneufement pencez de la main : la connoiffance de leurs maladies , celle de leur
âge, auec les remedes pour les guerir ou foulager.

Diuifé par Avis felon l'ordre de l'Autheur.
Definition de la belle Efcurie.

AVIS PREMIER.

LA belle Efcurie fe doit entendre en deux
manieres : la premiere, à raifon de la grandeur & efpace de fon étenduë, de fon fuperbe Baftiment, de fon Architecture, de la
iufte Cimetrie gardée en l'ordre de fon édifice, de ces
Voultes auffi ftables que hautes exaucées, de fa riche

A

Menuiserie, des clartez données par la quantité de vitres & brillans criftaux qui la font éclater en lumiere, des viues Eaux que l'on voit inceffamment couler le long des mangeoires & autres endroits de l'Efcurie, par les diuers canaux qui viennent prendre leurs cours des Fontaines circonuoifines, des hautes colomnes qui la fouftiennent, des rares peintures qui la décorent, & enfin des ornemens plus acheuez que l'Art & la Nature ont pû imaginer pour la rendre comparable aux plus belles chofes.

La feconde maniere, dont elle doit eftre entenduë, & qui donne l'acheuement à fa perfection, eft lors que l'on la voit remplie d'vne quantité nombreufe de toutes fortes de beaux cheuaux, de tant de diuers païs & climats éloignez, que la Nature fait naiftre en tous les cantons de l'Europe, ce femble à deffein de les faire aborder en noftre France, comme au lieu le plus digne de les receuoir, & où la curiofité a porté nos Roys d'y établir des Efcuries illuftres qui n'ont gueres de pareils.

Il eft vray qu'il n'appartient qu'aux Roys & aux Princes, & à quelques grands & puiffans Seigneurs, de poffeder vne chofe de fi grand prix ; mais dautant que ie fçay qu'il y a quantité de perfonnes en France & autres païs étrangers qui ont nombre de cheuaux, mon deffein & principal but eftant d'ayder ceux qui ont befoin de mon affiftance, ie feray mon poffible d'inftruire le public, & donner des lumieres fi éclatantes en ce modele, qu'elles feront fans doute profitables à ceux qui cheriffent les cheuaux, me propofant de les rendre fi efficace, que i'ofe efperer que les honneftes gens m'en auront quelque obligation.

Avis second. Cét Avis second seruira d'vne instruction salutaire à ceux qui voudront garder quantité de
cheuaux, & principalement lors qu'ils seront de quelque consequence, comme ceux des Seigneurs, des
Escuyers tenant Academie, & autres personnes assez
riches & puissans pour cét effet. De commencer par
choisir vn homme destiné pour en auoir le soin & le
gouuernement entier, & dautant que cette charge
requiert soin & labeur, on doit penser à faire vne élection tres-exacte de la personne qui en doit auoir le
soin, dautant que cét employ, comme j'ay dit, est aussi
penible qu'honereux, & outre cela il doit encore posseder les qualitez qui s'ensuiuent: Il faut qu'il soit tout
à soy; c'est à dire, qu'il n'ait point d'autre occupation
ny attachement que celuy de son deuoir, qui est en vn
mot son Escurie; il doit estre sage, prudent, auisé, soigneux, vigilant, homme de trauail & de peine, point
querelleux ny abruty par le vin, fort assidu, & exempt
de tout vice: Doit estre Maistre absolu de l'Escurie &
des Palefreniers, les faire craindre & bien trauailler
sans les mal-traiter par outrance, il doit aymer naturellement les cheuaux, & comme il ne les doit pas craindre auec timidité & apprehension de les approcher, il
ne leur doit pas aussi estre trop rude; il ne doit quitter
son Escurie que tres-rarement, faisant voir la verité
du prouerbe, qui dit que l'œil du maistre fait bien
porter le cheual, qui nous marque par là le soin que
l'Escuyer d'Escurie doit auoir des cheuaux qu'il a en
gouuernement.

Il faut qu'il refte toufiours deux Palefreniers p oule
moins dans vne grande Efcurie durant le iour ; pour la
nuict ils y doiuent tous coucher.

Il y doit inceffamment auoir trois lampes ardentes
la nuict dans vne grande Efcurie, pofées en forte qu'elles ne puiffent mettre le feu en aucun endroit de l'Efcurie, & auoir toufiours deuant les yeux qu'il ne doit
rien garder auec tant de foin que l'accident du feu.

Il doit exactement faire trauailler les Palefreniers,
& les tenir en leur deuoir.

Il n'en doit iamais garder d'yvrongnes perpetuels s'il
fe peut, non plus que de ces ftupides toufiours remplis
de vin, crainte des accidens qui n'arriuent que trop
fouuent par la faute de telles gens.

Il n'en doit point auoir de feditieux, ny de ceux qui
battent outrageufement les cheuaux, & les eftro-
pient bien fouuent ; qu'il abhorre fur tout les pareffeux
& les libertins, car fans l'affiduité au trauail, les cheuaux diminuent au lieu d'augmenter.

Il doit eftre logé le plus prés de l'Efcurie qu'il fe
pourra ; y doit établir fa principale demeure ; ne dé-
coucher que rarement ou point du tout.

Il eft tres neceffaire qu'il entende autant qu'il fe
pourra les maladies des cheuaux, du moins les plus
ordinaires, afin que fon foin & vigilance y remedie
promptement, ou qu'il foit du moins affez intelligent
pour y faire donner l'ordre neceffaire par vn bon Marefchal.

Avis troifiéme. Apres que le Maiftre de cette Efcurie
aura rencontré vn homme tel que ie l'ay dépeint, il

faut auffi qu'il foit affez riche, affez liberal & genereux pour fournir cette dépence auec plaifir, fans laiffer rien manquer des chofes neceffaires à vn tel équipage, car fans cela il feroit impoffible à l Efcuyer d'Efcurie, quel-que habile, vigilant & affidu qu'il fuft, de reüffir ny rien auancer en fa profeffion. Mais fuppofons qu'il ne manque d'aucune chofe, il doit commencer par garnir fa chambre de toutes les vftenciles neceffaires pour vne telle Efcurie.

Il faut en premier lieu, qu'il foit muny de toutes fortes de mors, de caueffons, de filets, machicadous, gourmettes, boffettes, crochets, de petites figuettes, d'étrilles, brouffes, peignes, groffes éponges, épou-cettes, coufteaux de chaleur, de bonnes felles fermées que l'on nomme à picquer, des felles rafes à l'enclofe & de toutes façons, des teftieres des refnes, des étri-uieres, des croupieres, des poitraux, des fourfaits, des contre-fanglons, des chappes, des hardillons, des boucles d'anneaux, des plates-longes, facquerelles martingales, & plate-longes à deux branches, vne grande corde à boucle & contre-fanglon, deux cham-brieres, vne petite & vne grande, vn valet auec l'éguil-lon, vn poinçon, vn martinet, des tire fons, de bon-nes gaules, vn pic, vne tranche, vn arofoir & vn ra-teau, pour vnir le manege & en ofter les pierres.

Mais ce qui luy eft encore plus neceffaire, eft vne petite boutique dans fa chambre, garnie des chofes les plus communes pour foulager promptement les cheuaux: Comme de l'eau de vie, de l'onguent de pied, de l'onguent pour guerir les encloüeures & cloux de

ruë, de quoy faire le gargarifme ou lauement de la
bouche, de l'onguent *populeum*, de celuy de *déaltea*,
de la gomme *ellemmi*, du bol d'Harmenie, de la therebentine de Venife, & de la commune, du miel rofat
& du commun, de la poix de Bourgongne, de la poix
noire, de la poix-refine, de la cire neuve, du fuif de
mouton, de la graiffe douce de porc, de vieil oing, du
beure de May, du furpoint de l'onguent *Bafilicum*, de
l'*Egiptiacum*, de l'*Apoftolorum*, de l'huile d'oliue, de
l'huile de noix, de l'huile de laurier, de l'huile de petrolle, de celle de camomille & d'*hipericum*, du vinaigre, de l'eau de chicorrée fauuage, de l'eau de plantin,
de la poudre d'alun calciné, de l'ail, du fel, du poivre,
mufcade, canelle, cloux de girofle & gingembre, du
fucre blanc, du fucre rouge, du fucre candy, de la tutie,
de bon theriaque de Venife, de l'huile de vers, du
fouffre, des fleurs de fouffre, de la collophonne, de
l'any vert, de l'any de Florence, de la coriande, du
fené, de l'alloés de lagaric, du diagrede ou fcamonnée,
de fenoüil en graine, de la graine de lin, des bayes de
laurier, du genévre, de la rubarbe, du polipod, du
Catholicum, du lenitif, de la décoction à faire lauemens.

Outre cela, il doit eftre fourny d'vn étuy de Marefchal, vne grande ceringue pour donner lauemens, vne
petite pour faire les injonctions, il luy faur vne corne
de cerf ou de chevreüil pour donner les coups de cornes & feigner les cheuaux dans la bouche, vne corne
de bœuf pour donner les medecines, il luy faut le
mors d'Allemagne ou pas d'afne, pour regarder exactement dans la bouche des cheuaux, doit auoir la

gouge pour abatre les furdents ou dents de loup, vn
petit fer propre à ofter & brufler le lampas, de bons
cifeaux pour faire le poil de l'oreille, le crain, & autre
chofe neceffaire, & couper les barbillons.

Il luy faut vne ferriere, garnie de quantité de cloux
à ferrer, & d'autres pour racommoder les harnois, vn
boutoir ou paroir, vn brochoir ou marteau, des tur-
quoifes ou tenailles d'Allemagne, vn poinçon percé,
des lunettes, des entraues, vn rogne-pied, vne rappe,
du vieux linge, des bandages, vne alefne, du ligou,
vn gros licol à teftiere de cuir, des licols communs auec
quantité de longes de cuir, de corde, ou de crain.

L'Efcuyer d'Efcurie bien fourny de ce que deffus, il doit
commencer par vn foin tout particulier à faire pencer ces
cheuaux de la main; ce qui fe pratique par cét ordre.

Avis quatriéme. Premierement on leur mettra à
tous le mafticadou en la bouche, qui fera tres net &
oint ou laué d'vn peu de miel & vinaigre diffous enfemble, ou du moins moüillé d'eau & de fel: Raifon,
quoy que cela ne foit pas abfolument neceffaire, cette
couftume eft excellente, dautant qu'elle leur preferue
la bouche de chancres, la tient nette, la rend fraifche
& écumante, & leur donne appetit, cela fait on les
tournera pour les attacher par chacune des longes aux
pilliers, afin d'auoir facilité de les etriller à voftre fantaifie par tous les endroits où pourra paffer l'étrille, afin
de les rendre nets de craffe & de pouffiere, cependant
mafchans leurs filets ou machicadous par l'action que
leur donne l'étrille, ils fe purgeront le cerueau, & au-

ront la bouche gaillarde, écumante & plaisante, ce qui
doit estre continué par la diligence du Palefrenier iufques à ce que l'on voye que la poussiere qui sortira de
l'étrille paroisse blanche ; cela fait, le Palefrenier
prendra de la paille fraische ou du foin dequoy il fera
des bouchons en cette maniere ; Il faut tordre la paille
ou le foin, les bien presser, puis les tresser comme si
vous vouliez faire vne grosse corde, & lors qu'ils seront faits & bien arrestez, il les faudra mettre dans
l'eau & les en abreuuer, & apres qu'ils y auront vn peu
trempé, vous les ferez battre contre quelque chose
assez dur, afin d'en tirer la superfluité de l'eau, en suite
dequoy le Palefrenier s'en seruira comme de l'étrille,
commençant par l'encolure, & suiuant bien ferme en
tous les endroits par où aura passé l'étrille, iusques à
ce qu'ils paroissent gras, & qu'ils ayent emporté toute
la crasse & rendu le cuir net ; cela fait, il en faudra faire
autant aux iambes sans paresse, passant souuent le
bouchon dans les quatre paturons, & continuer si
long-temps que l'on voye les iambes & les paturons
bien nets & luisans, & apprenez en ce lieu, qu'il n'y a
rien qui nettoye si bien le corps du cheual & ces iambes que lesdits bouchons ; cela oste la crasse, nettoye
le cuir, oste la poussiere, & rend le corps & les iambes luisantes, pourueu que l'Escuyer d'Escurie prenne
garde que le Palefrenier ne soit point paresseux, &
qu'ils soient faits de la maniere que i'ay enseigné ; il en
faut faire tous les iours de nouueaux, & lors qu'ils sont
de foin, les défaire & les presenter aux cheuaux dégoutez, il n'y a rien qu'ils ayment plus, & qui leur
donn

donne plus d'apetit, la raison est, que la poussiere qui
fort du cuir a vne petite pointe d'aigreur meslée de sel,
qui leur prouoque l'apetit: Apres les bouchons, il faut
que le Palefrenier prenne la brousse pour faire deux
effets, l'vn pour tirer entierement la poussiere, & l'autre pour adoucir le poil & le rendre vny; ladite brousse
doit estre entr'autre employée à tenir la teste fort nette, puis la faire passer par tous les endroits du corps &
des iambes, la frotant autant de fois aux dents de l'é-
trille qu'elle aura passé par dessus la teste, le corps &
les iambes, puis secoüer ladite étrille, ce qui doit estre
continué tant que l'on ne trouue plus de poussiere,
cela fait, vous aurez vne époucette faite d'vne aulne
de grosse toile en quarré, qui sera premierement employée à bien nettoyer la teste du cheual, puis l'épous-
seter par tous les endroits du corps, passant apres ladite époussette à la teste & au corps iusques à ce que le
tout soit tres net, Raison, dautant que la teste doit
tousiours estre l'endroit le plus net & mieux soigné, car
lors que l'on visite le cheual, on iette principalement
les yeux vers la teste; enfin pour perfectionner vostre
ouurage, vous ferez moüiller les mains à vostre Palefrenier, & les luy ferez passer bien ferme à poil & à
contre poil par tout le corps, & principalement à la
teste, iusques à ce qu'il ne vienne plus de crasse en ces
mains, & aprenez que ce moyen pour tirer la graisse &
la crasse, & rendre le cheual vny, le poil rats & tres-
luisant.

Si vous iugez vostre Palefrenier negligent & paresseux, faite cette épreuue qui vous confirmera cette

B

creancé, ou vous ostéta cette pensée, moüillez vostre
main, passez-là bien ferme sur le dos de vostre cheual
à poil & à contre-poil, si apres cela vous la voyez pleine de crasse, & qu'il y en ait abondamment & reste
fort grasse, dites que vostre cheual est tres mal pensé,
mais si vous la trouuez peu grasse & sans guere de crasse, vous n'estes pas trompé.

Apres cela, vous ferez prendre vn seau d'eau fraîs-
che par vostre Palefrenier, vn peigne, vne grosse épon-
ge, & ferez beaucoup peigner & moüiller les crains &
la queuë, iusques à ce qu'ils soient fort humides & bien
démeslez; pour les gros roussins & cheuaux époix, vous
leur ferez fort bassiner la teste & l'encolure d'eau fraîs-
che, il n'y a rien qui leur décharge plus la teste & l'encolure, & qui leur conserue la veuë.

Apres cela, vostre Palefrenier prendra de nouueaux
bouchons, afin de finir par les iambes, les frottant &
bouchonnant iusques à ce qu'elles paroissent luisantes,
sans oublier de passer souuent & fermement dans les
quatre paturons, Raison, c'est qu'il n'y a rien qui les
delasse plus, qui soit de plus grand effet pour empescher les fluxions, & leur tenir les paturons nets &
exempts de galles & creuasses.

Cela fait, vous les ferez tourner en leur place, &
les traiterez à l'ordinaire; il faut vne bonne heure au
Palefrenier chaque fois qu'il pancera vn cheual par
ceste methode, le cheual estant pancé comme ie viens
de dire, il suffira d'vne fois par iour; s'il est pancé deux
fois, il en sera mieux.

Il ne faut pas plus de quatre cheuaux à chaque Pale-

frenier qui s'en acquitera de la forte que ie viens de
vous enfeigner.

Pour la nourriture du cheual.

Avis cinquiéme. Ceux qui font voyage, ou qui trauaillent continuellement, on leur donne autant de
foin qu'ils en peuuent manger; pour l'auoine on leur
en doit donner deux mefures le matin en partant, autant à midy à la difnée, & trois à la couchée; s'ils fe
dégoutent il la faudra diminuer, & y faire mettre vn
peu de fel dedans, afin de leur donner appetit; mais fi
le dégouft continuë, il leur faudra vn iour de repos,
leur faire lauer la bouche, leur donner vn coup de
corne, & leur faire donner du fon moüillé, leur faifant
frotter le palais, la langue, les barres & les mors de
miel rofat, diffous dans le vinaigre, principalement
lors que ce fera vn ieune cheual de quelque confequence : Raifon, c'eft qu'il n'y a rien qui dégoute tant
les ieunes cheuaux que le trauail, lors qu'ils n'y font
encore accouftumez.

Pour ceux de féjour qui trauaillent peu, ils feront
bien nourris de feize liures de foin, vne botte de paille
froment, & quatre mefures d'auoine, deux à midy &
deux au foir, auec bonne litiere; lors qu'ils fe dégoutent, on leur fait lauer la bouche auec le lauage dont
ie donneray la compofition cy-aprés auec le fon
moüillé.

Pour les cheuaux de carroffe, on leur donnera vingt
cinq liures de foin, vne groffe botte de paille de froment, demy boiffeau de fon le matin, & vn boiffeau
d'auoine par iour mefure de Paris.

B ij

Pour les cheuaux d'Academie, leur ordinaire suffira de douze liures de bon foin, vne botte de paille froment de deux en deux, deux mesures combles de son
de froment tant soit peu humide le matin à la disnée,
& deux bonnes mesures d'auoine le soir; du reste, il
leur faut à tous bonne litiere de paille fraische, car il
n'y a rien qui déplaise plus au cheual, ny qui le fasse
plus maigrir, que de coucher sans bonne litiere.

Avis sixiéme. Il est tres-important à l'Escuyer d'Escurie, & à tous ceux qui ont dessein de faire commerce
de cheuaux, qu'ils ayent la connoissance des moyens
qu'il y a pour les remettre en corps & les engraisser lorsqu'ils sont décheus & extenuez par negligence, trauail,
maladie, ou autre tel accident; & encore si vous en
troquez quelqu'vn maigre, décharné, & en mauuais
estat, ie desire vous enseigner l'vnique remede pour
tous ces inconueniens.

Faites en premier lieu seigner le cheual de la veine
du col, receuez son sang tout chaud, & y mettez du
son de froment ou de la farine, qui sera encore meilleur & le luy faite manger, le lendemain faites-luy
prendre vne liure & demie de beure frais sans sel, où
vous ajoûterez vne poignée d'apsinte coupée bien menu, & vn peu de son de froment, pour donner corps
aux pillules que vous luy ferez prendre le matin selon
l'ordre des medecines; deux iours apres, ayez vn chaudron bien net, tenant deux seaux d'eau de riuiere ou de
fontaine que vous mettrez sur le feu iusques à ce qu'il
boüille, puis l'osterez & y mettrez deux boisseaux de
son de froment nouueau passé, que vous remuerez

tant qu'il soit bien meslé ensemble, puis vous aurez
vne liure de bon miel commun que vous mettrez dans
le chaudron, & delayrez le tout ensemble, puis y
ajoûterez deux onces d'anys en poudre que vous mê-
lerez comme deuant, & lors que l'eau sera tiede, vous
tirerez le son & en ferez pelottes, que vous donnerez
à manger au cheual tant qu'il en voudra, comme aussi
de l'eau tant qu'il en pourra boire, sans luy en donner
d'autre, & lors qu'il n'y en aura plus, vous ne manque-
rez d'en faire de nouuelle de la mesme sorte, afin qu'il
n'en manque point non plus que de son; ayez aussi
quatre ou cinq liures de bon sain-foin ou luserne, qui
ne soit point poudreux pour luy en donner auant boire, afin de luy mieux prouocquer la soif: & outre cela,
de tres bon foin commun, bien secoüé & net de poudre, dont vous luy donnerez pour son ordinaire, auec
quatre mesures d'auoine tous les iours, matin & soir,
deux à chaque fois, où vous ajoûterez vne pleine cueil-
lère d'argent de fleurs de souphre à chaque fois; ce qui
sera continué par le mesme ordre iusques à trente-cinq
iours consecutifs, sans le faire trauailler; apres quoy
vous luy osterez le son, le miel, l'anys, les fleurs de
souphre & l'eau boüillie, pour luy donner encore
quinze iours durant le mesme foin, cinq bonnes mesures d'auoine par iour, auec vne once de coriande
dans son auoine à chaque fois qu'il en mangera, sans
oublier de mettre le matin dés six heures vne bonne
jointée de froment épanché dans la mangeoire, en
sorte qu'il ait peine à la ramasser; donnez-luy de l'eau
de riuiere s'il se peut, qu'il ait continuellement bonne

litiere, & le faire saigner trois iours deuant le trauailler, au bout duquel temps il aura fait corps neuf, sera
en bon estat, gras, bien purgé, & prés à trauailler ou
vous en défaire, c'est ce que l'on appelle cheual re-
fait ou reparé, ce dont les Maquignons & Marchands
de cheuaux vsent d'ordinaire, les acheptans maigres
& à bon marché, & les vendent bien cher: Ie n'ay rien
rien à dire sur ce suiet, sinon que chacun doit entendre son mestier & s'en seruir à propos: cependant tenez ce remede pour l'vnique pour purger & engraisser
les cheuaux.

Aus septiéme. Il y a quatre choses que l'on doit principalement considerer & preseruer soigneusement, lors
que l'on a dessein de conseruer les cheuaux & les faire
subsister long temps, en estat de rendre seruice à ceux
qui en ont besoin, Sçauoir, la bouche, les iambes,
les pieds & le flanc. *Conseruation de la bouche.*

On ne doit iamais mettre le mors en la bouche du
cheual qu'il ne soit tres-net & oint de miel dissous auec
de vinaigre, ou du moins bien laué d'eau & de sel dissous ensemble.

On ne doit pas manquer de leur regarder dans la
bouche du moins tous les mois, leur faisant mettre le
mors d'Allemagne ou le pas d'asne, afin de voir exactement s'ils ont l'vn des maux que ie vais dire, qui
sont ceux qui dégoutent & gastent ordinairement la
bouche des cheuaux, auec leur cognoissance & les
remedes pour les guerir.

La bouche échauff'e, connoissance.

Lors qu'ils ont la langue, le palais & les barres fort

pâles, auec la bouche fort chaude, qu'ils se frottent
le haut du tronçon de la queuë, & qu'ils sont dégoutez.

Remede. Il leur faut donner vn coup de corne ou les
seigner dans la bouche à la troisiéme barre du palais,
dont ils seignent abondamment, & sept ou huit coups
de flâme sur le haut dudit tronçon de la queuë, dont
il seigne aussi ce qu'il se pourra, puis luy lauer la bouche auec sel & vinaigre dissous ensemble, & l'enuoyer
à l'eau, & au retour luy donner vne mesure de son tout
sec, puis le lendemain luy faire lauer la bouche auec
le gargarisme suiuant, que vous remarquerez vne fois
pour toutes pour celuy dont on se doit seruir generalement lors que l'on veut nettoyer la bouche pour quelque mal que ce soit : Prenez verjus ou vinaigre, vn peu
de miel commun, cinq ou six gouces ou esquilles d'ail,
vn blanc de porreaux, du sel commun, vn peu de poiure en poudre, brayez d'ail, le sel & les porreaux, mêlez
le tout auec le vinaigre le poiure & le miel, mettez en
vn pot neuf, puis vous aurez vn nerf de bœuf ou vn
baston de la grosseur du poulce, & long de deux pieds,
que vous enueloperez auec vn linge bien net enuiron
demy-pied, bien attaché auec du fil, puis vous le trem-
perez dans vostre liqueur, & en lauerez beaucoup la
bouche, faisant mascher le nerf ou le baston au cheual, vous guerirez ce mal en continuant le lauage deux
ou trois iours.

Les barres blessées, connoissance.

Lors qu'elles sont fort rouges, enflées & vlcerées
par le mors, ou la main rude du Caualier.

Remede. Il faut auoir du miel rosat, luy en oindre

fouuent le mal, ou lieu entamé, puis luy lauer fouuent la bouche, & oindre fon mors de vinaigre & miel diſſous enſemble, iuſques à gueriſon.

Des barbillons, connoiſſance.

Lors que le cheual ne boit & mange à fon ordinaire, regardez fous la langue dans le canal, vous y apperceurez de petites veſſies ou bouteilles pleine d'eau rouſſe.

Remede. Il les faudra couper auec la pointe du ciſeau au plus prés, puis lauer la bouche comme deſſus.

Les furdents ou dents de loup, connoiſſance.

Ce font de petits rejettons ou eſpece d'os aigus qui viennent au coſté des dents, & croiſſent tellement quils les ſurpaſſent bien ſouuent, & bleſſent la genſiue lors que le cheual maſche, ce qui l'incommode & l'empeſche de manger.

Remede. On a vn fer fait exprés que l'on nomme la gouge, dont on les abat, & aprés on laue la bouche.

Le lampas ou la febve, connoiſſance.

C'eſt vn ſurcroiſt & amas de chair baueuſe qui ſe congelle & s'attache au haut du palais, & monte enfin plus haut que les dents de deuant, ce qui l'empeſche de boire, ne faiſant que ſuccer l'eau.

Remede. Il faut auoir vn fer fait exprés, que l'on fait preſque rougir au feu, puis on brûle la chair ſuperfluë, en tournant ledit fer à l'entour des dents de deſſus, iuſques à ce que ladite ſuperfluité tombe morte & brûlée, & que l'on voye la viue paroiſtre rouge & vermeille, & s'abaiſſer à l'ordinaire, puis on vſe de miel roſat & de vinaigre diſſous enſemble pour reſerrer l'endroit offenſé, le lendemain on luy donne vn coup de corne

à la

à la troiſiéme barre du palais, & on luy laue la bouche.

Les chancres, connoiſſance.

Lors que vous voyez de petites fentes en la bouche du cheual en tel endroit que ce ſoit,ce ſont des chácres.

Remede. En quelque endroit que vous les voyez paroiſtre, il faut ſe ſeruir du biſtory, & faire de petites taillades ſur les chancres, puis auoir de la ruë piſée, & en étuuer leſdits chancres, & le lendemain les étuuer auec vn peu d'eau de vie rectifiée; ce ſont les maux or-dinaires de la bouche, & le moyen de la conſeruer.

De la proportion des iambes, & le moyen de les conſeruer.

Avis huiÉtiéme. La premiere partie de la iambe de deuant eſt nommé le bras; il prend ſon commence-ment depuis le finiteur de l'os de l'épaule iuſques au genoüil, & hors la rupture qui n'eſt pas ordinaire en cét endroit, il arriue peu d'accidens à cette partie.

Aprés ſuit le genoüil.

Cette partie eſt ſujete à l'enfleure, à cauſe de la join-ture qui en eſt voiſine, & n'y a point d'autre connoiſ-ſance que de voir le genoüil enflé.

Remede. Il ſe faut ſeruir de l'emplâtre reſolutif, qui s'apelle emplâtre de ranis, aprés auoir raſé le poil & l'auoir fort baſſiné d'eſprit de vin; ſi le mal eſt cauſé par vn coup, il le faut rafraiſchir & reſoudre auec le bol, le vinaigre & le blanc d'œuf battus enſemble, & s'il y vient tumeur chaude, il le faut faire venir à ſupu-ration auec le *Baſilicum.*

Au deſſous du genoux ſe rencontre la jointure, qui donne le plis à la jambe, c'eſt en cét endroit que pa-roiſſent les malandres.

C

Connoiſſance. Il y a vne groſſe galle apparente dans la
iointure, qui ſupure par fois, & en d'autre temps elle
ſe ſeiche ſelon la fluxion.

Remede. Si le cheual n'en eſt point boiteux, il ſe faut
contenter de tenir cét endroit fort gras; mais lors que
cette humeur ſe rend maligne, acre & s'endurcit, fait
le cheual boiteux & la iambe roide, il y a deux excellens remedes pour cela; le premier, de prendre du lard
à larder, le faire raper, puis le faire lauer dans l'eau, afin
d'en tirer l'acrimonie, puis auoir de l'huile d'amande
douce, & l'incorporer auec le lard, il s'en fera vn onguent tres-propre pour ce mal; l'autre eſt de battre
l'huile de noix auec vne quantité d'eau raiſonnable, il
s'en fera vn onguent duquel vous froterez la malandre
deux fois le iour aſſez ferme & long-temps: vous remarquerez en paſſant que la ſoulandre eſt le meſme
mal, ſinon que le premier vient au dedans du genoüil
comme i'ay dit, & les ſoulandres viennent au dedans
du iarret; ſi le cheual en eſt affligé, vous vſerez du meſme remede.

Depuis la iointure iuſques au boulet ſuit le canon; le mal le
plus ordinaire en cette partie eſt le ſureau. Connoiſſance.

Ce mal eſt ainſi appellé, d'autant qu'il vient ſur l'os;
c'eſt vne humeur acre qui coule entre cuir & chair, &
touche par fois les membranes; & comme il ne trouue
pas touſiours ſon cours, l'humeur la plus groſſiere s'ar-
reſte où elle ſe trouue preſſée, s'épaiſſit & s'attache à
l'os; & comme cét amas vient à ſe congeler tout à fait,
il forme vne groſſeur apparente ſur l'os du canon que
l'on nomme ſureau, qui à la longueur du temps monte

dans la iointure fi on n'y remedie, ce qui rend le cheual fort boiteux, c'eſt lors que l'on le nomme cheuillé, & lors qu'il s'étend encore dauantage, on le nomme fuſée, & ſe rend enfin incurable, & eſtropie le cheual.

Remede. Crainte de ces accidens, ſi toſt que l'on verra la groſſeur apparente, il faut auoir vn baſton de coude, y battre peu à peu ſur ledit ſureau, & ſi-toſt qu'il commencera de s'amollir, il faut auoir vne éguille & picquer la groſſeur tant qu'elle ſoit enuironnée: il faut raſer le poil premierement, puis auoir du jus d'oignons blancs, & en froter beaucoup le ſureau & aſſez ferme, puis auoir vn emplâtre de gomme *ellemmi* vn peu plus grand que le tour du ſureau, aſſez chaud pour qu'il s'attache, que vous laiſſerez agir tant qu'il tombe de luy-meſme, alors le ſureau ſera abatu, le cheual guery, & le poil reuiendra, pourueu que le cheual ne porte point la dent, & qu'il n'aille pas à l'eau.

Avis neufiéme. Là où finit le canon ſe trouue le boulet, les accidens en cette partie ſont les étorces, les me-marcheures, les démiſes & les enfleures.

La connoiſſance eſt de voir le boulet enflé, & le cheual boiteux.

Remede. Il faut premierement appaiſer la douleur à tous ces maux, & en oſter l'inflammation, par vn defenſif ſur la partie, compoſé de vinaigre, de bol, & de blancs d'œufs, puis on y applique l'emplâtre de mellilot ou celuy de ranis: pour les étorces démiſes & me-marcheures, il faut de bons reſtrintifs compoſez d'eau de vie, de poivre en poudre, de bol, de blancs d'œufs & vn peu de maſtic & de poix noire, puis l'emplâtre reſolutif & le repos ſelon la nature du mal.

Au deſſous du boulet eſt le pâturon; c'eſt en cét endroit que ce font voir les iauars, les creuaces & autres fluxions.

Connoiſſance. Lors que le cheual eſt fort boiteux, & qu'il n'eſt pas encloüé, regardez exactement dans l'vn des pâturons ſi vous y rencontrez quelque petite dureté dont il ſe plaigne, c'eſt vn jauart.

Remede. Faites-le auſſi-toſt étuuer auec du vin chaud cependant que vous preparerez la remollade ſuiuante.

Ozeille, feneſſon, oignons de lis, gros limats rouges faites cuire entre deux braiſes, puis incorporez en graiſſe de pourceau maſle que vous mettrez ſur les étoupes, & l'appliquerez ſur le jauart, ce que vous continuerez tant qu'il ait fait ſortir le durillon ou limaçon, puis vous luy mettrez vne groſſe tente de lard gras dans la playe, auec l'emplâtre de *Baſilicum* par deſſus, & ferez ſuppurer autant qu'il ſe pourra, & lors qu'il n'y aura plus ny dureté ny enfleure, vous le ferez étuuer de vin chaud iuſques à gueriſon.

La creuace, connoiſſance.

Vous la connoiſtrez par vne petite fente dans l'vn des paturons, qui iette de l'eau rouſſe & puante.

Remede. Faites mettre de la graiſſe d'oye ou de poule deux ou trois fois dans la creuace, puis faites étuuer auec l'eſprit de vin.

Le jauart encorné, connoiſſance.

Le jauart encorné ſe connoiſt lors qu'il touche & penetre le vif & la çorne, & y fait vlcere qui penetre aſſez auant dans la corne.

Remede. Il faut couper chemin par vn petit feu leger,

puis le penſer tous les iours auec l'onguent *Apoſtolorum*,
& vn peu de poudre d'alun calciné ſi la chair ſurmonte.

Mulles trauerſieres, connoiſſance.

C'eſt vne fente qui trauerſe entre le boulet & le pâturon, & fait grande douleur au cheual, & le rend
boiteux.

Remede. Il le faut étuuer auec l'eau de chaux viue
éteinte dans l'eau, puis auoir vn blanc d'œuf auec de la
ſuye de cheminée, dont vous penſerez chaque iour ce
mal tant qu'il ſoit ſec.

Les iambes de derriere ſont affligées de courbes, connoiſſance.

Avis dixiéme. C'eſt vne groſſeur qui paroiſt dehors
& dedans le iarret, cauſée par fluxion, qui tombe ſur
cette partie.

Remede. Il faut y faire mettre vn feu leger, auec vn
inſtrument fait d'argent en forme d'vn brin de fougere,
puis enfermer la courbe auec vn tour de feu, & laiſſer
tomber l'eſcarte y mettant ſeulement la poix noire, &
vn peu de boure par deſſus, & l'enuoyer à l'eau au bout
de quinze iours.

Des mollettes, ce ſont des petites bouteilles pleines
d'eau rouſſe: eaux, porreaux, arreſtes, grapes & peignes.

Connoiſſance. Elle eſt facile, tous ces maux ſont fluxions apparentes ſur les iambes de deuant & derriere
des cheuaux, & particulierement de ceux qui ſont gros
& humides; la courbe ſe guerit comme i'ay enſeigné,
par le feu; la mollette ſe guerit en la faiſant ouurir fort
delicatement auec le biſtory, ſans toucher muſcs, ten-
drons ny membranes, puis il faut auoir vn pain d'vn ſol
ſortant du four, le couper en deux égallement, puis en

appliquer la moitié fur la mollete , & le bander fi à propos qu'il ne puiffe bleffer la iambe , la mollette difpa-
roiftra.

Pour les eaux , porreaux & toutes les fluxions , on les
deffeiche par le moyen de l'eau fuiuante.

Prenez vn once de coupe-rofe verr , & demy once de
coupe-rofe blanc , faites les boüillir dans trois chopines de vinaigre blanc iufques à la diminution des deux
tiers , puis ayant fait rafer le poil , faites le étuuer d'vrine de vache , puis vfez de voftre eau trois ou quatre
iours ; autrement , faites infufer vn quart d'once verr de
gris en poudre dans vne chopine de vin blanc l'éfpace
de douze heures, puis en vfez comme i'ay dit cy-deuant.

Remede pour la conferuation des iambes en general.

Il faut auoir des pieds de bœuf nets comme fi l'on
les vouloit manger , les prendre au plein de la lune &
caffer les os , puis faire boüillir tant que la peau fe fepare des os , & que le refte foit comme en boüillie: lors
que cela fera refroidy , vous ofterez les os , & pafferez
le refte par vn gros caneuas : cela fait , vous ajoûterez
deux pintes d'excellente eauë de vie à ce que vous aurez paffe , & les ferez boüillir à petit feu , il s'en fera vn
onguent dont vous connoiftrez l'effet. Contre l'enflure du gros tendon , contre les foulures fous la felle &
ailleurs , & pour les contractions de nerfs.

De la conferuation des pieds des cheuaux.

Avis onziéme. Puis qu'il eft conftant que cette petite
partie porte tout l'édifice , c'eft en quoy le foin en doit
eftre plus exact: ce qui me fait aduertir l'Efcuyer d'Efcurie de ne manquer de les faire leuer tous les iours , &

voir auec diligence s'ils font en bon ordre & en eftat de
trauailler ; fçauoir bien ferrez, fi le fer ne loche point,
s'il ne deborde, s'il eft iufte au pied, fi les riuets n'ont
point lâché, & ne leur bleffent les jambes, s'ils font
bien ferrez, s'ils ne fe coupent point ; & aprenez auant
que paffer outre, qu'ils fe coupent par quatre accidens ;
le premier, lors qu'il eft ieune & ne fçait encore marcher ; le fecond par laffitude vers la fin d'vn grand
voyage ; la troifiéme par la faute du Marefchal, mais le
quatriéme & plus dangereux eft par fa propre lâcheté
& pareffe, n'ayant ny cœur ny force, il bronche & fe
coupe à tous momens.

Le premier ceffe fi-toft que le cheual a pris force &
l'habitude au trauail : le fecond guerit par le repos : le
troifiéme, lors que le Marefchal a reconnu fa faute, &
qu'il ferre le cheual iufte. Mais le quatriéme ne ceffe
iamais, le meilleur eft de le laiffer guerir par le grand
repos, & s'en défaire.

Il doit encore prendre garde lors que les cheuaux
ont le pied fec & aride, la corne éclatante & ne gardent gueres leurs fers, foit naturellement ou par accident : à ceux qui auront ce défaut, il leur faudra faire
remplir les pieds de fiente de vache reffente deux iours
deuant que l'on ait deffein de les faire ferrer, & pour
remede affeuré, il faut toufiours tenir à tels cheuaux de
leur fiente fous leurs pieds de deuant qui foit moüillée
d'eau & d'vn peu de vinaigre, iufques à ce que l'on leur
connoiffe les pieds humectez ; au contraire à ceux qui
auront les pieds mols, gras, la corne tendre, il faudra
faire fondre poix nauale, & fuif de mouton, portion

égale, & leur en fondre dans les pieds, leur en oindre toute la couronne & aux vns & aux autres: pour
garder vn ordre excellent, il ne faudra manquer de les
graisser deux fois la semaine de l'onguent de pied, duquel ie vous donneray la composition en son lieu, mais
il n'en faut mettre que l'épaisseur d'vn trauers doigt par
dessous le poil, & d'vn talon à l'autre, puis rabatre le
poil.

Les cheuaux doiuent estre ferrez de neuf, ou du
moins rassis ou releuez tous les mois : ceux ausquels
l'ongle ou la corne croist beaucoup, ne doit estre ferrez hors le besoin qu'en vieille lune, c'est à dire en son
decours, & ceux qui ont peu de pied le doiuent estre en
nouuelle lune dans la force de son croissant, & leur
tenir les pieds gras.

Avis douzième, qui enseigne la methode de bien ferrer les cheuaux.

Lors que l'Escuyer d'Escurie aura dessein de faire
ferrer ces cheuaux, il doit auoir donné ordre deux iours
deuant qu'ils soient en si bon estat, que le Mareschal
puisse facilement couper l'ongle & parer les pieds à sa
fantaisie sans aucune incommodité, afin de les pouuoir
ajuster sans y mettre le feu, ne leur rompre la corne:
Raison, c'est qu'il n'y a rien qui desseiche tant le pied
que le feu, & qui rende la corne plus aride: supposons
donc que le pied soit en estat d'estre coupé & paré au
gré du Mareschal: il doit premierement considerer la
taille du cheual, la force & grandeur du pied, s'il l'a
comble, s'il l'a naturellement foible, si la corne est
liante & éclatante, s'il a le talon bas, s'il les a ferrez ou
                                                    medio-

mediocrement ouuerts, s'il l'a petit ou étroit en sa taille,
s'il a la fourchette grosse & molle, ou s'il l'a petite &
seiche, s'il a les pieds disposez aux sesmes ou aux blesmes, & s'il a aucun autre defaut qui puisse venir à sa
connoissance, afin que ces considerations jointes à son
adresse ayde la nature autant qu'il se pourra ; sur tout
de prendre garde à si bien parer le pied, poser si iustement le fer, que celuy qui aura quelques defauts
naturels, ou par accident, se trouuent soulagez & ca-
chez par l'experience de son Art : & celuy qui sera sans
tare ou incommodité apparente soit incessamment à
son aise ; & afin d'y bien reüssir, il faut agir par cette methode : il doit auoir vn compagnon qui s'entende à bien
tenir le pied, sa posture est de mettre le pied gauche
deuant, le droict derriere, vis à vis le gauche, porter
la teste haute & droite, puis mettre les deux poulces
dans le paturon, & tenir le pied ferme, en serrant fort
les mains, tenant le pied peu au dessus de son genoux, en sorte que la pince soit plus haute que le
talon, alors le Mareschal approchera & prendra le soin
de considerer deux choses, l'vne de n'affoiblir pas les
talons, l'autre de ne les laisser pas serrer, lors qu'il
commencera de parer vers lesdits talons ; il doit tenir
son paroir le plus droit qu'il se pourra, sans laisser flé-
chir la main à droit ou à gauche : Raison, s'il l'a tient
couchée ou plate, il tracera insensiblement vne forme
de croissant, qui fera enfin étressir le pied, & serrer les
talons, ce qui seroit dangereux & contre la maniere de
bien ferrer : il ne doit aussi iamais foüiller trop auant
dans le pied, principalement vers les talons ; Raison,

D

c'eſt qu'il altereroit le pied, affoibliroit les talons, en creuſant plus auant qu'il ne doit, il ne les faut pas auſſi par trop ouurir: Raiſon, dautant que c'eſt principalement de cét endroit que dépend la force du pied: ſi bien qu'eſtans par trop ouuerts, ils ne pourroient ſans beaucoup d'incommodité porter la charge de tout le corps, ce qui doit faire garder la mediocrité en ce que deſſus. Il ſe doit auſſi ſouuenir qu'il y a autant de danger de tenir les talons trop hauts que trop bas. Raiſon, s'ils ſont trop hauts, les iambes ſe foulent, & s'ils ſont trop bas, ils ſe meurtriſſent la ſole ſur le paué.

Lors que l'on trauaille à parer la ſolle & le dedans du pied, il faut tenir le boutoir plat, le pouſſer droict & ferme deuant ſoy, coupant toûjours l'épaiſſeur de l'ongle en gagnant en auant: Raiſon, ſi l'on paroit autrement, le pied ſe rendroit diforme; c'eſt pourquoy on doit prendre garde en faiſant ferrer les cheuaux de leur faire tenir le pied vn peu plus long que rond, dautant que cela eſt de conſequence.

La forme du fer.

Il n'y a point de doute que le fer ſe doit accommoder à la forme du pied, mais le Mareſchal doit auſſi y contribuer quelque choſe du ſien, & le former peu à peu de ferrure en ferrure, afin de le faire paruenir ſelon la bonne grace, la commodité du cheual, & conſiderer ces alures, afin que l'vn ne choque pas la veuë, & que le pied n'en ſoit pas incommodé; & pour cela, il faut l'aduis du bon Eſcuyer & du Mareſchal expert en ſon art, & preparer le pied comme il doit eſtre.

Le fer generalement parlant doit eſtre rond, de pin-

ce, & non aigu, affez long de branche, fon entiere forme ne doit pas eftre ronde, il doit eftre bien étempé,
bien battu fur l'enclume & fort vny.

Les fers des barbes ou cheuaux de legere taille doiuent eftre tenus affez longs de branche, la pince ronde,
peu d'éponges, fans eftre releuées ny tournées en dehors: pour ceux qui ont les pieds ferrez, qui tiennent
de l'encaftellé, fujets aux felmes, & qui ont fait quar-
tier neuf, il les faut ferrer à lunettes, c'eft à dire à demy
fer, & leur tenir le pied fort gras : & bien que ce foit
vne neceffité de faire porter des fers à tous les cheuaux,
qui autrement fe gafteroient & romperoient les pieds :
il n'y a pourtant rien fi ennemy de la corne que le fer, à
caufe de fa ciccité & acrimonie : fon effet eftant de def-
fecher, il ne peut qu'il ne rende le pied dur & la corne
éclatante, d'où vient que l'on leur graiffe fouuent les
pieds, afin de les adoucir & humecter : fçachez auffi
que l'on les mene à l'eau pour leur tenir les iambes
nettes, qu'elle leur rend les nerfs en bon eftat; mais
elle eft contraire aux pieds, dautant qu'elle les deffe-
che : Pourfuiuons noftre deffein.

Pour les gros cheuaux le fer doit eftre plus rond
qu'aux autres, afin que ledit fer porte également fur le
pied: il ne doit pas déborder fans caufe legitime, ne
doit pas porter fur la folle, ny ferrer le pied, ny entrer
dans les talons: il ne doit pas eftre percé trop maigre
fans caufe legitime, comme il ne faut pas qu'il le foit
fi gras, que le cheual fuft en danger d'eftre encloüé : les
cloux doiuent eftre tellement ajuftez au fer, qu'ils trouuent leur chemin libre, afin d'eftre brochez & coulez

entre deux cornes d'affez bonne hauteur, fans incommoder le pied : il faut encore que les cloux fortent à
proportion d'égale hauteur au tour de la couronne, afin
qu'ils ne bleffent pas la veuë, l'vn paroiffant plus haut
que l'autre ; les riuets doiuent eftre cours & bien ferrez
en forte qu'ils entrent vn peu dans la corne, & y foient
fi fubtilement logez, qu'ils ne paroiffent quafi pas.

On ne doit iamais fouffrir de groffes éponges fans
neceffité, principalement aux cheuaux de manége, &
lors que le pied bas & comble le requiert, il les faut
faire épaiffes, larges & fort battuës fur l'enclume, ne
les faire de trauers ny tournés en dehors : pour des
crampons deuant, il n'en faut auffi iamais fouffrir, fi
ce n'eft en temps de glace, ou fi le climat du pays difficile à monter ne vous y oblige ; il ne faut auffi vouter le
fer qu'à la grande neceffité, & lors que le cheual a le
pied fi comble & le talon tellement bas, que l'vn oblige à vouter le fer, & l'autre à le releuer par de groffes
éponges ou crampons, encore en doit-on vfer auec
beaucoup de precaution: Raifon, de tout ce que deffus, c'eft que lors que les defauts de nature forcent le
Marefchal d'apporter quelque déguifement à fon fer,
qu'il perd fa forme, il perd auffi le lieu de fa fituation,
& par confequent les cheuaux toufiours en danger de
fe fouler. Apres que le Marefchal aura agy de la maniere que ie viens d'enfeigner, brochez les cloux, & pofez
le fer iufte, portant également fur les talons la pince &
les deux coftez du pied, fans que le iour paroiffe entre
le fer & le pied ; il prendra le rogne-pied, & oftera ce
qu'il trouuera de fuperflus, fera en forte que le pied

paroiſſe vn peu plus long que rond, ne manquera d'adoucir la corne auec vn peu de ſa ſaliue ou de graiſſe douce : s'il eſt beſoin de ſe ſeruir de la rappe pour vnir le pied ou abaiſſer quelques cercles ou autre diformité, il s'en pourra ſeruir ſans manquer de l'adoucir auec quelque graiſſe ou onguent.

De l'incommodité des pieds en particulier.

Avis treiſiéme. L'incommodité plus ordinaire des pieds eſt la bleſme, les ſeſmes, la ſolle foulée, l'enclouüeure, la ſiccité des pieds, les attintes, le pied comble, le pied ſerré ou encaſtellé, qui eſt le meſme.

Remede à chacun de ces maux, & leur connoiſſance.

La bleſme eſt vn accident viſible ſur la ſolle, qui s'apperçoit lors que l'on ferre le cheual, par vn ſang meurtry qui rend le cheual boiteux.

Remede. Pour la guerir il faut faire parer le pied fort delicatement ſans le faire ſeigner, puis fondre therebentine, poix de Bourgongne, demy-once de ſurpoint auec vne once de poix noire, autant d'vn que d'autre, que vous mettrez ſur la bleſme auec vn peu de bourre par deſſus ; & en meſme temps vne remolade autour de la couronne iuſques à gueriſon : la ſolle foulée eſt le meſme mal, vous y ſerez du meſme remede.

Des ſeſmes, connoiſſance.

C'eſt vn mal aſſez faſcheux & difficile à guerir : Raiſon, c'eſt qu'il faut la ſouder, auoir la patience de la laiſſer aualer, ce qui ne ſe fait qu'auec la patience & le temps : la connoiſſance eſt de voir vne fente au coſté du pied, qui monte iuſques au vif, dont il ſort du ſang, qui ſe conuertit en pus, & rend le cheual boiteux.

D iij

Remede. Pour la confolider, il faut fe feruir d'vn petit inftrument d'argent fait exprés, en forme d'vn petit tarere, le faire rougir au feu, puis l'appliquer fi adroitement fur le haut de la fefme, quoy qu'elle foit iufques au vif, qu'il penetre l'épaiffeur d'vne piece de quinze fols, puis en faire autant au deffous & des deux coftez, & enfin dans la fente, faifant penetrer ledit feu en tous les endroits que i'ay marqué, vous couurirez toutes les cicatrices de poix noire fonduë, auec vn peu de bourre par deffus, attachant le cheual de forte qu'il n'y puiffe porter la dent & qu'il n'aille à l'eau; que l'on luy mette vne bonne remolade à l'entour de la couronne fi-toft qu'il aura efté pancé, & vne ligature plate qui ne le puiffe incommoder, luy continuant les remolades de deux iours l'vn, luy tenir le pied gras iufques à ce que la fefme foit confolidée & l'aualeure faite.

La ciccité des pieds.

La connoiffance eft de leur voir le pied fec & la corne éclatante; il faut vfer de furpoint fondu auec huile d'oliue & fuif de chevreau, & mettre de leur fiente fous les pieds, arroufez d'eau & de vinaigre.

Contre l'encloüeure reffente.

La connoiffance eft lors que le cheual eft beaucoup boiteux, qu'il a le pied tres-chaud, rien au monde n'y eft plus fouuerain que la gomme *ellemmi* fonduë auec l'huile de mille-pertuis, il la guerit dés le premier iour que l'on l'a découuerte, & fait entrer trois ou quatre goutes de cette liqueur dans la playe.

Celle qui eft vieille, le pus blanc & en apoftume, eft plus dangereufe & longue à guerir; il faut faire parer le pied, vſer du meſme remede, tenir tout le pied gras, puis mettre vn defenſif autour la couronne, & en oſter la chaleur par de bonnes remolades chaque iour, ce qui la guerira ; mais ſi le mal s'opiniaſtre, que la chair baueuſe ſurmonte, il la faudra faire abaiſſer auec bien peu de vert de gris, meſlé auec vn peu de *Baſilicum*, & trois fois autant d'alun en poudre, & ſi elle ne gueriſſoit pour tous ces remedes, ce ſeroit à dire que le petit pied ou quelque vaiſſeau ſeroit offencé, auquel cas il le faudroit deſſoler, & auoir le ſoin neceſſaire en ce rencontre de ſe ſeruir d'vn bon Mareſchal, qui empeſchaſt les accidens par de bons reſtrintifs.

De l'encaſtellé ou petit pied ſerré.

La connoiſſance eſt de voir les talons quaſi l'vn contre l'autre, le pied fort étroit, le cheual qui taſte le paué & ne s'appuye point ferme.

Remede. Pour guerir ce mal, vous preparerez le pied auec de bonnes remolades à l'entour de la couronne, & tiendrez le pied remply de fiente de vache reſſente, arroſée d'vn peu d'eau & de vinaigre, puis vous aurez vn vaiſſeau de pierre ou de bois aſſez fort pour ſouſtenir le cheual, en y mettant les pieds ſans le rompre, lequel vous tiendrez touſiours remply d'eau vn peu plus chaude que tiede, & continuerez l'eau en égale chaleur, y ferez tenir le cheual trois ou quatre heures le iour, l'eſpace de quatre ou cinq iours, ou ſi long-temps que vous connoiſtrez la corne aſſez molle pour eſtre coupée & maniée à voſtre plaiſir ; alors vous appellerez le Mareſchal qui luy ouurira les talons, luy preparera le pied auec le temps, non tout d'vn coup, crainte de luy affoiblir les talons, tenant inceffamment le boutoir droit comme i'ay enfeigné : cela fait , vous aurez vn petit inftrument à vis fait exprés , qui s'ouurira & fermera à voftre volonté, que vous poferez entre les talons affez iufte pour la premiere fois, en l'arreftant où il vous plaira par le moyen des auis, puis vous l'ouurirez chaque iour peu à peu autant que le iugerez à propos , & qu'ils foient ouuerts à voftre fantaifie dans la proportion requife, pour qu'il refte à fon aife. Cependant vous ferez roinetter bien proprement autour la couronne depuis le vif defcendant en bas, afin de luy foulager toute la capacité du pied , & mettre le noyau ou petit-pied en liberté : vous tiendrez toufiours des remolades autour la couronne, le pied frais, auec l'onguent *populeum*, iufques à ce que les talons foient rafermis, le pied affeuré , & qu'il chemine fans tafter non plus fur le paué que fur la terre.

Des attintes. Lors que le cheual fe heurte iufques à eftre bleffé au vif en quelque endroit que ce foit des pieds ou des iambes par luy-mefme, ou qu'vn autre cheual marchant derriere luy ou à cofté le marche ou le bleffe, où lors qu'il rencontre quelque pierre ou autre chofe coupante qui l'entame, tout cela fe nomme attinte, & n'y a point d'autre connoiffance que de voir le cheual bleffé : il y en a de deux fortes, la fimple & la fourde, la fimple eft celle qui entame feulement le vif ; mais la fourde, coupe, bleffe, & entame le vif, & defvnit ou fepare le vif d'auec la corne, c'eft alors qu'elle eft plus dangereufe : Raifon, c'eft qu'à la fimple il n'y a qu'vne folution, & à l'autre il y en a deux.

Remede

Remede à tous les deux.

Pour la simple, prenez vn blanc d'œuf, vn peu de
poivre, auec vn peu de suye de cheminée & de vinaigre, battez le tout ensemble, & l'appliquez sur l'attinte, y faisant vne ligature qui ne blesse point le cheual.
La sourde est consolidée par ce remede : prenez chaux
viue & vn blanc d'œuf délayez ensemble, & l'appliquez en diligence sur le mal : bandez le bien à propos,
& continuez trois iours.

Avis quatorziéme. Aprés auoir parlé de la bouche,
des iambes & des pieds, il ne seroit pas iuste d'oublier
le flanc, estant aussi important de le conseruer, qu'il est
necessaire que le cheual reste incessamment en bonne
haleine, pour executer ce que son maistre desire de luy,
dans les longues courses, dans la violence du manége,
& aux rencontres où il en a besoin : Raison, dautant
qu'il s'altere aisément & par differens moyens, si on n'y
prend garde.

Lors qu'il a beaucoup d'ardeur & de feu, il a rarement beaucoup de boyau, dautant que l'ardeur & l'inquietude iointe au trauail luy donne de la peine, ce qui
le rend esclame & estrac, si bien que les cheuaux de
cette nature s'alterent aisément le flanc. Le flanc s'altere & se gaste encore à ceux qui sont grands mangeurs
& qui ont le ventre aualé, qui leur cause l'haleine grosse, à cause du peu de fonction de l'estomach, au prix
qu'ils mangent auec auidité : ie ne sçache point de meilleur remede pour les deux alterations precedentes, que
de faire tremper leur auoine cinq ou six heures dans
de l'vrine d'homme deuant que la leur faire manger :

E

pour ceux que l'on nomme outrez, qui touffent & pe-
tent tout enfemble, fans qu'ils puiffent auoir leur haleine, le meilleur eft de s'en défaire fi l'on peut; finon,
ie vous diray le meilleur & plus affuré remede qu'il y en
puiffe auoir pour foulager ce mal: Prenez de bon fou-
phre bien net auec vne bille d'acier, mettez le feu, il
fe fera vne poudre, dont vous mettrez dans l'auoine
vne bonne cueillerée d'argent chaque fois qu'il mangera l'auoine, & continuer; c'eft le meilleur dont ie me
fois iamais feruy.

Le flancs'altere encore par la toux continuelle, lors
que l'on la laiffe inueterer: Raifon, c'eft dautant que
cette incommodité le agite beaucoup; ce qui leur altere le poulmon: fi bien que fi toft que l'on les entend
touffer, il faut vfer de ce remede; prenez poudre de
boüillon blanc feiche au four ou à l'ombre, que vous
leur donnerez dans leur auoine foir & matin pleine vne
cueillere d'argent; & fi elle ne ceffe, ne perdez ny courage ny temps: prenez fept ou neuf œufs frais, felon
la taille du cheual, mettez-lés dans vn pot neuf auec
vne pinte de fort vinaigre & neuf grains de poiure non
cancaffé, auec demy-once de fleurs de foulpre; fermez
bien le pot, puis mettez-le dans de bon fumier de cheual douze ou quinze heures durant, & faites prendre
ce qui fera dans le pot à voftre cheual le matin, felon
l'ordre des medecines.

Le moyen de bien foigner vn cheual lors qu'il eft en grande
fueur, par l'agitation du manége ou autre courfe.

Avis quinziéme. Il le faudra promptement conduire
en fa place, faire mettre quantité de paille fraifche fous

luy : Raifon, c'est qu'il n'y a rien qui tire mieux l'humidité que la paille fraifche, & qui l'empefche de fe morfondre ; puis fans le débrider l'attacher entre les pilliers de fa place, le deffeller foudainement, & luy abatre l'eau au plus vifte auec le coufteau de chaleur, le raclant en diligence par les endroits où il pourra paffer fans le bleffer : cela fait, il faudra prendre quantité de paille fraifche, le frotter le long de l'encolure des reins, fous la gorge, entre les iambes deuant & derriere, fous le ventre, au poitrail, aux épaules, aux cuiffes & aux jarrets fi long-temps, qu'il foit fec en tous fes endroits, puis vous luy mettrez vne couuerture bien feche entre la felle & le poil, afin de tirer le refte de l'humidité, la felle remife deffus & peu fanglé, auec vne de paille fraifche entre les fangles & le poil ; apres on prendra vne époucette bien feche, & on luy frottera bien la tefte, le deffous de la gorge, entre les iambes deuant & derriere & fous le ventre, tant que le poil commence à s'abaiffer & adoucir, on prendra encore derechef quantité de paille fraifche, dont on luy frotera les iambes chacunes vn bon quart d'heure, paffant fouuent la main & la paille dans les paturons ; puis le laifferez en cét eftat l'efpace d'vne petite heure, afin de fe repofer tant qu'il foit entierement fec, & alors on le pourra débrider & donner à manger, & vne heure apres luy ofter la felle, & luy donner cinq ou fix coups d'étrille, afin de luy démeler le poil, luy abatre la pouffiere, puis on luy pourra mettre le camparaffon ou la couuerture : cela fait on finira par la tefte, prenant l'époucette afin de la rendre tres-nette, & le gou-

D ij

uernera à fon ordinaire ; voila le moyen de bien foigner vn cheual, & le garantir de mal apres qu'il a fort trauaillé.

Les cheuaux vn peu cheris doiuent auoir chacun leur couuerture ou caparaffon de toile, ou autre étoffe que l'on voudra, felon la faifon, chacun leur filet & mafticadou, leur place feparée de pilliers & des barres entre deux, chacun deux bonnes longes, leurs mors & cauelfon : fi quelqu'vn fe décoiffe ou delicote, on leur mettra vne feconde fous-gorge.

L'Efcuyer d'Efcurie doit faire connoiftre le nom & les infirmitez des cheuaux aux Palefreniers, afin que lors qu'il y en a de vicieux du pied ou de la dent, que l'on ne les forte iamais fans fe bien precautionner, leur mettant les lunettes & le cauelfon de corde crainte de defordre, tant en les fortant que pour les faire ferrer, fi vous defirez voir les cheuaux bien clairs & luifans, le poil rats, vny & abatu, il les faut faire panfer deux fois le iour comme i'ay enfeigné, les tenir bien couuerts tout le iour, & leur faire bonne litiere la nuit, les tenir trois heures chaque iour au mafticadour, fçauoir vne heure le matin & deux heures de releuée.

Le foin doit eftre tres-net de pouffiere, bien fecoüé, crainte que les cheuaux ne touffent ou ayent la bouche échaufee ; l'auoine doit auffi eftre nette & bien criblée pour la mefme raifon : L'Efcurie doit eftre tenuë tres-nette, fans qu'il y entre aucune volatille, comme pourceaux ny autres vilaines beftes, crainte du farcin : on tient que le bouc eft tres-vtile dans les Efcuries : on affeure qu'il en chaffe le mauuais air, & les maintient en fanté.

L'Escuyer d'Escurie doit auoir grand soin de tous les harnois, comme des selles & des brides, les faisant mettre au soleil ou à l'ombre en quelque lieu sec, faire battre les panneaux & démeler la bourre, crainte que les cheuaux ne soient blessez sous la selle, ou foulez par la dureté : Pour la bride, ce qui est de cuir doit estre tenu fort net & noircy de temps en temps, le mors doit estre mis dans vn seau plein d'eau toutes les fois qu'il sort de la bouche du cheual, puis bien essuyé d'vn linge chaud ou d'vne époucette bien seche, crainte qu'il ne roüille & dégoute le cheual : il faut encore auoir l'œil à tout ce qui sert à panser les cheuaux, comme les étrilles, peignes, éponges, époussettes, & le reste, afin qu'ils soient tousiours en estat de seruir.

Il en faut faire de mesme des petits harnez, les tenans nets & propres iusques à la moindre piece : enfin il faut estre tellement soigneux d'vn tel équipage, qu'il n'y doit estre épargné, diligence, peine, assiduité ny trauail, pour contenter son maistre & honorer la charge.

Auis seiziéme. Entre toutes les choses necessaires, l'Escuyer d'Escurie doit sçauoir faire l'onguent du pied, Raison, dautant que les cheuaux n'ont pas tousiours bon pied : & outre cela, il peut arriuer tant d'accidens, qu'il est incessamment necessaire.

Composition de l'onguent de pied.

Vne liure therebentine, demy liure poix gras, demy liure surpoint, demy liure miel commun, vne liure & demie d'huile d'oliue, demy liure cire neufue, vne liure suif de mouton, & pour vn sol de poix noire, vous ferez

fondre le tout ensemble, puis le mettrez en vn pot
neuf pour vous en seruir.

La gourme. L'Escuyer d'Escurie doit auoir la connoissance de ce mal entre tous les autres, dautant qu'il
se communique, il doit faire oster de l'Escurie le
cheual atteint de ce mal, & sçauoir qu'il n'y en a point
d'exempts.

Connoissance. Le poulain ou ieune cheual est triste,
a la veuë trouble, le poil mauuais & droit, beaucoup de
dégoust, le dedans des yeux blancs, & lors que l'on
l'approche on l'entend grommeler, & la braye pleine:
ce sont les sintosmes qui vous aduertissent que c'est la
gourme.

Remede. Il faut en tout temps ayder la nature, mais
plus en Hyuer qu'en Esté, il le faudra tenir chaudement, & l'establer en lieu où il n'endure aucun froid;
puis vous luy ferez oindre la braye & la gorge d'huile
de vers & de beure frais, luy ferez couurir la teste &
l'encolure d'vne peau de mouton fraischement escorché, cependant que vous preparerez la remollade sui-
uante; ozeille, seneffon, gros limats rouges, oignons
de lys, que vous ferez cuire entre deux braises, puis les
incorporerez dans la graisse de porc, & les mettrez sur
les estoupes, pour estre appliquez dans la braye assez
chaude, remettant la peau de mouton en sa place, ce
qui sera continué tant que l'enflure s'amolisse; & lors
qu'elle se preparera à percer, vous ayderez à la nature,
faisant vne ouuerture assez raisonnable pour faire vuider la gourme, puis vous y mettrez vne tante de lard
gras auec vne emplâtre de *Basilicum*, & tenir tousiours

la braye ointe d'huile de vers, & le panfer ainfi tous les
iours, tant qu'il foit vuide de gourme : fi c'eft en Efté
ou en temps chaud, vous oindrez l'enflure d'huile de
mille-pertuis meflée auec le *Baftlicum*, luy mettrez du
beure frais dans les oreilles iufques à ce qu'il fe prepare
à percer, finon, vous le ferez ouurir comme i'ay dit,
mettrez des plumaffeaux dans les narines enduits d'huile de laurier, ce qui fera continué tant qu'il foit vuidé
de gourme.

Armant tres excellent pour cheual dégouté au dernier point.

Vne liure de fucre fin en poudre, demy once de canelle, autant de cloux de girofle, de mufcade & de gingembre, le tout en poudre, la miette d'vn pain blanc
raffis valant quatre fols, brayé bien menu, vne liure de
bon miel, & vne chopine de vinaigre, délayez le vinaigre auec le pain comme pour faire la boüillie, & lors
qu'elle commencera d'époiffir, ajoûtez le refte, & faites acheuer de cuire, puis en donnez au cheual lors
qu'il fera tiede en forme d'armant auec le nerf de bœuf,
& foyez certain que vous le pourrez nourrir prés d'vn
mois fans autre aliment que cét armant & l'eau blanchie auec la farine, lors qu'il en voudra boire.

De la connoiffance de l'aage iufques à fept ans paffez.

Avis dixfeptiéme. Si l'Efcuyer d'Efcurie ignore de la
connoiffance de l'aage, fon Maiftre & luy feront fouuent trompez, ce qui m'oblige de vous entretenir en
cét auis de ce que la curiofité & exacte recherche m'ont
apris de plus vray, par l'experience & la pratique : fi
bien que vous pourrez auec beaucoup de foy prendre
creance en ce que ie vous en diray, depuis le iour de

leur naiſſance iuſques à ſept ans paſſez, non par hazard ny par les conjectures friuoles, mais par les regles naturelles, & l'experience maiſtreſſe de toutes choſes.

Vous tiendrez donc pour conſtant que le poulain naiſſant a les yeux fermez lors qu'il vient au monde, & reſte bien ſouuent dix ou douze iours auant que voir la lumiere, au bout duquel temps il commence d'ouurir les yeux, & iouit de la clarté de ce bel Aſtre ; il n'a auſſi aucunes dents en la bouche iuſques à l'aage de trois ou quatre mois, les vns plûtoſt, les autres plus tard, mais en ce temps il en a ordinairement huit ou douze ; ſçauoir ſix deſſus & ſix deſſous : ceux qui n'en ont que huit demeurent plus d'vn an en cét eſtat ; mais dautant que ce n'eſt pas le plus ordinaire paſſons cette exception, pour nous arreſter à ce qui eſt de plus commun : Ces premieres dents ſe nomment dents de lait ; *Nota*, qu'ils leur en vient auſſi derriere, comme nous dirons en ſon lieu ; il leur perce encore quelques petites eſpeces de dents ou os, que le vulgaire nomme écaillons ou crochets ; mais dautant qu'ils viennent rarement deuant trois ans, ie remets auſſi à en parler lors qu'il ſera temps : ſuiuons cependant noſtre deſſein, & parlons des dents de lait, de leur proprieté & leur connoiſſance.

Elles ſont données au poulain par la prouidence de la nature, afin que par icelles on puiſſe apprendre la verité de leur aage, pour leur garnir & orner la bouche, pour paiſtre l'herbe eſtans poulains, & pour nous apprendre par l'experience qu'elles tombent & changent toutes en leur temps.

Pour les dents de derriere, dont i'ay commencé de

vous

vous parler , elles ne percent qu'au bout de l'an , & se
nomment machelieres , dautant qu'elles broyent &
maschent la nourriture qu'ils prennent : ils en ont vingt
quatre ; sçauoir six en chaque machoire en quatre endroits derriere dessus & dessous ; la nature ny l'experience ne m'ont encore point apris que les machelieres tombent ny changent naturellement depuis qu'elles sont vne fois venuës , non plus que les crocs , écaillons ou crochets.

Vous remarquerez en passant que les cauales ont
rarement des crochets , & que celles qui en ont sont
estimées les meilleures. Mais pour venir à mon sujet ,
vous tiendrez pour chose certaine que depuis le iour de
la naissance du poulain iusques à ce qu'il ait atteint l'âge
de vingt sept à trente mois , aucunes des dents de lait
ne tombent & ne changent ; mais enuiron ce temps , il
en change , perce ou pousse quatre du milieu du deuant
de la bouche , sçauoir deux dessus & deux dessous ; si
bien que lors que vous obseruerez qu'elles commenceront à déchausser pour ceder leur place à celles qui
les poussent , asseurez que le poulain a trente mois peu
plus ou moins ; aprenez aussi que ces premieres dents
s'apellent le mors ou la pince.

Pendant que les dents changées , dont ie viens de
vous parler , prennent leur accroissement , tirans vers
leur perfection , il s'écoule vne année entiere , restant
toûjours huit dents de lait en la bouche du poulain iusques à trois ans & demy , peu plus ou moins , auquel
temps il en change encore quatre pour occuper la place des dents de lait , les plus proches de celles que nous

auons nommées le mors ou la pince, c'est alors que
l'on peut asseurer que le poulain a trois ans & demy, &
proche de quatre: apres cela il ne reste plus que quatre
dents de lait dans la bouche du poulain, ce qui fait dire
ce poulain a quatre ans, car il ne luy reste plus que quatre dents de lait en la bouche; & si-tost que vous obseruerez que les dernieres dents de lait commenceront à
déchausser pour ceder leur place aux coins, dites auec
asseurance que le poulain a prés de cinq ans, & lorsqu'elles seront entierement changées, il aura cinq ans
faits, & auancera vers la sixiéme année. C'est alors
qu'il perd le nom de poulain & se nomme ieune cheual,
ce qui fait dire aux Marchands & Maquignons, ce cheual est ieune, car à peine a-il poussé la dent de cinq ans
& les coins: notez que ces dernieres dents se nomment
ainsi, d'autant qu'elles garnissent les coins de la bouche,
& que la Nature ne permet pas qu'elles poussent qu'à
l'âge de cinq ans.

Mais auant que passer outre, il est tres-important
de vous faire connoistre les dents de lait, afin de les
pouuoir distinguer de celles qui ont changé, d'autant
que cette incertitude pourroit souuent vous tromper.
Aprenez donc que les dents de lait sont rondes, lon-
guetes, peu larges, blanches toutes égales, & peu ou
point de noir dedans ny dessus: mais celles qui ont
changé sont courtes, jaunâtres, assez larges, toutes
inégales, creuses, auec du noir dedans dessus & dessous,
& paroissent belles.

Voila ce qui vous en doit apprendre la difference si
facile à conceuoir, que ceux qui y veulent donner la

moindre application n'y peuuent estre surpris: Parlons
maintenant des crocs ou crochets, dont ie vous ay promis l'instruction; sçachez que les poulains ne les pouf-
fent iamais deuant trois ans, iusques à quatre & à cinq
ans ils sont en leur perfection, & il n'y a aucun temps
prefix pour cela, ils percent aux vns pluftoft & aux autres plus tard, felon qu'ils ont esté bien ou mal éleuez,
& les bons pafquages où ils ont pris leur accroiffement:
sçachez encore que le ieune cheual qui a cinq ans faits,
porte trente-fix dents en la bouche, y compris les crocs,
écaillons ou crochets, & commencée comme i'ay dit à
marcher dans les fix: c'eft à ce bel âge qu'il a toutes les
dents inégales, courtes, creufes, jaunâtres, auec le noir
dedans, deffus & deffous, comme auffi les crocs ou
crochets en leur perfection; fçauoir cours, déliez & affez
aigus, ce qui refte en cét eftat iufques à bien prés de
fix ans: mais dans l'interuale de fix à fept, la dent s'em-
plit, le noir commence de s'effacer: fi bien qu'au bout
de trois ou quatre mois les dents fe trouuent pleines, le
noir difparoift pendant que le cheual s'auance vers les
feptans ou fept ans & demie, auquel temps les dents
font égales, n'y reftant que bien peu de noir, que le
vulgaire nomme cherbon, c'eft alors que changeant
encore de nom, on le nomme rafé; ce qui fait dire aux
Marchands de cheuaux, Maquignons & autres con-
noiffeurs, ce cheual n'a aucune marque naturelle de
grand jeuneffe, car il ne marque plus, & eft entierement rafé, & par confequent il a fept ans paffez.
Voila, mon Lecteur, la veritable connoiffance de
l'âge iufques à fept ans paffez, non par hazard, comme

i'ay deſia dit, mais par les regles infaillibles de la Nature qui ne peuuent manquer : mais il eſt vray que depuis
ſept ans & demy iuſques à huit pour le plus, il ne s'en
peut rien dire d'aſſeuré, tant il eſt vray que la Nature
nous en a voulu oſter la connoiſſance, faiſant ceſſer les
regles de la Nature en cét âge : ce qui a obligé les plus
curieux d'auoir recours aux regles generales, pour tirer
quelques lumieres par les conjecturales, & bien qu'elles manquent quelquesfois, ie ne laiſſeray pas de vous
entretenir de ce que l'on en peut dire de plus vray ſemblable.

La marque de l'aage par la conjecture, depuis huit
iuſques à dix ans, eſt lors que le cheual eſt entierement
raſé, que ſes dents paroiſſent blanches au lieu où eſtoit
autrefois le noir, qu'elles commencent de s'alonger, &
que les crochets paroiſſent gros & peu pointus.

La marque vieille depuis dix iuſques à quinze, eſt
lors que le cuir de la teſte ſe détache aiſément du vif, &
lors que le tirant vn peu en haut, la peau ne retourne
que fort lentement, laiſſant beaucoup de rides, ſans
que le cuir demeure ferme & bien tendu.

La marque de vieilleſſe depuis quinze iuſques à
vingt, lors que les dents commencent à décharner, que
la carre & la rencontre ſont deſagreables & paroiſt
vieille, les écaillons gros & émouſſez comme vn bouton, les ſourcils blancs, l'encolure panchée, & que la
teſte commence à blanchir.

La marque de la derniere vieilleſſe, lors que les yeux
ſont creux & enfoncez en la teſte, le ventre, les genoux,
les jarrets & le flanc blancs, perdu & auallé, les pieds &

les jambes ruinées, qu'il reste sans force ny vigueur, on connoist assez que le pauure animal n'est plus propre à rien.

Des cheuaux contremarquez ou faux marquez par artifice,
& de ceux qui sont naturellement fauxmarquez.

Avis dix-huitiéme. Il est constant que l'artifice nous peut faire paroistre les cheuaux ieunes, bien qu'ils ne le soient pas ; il est vray que l'on les peut faux marquer auec tant d'artifice & adresse si aprochante du naturel, que les plus fins y sont bien souuent trompez, manque d'y prendre garde auec l'exactitude requise : c'est par cét avis que vous empescherez cette surprise, & la friponnerie de ceux qui n'ont pour but que d'vser de leur mestier ordinaire. Pour conceuoir ce que i'ay à vous dire pour cette connoissance ; sçachez en premier lieu, que quelque habile ou expert que puisse estre celuy qui les côtremarque, il ne sçauroit representer la fausse contre la naturelle ; Raison, c'est que la naturelle est creusée en circuit par les mains de la Nature, biaysant & tournant autour la dent d'vne façon qu'elle ne peut estre imitée au naturel par le burin, dautant qu'elle n'est pas assez dure pour souffrir le circuit, & qu'elle éclateroit si on s'éforçoit à l'imiter au naturel : si bien que l'on est contraint de la tracer ronde ou ouale, le noir que l'on y applique ne dure pas long-temps, & deuient aussi tost minime & pâle : outre cela, on ne fauxmarque pas d'ordinaire toutes les dents ; le faux marqué est aussi rasé, les dents longues & bien souuent les écaillons émoucez, & par consequent passe huit ou neuf ans, dont cette marque ne le peut faire

F iij

ieune, & doit eftre fauxmarque ou contre-marqué,
puis que ie vous ay enfeigné & prouué que le ieune
cheual les doit auoir courtes, inégales & belles ; ce qui
vous fera connoiftre le faux marqué par artifice.

Refte à vous donner à entendre qu'il y a auffi des
cheuaux naturellement fauxmarquez, que l'on appelle
baigues ; ce font ceux qui ont durant le cours de leur
vie de petites marques noires fur les dents, que le vulgaire nomme charbon, qui eft ce que ie vous ay fait
remarquer aux cheuaux qui paffent fept iufques à huit
ans, ces cheuaux fe connoiffent facilement ; car lors
qu'ils paffent l'âge de fept à huit ans, ils ont la dent
blanche & longue, les crochets gros & commencent à
s'émoucer, bien fouuent les dents décharnées & les
fourcils blancs : fi bien qu'il ne leur refte aucune marque naturelle de ieuneffe, que ce charbon qu'ils portent naturellement fur les dents.

Remarque des cheuaux felon le pays ou climat où ils ont
efté éleuez & nourris.

Avis dix-neufiéme. L'Efcuyer d'Efcurie doit fçauoir
que bien que tous les cheuaux puiffent auoir les mef-
mes maladies, ils font neantmoins plus fujets aux vnes
qu'aux autres, felon le pays & climat où ils ont efté
nourris & éleuez, & encore felon leur temperámment,
ce qui eft tres-confiderable.

Lors que ce fera vn cheual d'Allemagne, d'Hollan-
de, de Flandre & de Frife ; prenez garde aux pieds combles, à la veuë, aux eaux & fluxions, car tels cheuaux fe
perdent ordinairement par là. Si c'eft vn cheual des
Ifles circonuoifines du Poictou & du Marets, prenez

auſſi garde à la veuë, aux malandres, aux ſoulandres, aux jauars, creuaces & mulles trauerſieres, & quelquefois aux fluxions. Si c'eſt vn cheual de Bretagne, il le faut choiſir la teſte petite, peu de poil aux jambes, & prendre garde à la veuë, aux fluxions & aux jambes. Si c'eſt vn cheual d'Eſpagne, il faut prendre garde aux ſeſmes, bleſmes, molletes, courbes, eſperuains & veſſignons. Si c'eſt vn Barbe, ou cheual de fort legere taille, il faut prendre garde aux talons ſerrez, à la foibleſſe du pied, & à lancaſtellé. Si c'eſt vn cheual d'Italie, il faut prendre garde à la'groſſe teſte, aux groſſes épaules, aux ſureaux, ſoulandres & malandres. Pour tous les gros cheuaux en general auec le moins de teſte & d'épaules que l'on peut, les jambes nettes de fluxions, peu de poil aux iambes, la jambe ſeche, les jarrets plats & larges, les yeux couleur d'ardoiſe, & mediocrement gros, les paupieres deliées & claires. Pour les coureurs, il les faut choiſir vn peu longs à la main, la teſte petite, & les épaules fines, l'encolure effilée, le flanc releué, les reins larges, & l'échine forte, les cuiſſes bien trouſſées, & les iambes belles.

Avis vingtiéme. C'eſt du moins que l'Eſcuyer d'Eſcurie & tous ceux qui font profeſſion de monter à cheual, ſçachent l'équipage qui leur eſt neceſſaire, & que le cheual porte ſelle, bride, caueſſon & licol.

Ce qui ſe met ſur le cheual pour la commodité de l'homme lors qu'il fait voyage ſe nomme ſelle, qui eſt compoſée d'arçons deuant & derriere, de deux bandes de fer ou de bois qui les lient enſemble, de boucles qui ſont attachées auſdites bandes pour ſoûtenir les étri-

uieres: elle a auffi des baftes deuant & derriere : elle a
encore des fieges pofez dans la bafte de deuant pour la
foûtenir ferme : il y a le colet de la felle comme auffi
le pommeau : elle a fon fonds & le fiege pour fe loger
dans la felle : elle a fon derriere, fes quartiers, le trouffe-
quin, le chapron logé dans la bafte derriere, les panneaux, quatre ou fix contre-fanglons, des porte-étriez,
vne croupiere, des pendans, vn poitrail, des fangles, vn
fourfaits, & vne houffe pour conferuer la felle.

De la bride. Tout ce qui fe met à la tefte du cheual
pour le guider, lors que le Caualier fait voyage, fe nomme bride ; mais elle eft compofée pour ce qui eft de
cuir, de teftiere, porte-mors, foûtenans, fous-gorge,
muferolle, frontal, pateillete & refnes. Tout ce qui eft
de fer fe nomme mors, mais il eft compofé de branches, d'embouchure, de chenettes, de tourets, de
gourmette, de crochets & d'anneaux. Ce qui fe met
à la tefte du cheual lors qu'il eft à l'Efcurie, s'apelle licol,
il eft compofé de teftiere, fous gorge, & deux longes.
Pour les caueffons, il y en a de plufieurs fortes, entre
lefquels il y en a quatre plus neceffaires ; le petit caueffon plat, le tors ou rond, celuy que l'on nomme figuette ou camarre, le gros cauefon à teftiere de cuir, &
deux groffes longes de corde pour attacher les cheuaux
entre les piliers, ou pour les fortir lors qu'ils font vn
peu fafcheux & difficiles à ferrer : il y a encore vn petit
fer mordant que l'on nomme figuette, qui fe loge dans
la muferolle, qui a effet auec la plate-longe, pour empefcher les cheuaux de leuer la tefte & mettre le nez
au vent.

Avis

Auis vingt-vniéme, qui traite des poids de la Medecine, &
   de toutes les drogues neceſſaires pour ſoulager les chenaux.

Le poids de marc contient ſeize onces.

Huit onces valent demy liure.

Huit dragmes valent vne once.

Vingt-quatre grains valent vne ſcrupule.

Septante-deux grains valent trois ſcrupules, ou le
   poids d'vn eſcu d'or.

Douze grains valent demy ſcrupule.

Six grains eſt la moindre priſe.

Ce que l'on tient entre les doigts ſe nomme *pugillum,*
   au caractere P.

Ce que l'on tient en la main *manipulum,* au caractere M.

Ce que l'on porte ſous l'eſſelle *feſſiculum,* au caractere F.

Les Onguens.

Onguent *Baſilicum* pour faire ſupurer vne playe.

Onguent *Apoſtolorum* pour nettoyer les playes.

Onguent *de Altea* pour reſoudre les humeurs.

Onguent *Populeum* pour empeſcher l'inflammation.

Les quatre onguens chauds contre humeur froide.

Les quatre ſemences froides contre grande inflammation. ### Les Emplâtres.

L'Emplâtre *Diachilum* pour ramolir vne tumeur.

L'Emplâtre *Diapalme* pour attirer & deſſecher.

L'Emplâtre de *Melilot* pour reſoudre.

L'Emplâtre *Bellicum* pour tirer les balles du corps.

Les Huiles.

L'huile de camomille & mille-pertuis, excellente pour
   les nerfs.

L'huile de laurier pour échaufer.

G

L'huile de cabdé, contre la galle.

L'huile de petrolle, excellente contre les grandes thumeurs.

L'huile d'oliue, pour le corps des onguens.

L'huile de vers, contre l'humeur froide.

Les Eaux.

L'eau forte, dont il faut vser prudemment.

Eau seconde moins forte, pour enleuer les superfluitez de chair.

Eau de vie, pour nettoyer les playes.

Esprit de vin rectifié, beaucoup meilleur pour cét effet.

Eau de chicorrée sauuage, pour cheual échauffé.

Eau de pourpier & de solanum pour le mesme.

Les Lauemens.

Lauement laxatif, pour cheual constipé.

Lauement abstringent, pour colique & tranchée.

Lauement remolitif, pour décharger les reins.

Lauement refrigeritif pour vuider vn cheual échaufé.

Lauement de sommere de bœuf, pour cheual qui ne peut pisser, puis luy pousser vne bougie dans la verge.

Les Medecines.

Medecine cómune pour vn cheual fatigué de voyage.

Medecine dessecatiue pour les lunatiques.

Medecine operatiue pour conforter l'estomach & digerer. Vous trouuerez tout ce que dessus chez les Apotiquaires, & toutes les drogues suiuantes que ie nommeray en mes remedes chez les Droguistes, Marchands grossiers, ou les bons Apotiquaires.

Des remedes excellens pour les cheuaux.

Avis vingt-deuxiéme. L'Escuyer d'Escurie doit sçauoir

que l'on peut feigner & purger les cheuaux en tout
temps, lors qu'il y a neceffité ; mais hors le befoin, il y
a des temps plus propres les vns que les autres, lefquels
il faut fçauoir choifir comme auffi les faifons ; fçauoir
au Printemps, au commencement de l'Automne, ou
en vn temps doux & vne chaleur temperée, lors qu'ils
ont la bouche échaufée, ou autres maux que i'ay dit
cy-deffus, on peut faigner à la bouche & leur lauer en
toute faifon, hors le grandiffime froid fans danger.

Pour les autres maladies ou accidens, fi toft que vous
obferuerez que le cheual fera trifte, le poil gros, mort
& heriffé, quoy qu'il boiue & mange affez bien, affeu-
rez-vous qu'il y a quelque chofe d'extraordinaire ; re-
glez-vous felon le temps, choififfez vn iour affez doux
& propre à voftre deffein, le faites faigner de la vaine
du col, iugez par fon fang la nature de fon mal ; s'il
eft échaufé, fon fang fera noir, aduft, brûlé, fort épais
& aura peine à fortir, ce qui vous fera connoiftre qu'il
a befoin d'eftre rafraichy, faites luy prendre vne liure
& demy de beure frais fans fel, auec vne groffe poignée
d'abfinte hachée bien menu, faites pilules prife felon
l'ordre des medecines : deux iours apres, faites luy prendre trois chopines d'eau de chicorrée fauuage, & vingt
quatre heures apres reïterez la faignée.

Si le fang eft clair, peu rouge, plein de cerofitez,
meflé de petits filandres, ce fera figne que la pituité
peche en quantité, faites-luy prendre trois chopines de
bon vin rouge, auec canelle, girofle, mufcade & gingembre, de chacun demy once en poudre.

Toutes les fois que les cheuaux témoignent du

dégouft, il ne faut manquer de leur regarder en la bouche pour en voir la caufe, leur faire donner vn coup de
corne, leur lauer la bouche, & s'il fe mord ou frotte en
quelque endroit que ce foit, vous le ferez faigner de la
vaine du col, & luy ferez donner des coups de flâme fur
le haut de la queuë.

Lors que vous obferuerez que le cheual diminuera,
deffechera, fera refroidy & dégoûté, periffant chaque
iour, quoy que bien penfé & nourry, ayant le poil mort
& droit, il ne faudra manquer de le réchaufer & reani-
mer par cét ordre, vous le tiendrez bien couuert, le
ferez legerement faigner de la vaine du col, & luy donner le breuuage fuiuant; demy feptier d'eau de vie,
auec poivre & gingembre, de chacun demy once en
poudre: & deux iours apres, prenez la décoction de
chicoréc fauuage, de laituë, pinpernelle & racine d'o-
zeille la quantité de trois chopines, faites infufion auec
vne once & demie de bon fené, que vous laifferez fur
les cendres chaudes, & le lendemain vous y ajoûterez
trois onces de caffe reffente, ce que vous luy ferez
prendre felon l'ordre des medecines; ce que vous reïtererez au bout de cinq ou fix iours s'il ne fe porte mieux,
puis le ferez encore faigner.

Medecine nommée diapente.

Lors que vous aurez fait tout voftre pouuoir pour
guerir vn cheual, & que les remedes que ie vous ay en-
feignez cy-deffus n'auront eû aucun effet, ny aucuns
autres; prenez des raclures d'hyuoire, de la myrre, de
l'alloés, cicotrin, du fafran, & des grains de geniévre,
de chacun vn quart d'once en poudre, que vous ferez

infuser dans vne pinte de décoction, d'angelique & de chicorrée, l'espace de six heures sur les cendres chaudes, puis le ferez prendre au cheual le matin, selon l'ordre des medecines.

Si vous desirez voir vn cheual bien gaillard, quoy qu'il ait naturellement peu de cœur, faites-luy manger tous les iours deuant luy donner l'auoine pour deux fois de pain trempé vne heure deuant que le manger dans vne pinte de bon vin, si vous le continuez deux fois le iour, vous connoistrez que ie ne sçaurois assez exalter cét effet, & puis dire auec verité l'auoir experimenté & reüssi à des cheuaux bien lâches.

Avis vingt-troiziéme. Comme il est tres-constant que la pluspart des maladies des cheuaux prouiennent quasi toutes des humeurs abondantes du cerueau, qui venans à s'épancher par les parties du corps, causent les maux & les desordres que nous voyons tous les iours ; il est necessaire que l'Escuyer d'Escurie vse de precaution ; & si tost qu'il verra le cerueau attaqué, qu'il prepare les pillules dessecatiues & sephaliques cy-dessous.

Deux liures de beure frais sans sel, vne grosse poignée de chicorée sauuage, & autant d'apsinte hachée bien menu, deux dragmes turbis, demy once alloés, demy once agaric, auec trois dragmes de jalap, le tout en poudre & incorporé auec le beure & le reste, soit fait pillules comme petites balles, & fait prendre au cheual auec vn peu de son de froment pour les couurir, selon l'ordre des medecines.   *Cheual lunatique.*

Connoissance. Quand vous obseruerez que vostre cheual aura la veuë trouble, & qu'elle s'afoiblira au

G iij

commencement & à la fin de la lune, & que l'œil luy
deuiendra beau dans fon plein ; ayant fait cette remarque par deux ou trois lunes de fuite, il eft lunatique.

Remede. Faites-le auffi-toft faigner en la bouche, à
la troifiéme barre du palais dont il faigne abondamment, puis luy donnez les pillules cy-deffus, & continuez trois lunes durant, & prenez voftre temps pour
cela ; dés le troifiéme iour de fon croiffant s'il ne guerit
pour cela, il eft en danger de perdre la veuë ; il s'en faut
défaire au plûtoft.

Aduertiffement pour l'ordre des medecines.

Il faut que le cheual mange peu la nuit precedente,
qu'il demeure au machicadou trois heures deuant la
prife ; que l'on le bride fi-toft qu'il l'aura prife, que l'on
le tienne bien couuert, que l'on le promene vne bonne heure apres la prife & en lieu couuert, s'il pleut ou
fait froid ; apres cela, on le mettra dans vne Efcurie
bien fermée, qu'il ne mange de trois heures apres ; on
ne luy donnera point auffi d'auoine pour ce iour : on
luy donnera le foin fort net & bien fecoüé, boira fur
l'eau blanchie auec la farine, & mangera du fon de froment vn peu arrofé d'eau : s'il fe trouue dégouté, le
lendemain on luy donnera l'armant que i'ay ordonné
cy-deuant aux cheuaux dégoutez, fur la fin de l'Avis
troifiéme : s'il a des ardeurs, qu'il fe frotte ou morde,
on luy fera ouurir la vaine du col : cecy foit entendu vne
fois pour toutes.

Pour conferuer la veuë des cheuaux en general, & effiler
l'encollure.

Avis vingt-quatriéme. Il faut fçauoir qu'il y a vn gros

nerf qui prend son origine dés le commencement de l'épine du dos, qui trauerse le long de l'échine, & finit au bout du nez, laissant vers cét endroit separer deux rameaux dont il tient le milieu ; c'est de ce nerf duquel on assure que les cheuaux prennent la meilleure partie de leur aliment, & contribuë le plus aux principales fonctions, donnant bonne ou mauuaise nourriture aux parties du deuant.

C'est de ces trois nerfs que l'on se doit seruir pour conseruer la veuë, & comme l'on assure pour empescher l'encolure de grossir & pancher.

Si-tost que l'on a crainte pour la veuë, & que l'on voit grossir l'encolure, il faut faire ouurir entre les deux narines auec le bistory vne longueur assez raisonnable, puis cherchant auec le bec de corbin, vous trouuerez les trois nerfs que i'ay marquez, dont vous prendrez le plus gros, qui est comme i'ay dit au milieu, que vous tirerez auec ledit bec de corbin, & le ferez sortir de la longueur de quatre doigts, & le couperez, & par la mesme operation, vous ferez tirer les deux petits l'vn apres l'autre, & en couperez de chacun deux doigts, & du gros quatre doigts, puis les laisserez retourner en leur place, & guerirez la playe auec vn peu de graisse douce, ce qui fera l'effet requis.

Mais lors que le mal est desia fort aparent & inueteré, le cheual fort incommodé de la veuë, vous ferez outre cette operation, deux iours apres, appliquer des orties des deux costez des petits nerfs que ie vous ay fait remarquer, & iustement au dessous de la vaine appellée le Iarmier, puis huit iours apres vous ferez

ouurir les vaines du larmier & faigner tant qu'il pourra,
& les ferez barer ou arrefter : ce font les moyens plus
puiffans que ie fçache pour conferuer la veuë.

Mais fi tout cela ne profitoit de rien, le dernier remede eft d'apliquer deux cettons, l'vn droit fur le tuper
& du mefme fens, & l'autre derriere la patellete, & du
fens contraire à l'autre ; c'eft tout ce qui fe peut pour la
conferuation de la veuë ; s'il ne guerit, la neceffité le
rend aueugle, la Nature n'ayant pas accordé plus de
priuilege aux beftes qu'aux hommes, ny aux Maréchaux
qu'à la grande étude, longue pratique, & experience
des Medecins : auffi ne feroit-il pas iufte, que l'homme
eftant le plus noble de toutes les creatures, qu'il n'y
eut point de remedes à leur maux, & qu'il s'en trouuaft
pour des beftes ; fi bien que tant aux vns comme aux
autres, lors que l'humeur fe trouue predominante en
quelque mal que ce foit, qu'elle fe rend rebelle à tout
ce qu'il y a de remedes d'art & d'experience, il n'y a ny
Marefchal ny Medecin qui puiffe garantir le veuë, ny
mefme la vie lors qu'il faut mourir.

Suiuent les remedes experimentez. Emmielleure fans pareille.

Demy liure de poix noire, poix-refine, poix de Bourgongne & miel commun, de chacun demy liure, quatre onces de *altea*, quatre onces d'huile de laurier, deux
onces de *populeum*, rofes rouges & fleurs de camomille,
de chacunes vne groffé poignée, deux onces d'alun en
poudre, deux onces noix de cyprez, & quatre onces
fang de dragon, pour dix fols farine de febves, & huit
liures de bon vin rouge, vous ferez fondre les drogues
à petit feu, puis vous démelerez le vin & la farine

comme

comme pour faire boüillie, & lors qu'elle commencera
d'époiffir, vous y ajoufterez le refte, & acheuerez de
faire cuire, & lors que vous voudrez vous en feruir, vous
en mettrez fur les étoupes de chanvre, & en ferez ca-
raplafme, que vous appliquerez affez chaud fur le mal,
& ferez la ligature plate, en forte qu'elle ne foule le
mal : cette emmiellure eft contre tous nerfs foulez,
contractions de nerfs, & toutes jambes gorgées ou
foulées, contre les foulures fous la felle, & contre toutes contufions ; j'ay fait des cures admirables auec ce
remede.

Eau contre les fluxions & eaux puantes.

Vne pinte excellente d'eau de vie, autant de bon
vinaigre, noix de gale & de cyprez de chacun deux
onces, alun de roche deux onces, couperofe vert trois
onces, couperofe blanc vne once, vitriol ramain deux
onces, litarge d'or & d'argent de chacun deux onces,
argent vif demy once, cantarides deux dragmes.

Reduifez le tout en poudre, puis faite boüillir à petit
feu auec l'eau de vie & le vinaigre iufques à la confom-
mation de la moitié, puis enfermez voftre eau compofée dans vne phiole de verre fort, & la bouchez fort
bien, & pour vous en feruir vous obferuerez ce que ie
vais dire vne fois pour toutes pour guerir toutes fortes
de ces vilanies.

L'Efcuyer d'Efcurie & tous autres doiuent fçauoir
qu'il faut preparer toutes les iambes infectées d'eaux,
de grappes, arreftes, porreaux, & autres vilanies qui
infectent les iambes par les fluxions puantes par deux
moyens ; premierement, il faut rafer le poil, les faire

beaucoup faigner des ars, leur arrefter les vaines en mefme temps, & faire grater leur mal auec des thuiles ou vne pierre de ponce, tant que le fang en forte, puis les preparer auec le lauage fuiuant premier que d'vfer des onguéz corrofifs, & des eaux fortes & mordicantes.

Lauage à preparer les iambes infeĉtes.

Prenez deux pintes d'vrine de vache, ou fi vous n'en pouuez auoir, ayez du vinaigre bien fort, où vous ferez diffoudre deux onces vitriol de cypre, auec demy liure coupe-rofe vert, y ajouftant demy once de fel armoniac, le tout bien diffous enfemble vous ferez boüillir deux ou trois boüillons, puis lors que les iambes feront bien gratées & en fang, vous les étuuerez du remede affez chaud toutesfois fans les brufer, puis le lendemain vous vferez de l'onguent ou de l'eau compofée de la mefme façon : Notez qu'il faut toufiours ce preparatif pour toutes les iambes infeĉtées.

Onguent meruelleux pour les iambes infeĉtées.

Mercure amorty deux liures, elebore noir en poudre vne once, autant deuforbe, pirretre & ftafifagria, trois onces, cantarides vne dragme, vitriol vert deux onces, fel nitre vne once, le tout en poudre & tres bien incorporé en graiffe de pourceau mâle, faites onguent dont vous vferez comme i'ay enfeigné.

Remede excellent pour guerir les porreaux.

Ayez vn pot de terre neuf & verny, qui contienne huit pintes mefure de Paris, dans lequel vous mettrez fix pintes de bonne biere double, & dix-huit oignons de lys taillez en pieces; prenez auffi des feüilles de mauues & guimauues fans la racine, faites les bien lauer

& les faites cuire auec la biere & les oignons de lys
tant que le tout soit en boüillie, puis vous y ajousterez
vne liure de beure frais sans sel, autant de vieil oint
auec vne liure therebentine & vne liure de miel commun : ayez encore pour six sols de farine de froment,
vous délayerez le tout, le ferez fondre doucement à
petit feu de charbon, le tout bien fondu, vous prendrez la farine & ferez de la boüillie, laquelle bien cuite
sera le cataplasme fait pour vous en seruir en cette sorte:
rasez le poil au plus prés, puis mettez vostre cataplasme
sur les étoupes de chanvre, puis l'appliquez sur les porreaux, & faites vostre ligature en sorte qu'elle ne presse
ou blesse la iambe, & apres auoir continué quatre ou
cinq iours s'il y reste encore des porreaux, faites-les
abatre auec le rasoir, puis remettrez du mesme cataplasme iusques à entiere guerison.

L'Onguent de Villemagne.

Quatre onces de gomme ellemmi, trois onces de
poix-resine, deux onces de cire d'Espagne de la plus
excellente, douze onces de therebentine de Venise de
la meilleure & plus fine, demy once Aristologie longue
en poudre, demy once de sang de dragon du plus fin,
vne once d'alloés en poudre, demy once de myrrhe,
& quatre onces de baume du peroux, dit naturel, faites
dissoudre le tout dans la therebentine auec le feu doux
& lent, à la reserue de l'alloés & de la myrrhe, puis estant
cuit & à demy reffroidy, vous y ajousterez l'alloés & la
myrrhe en poudre, & ferez madalons, puis aurez vn
onguent sans prix pour sa bonté & ses rares vertus, pour
les encloüeures vieilles & reffentes, pour toutes les

playés , en vn mot, c'est le veritable baume.

Poudre excellente contre la vieille toux & courte haleine.

Prenez la grosseur d'vne noix de bon regalice en
poudre incorporez auec miel fin , & autant de poudre
de coriande mêlez auec l'auoine soir & matin, il n'est
rien de plus excellent pour conseruer l'haleine.

Contre l'encloüeure: Remede admirable.

Prenez vne once d'huile de petrole , deux onces
d'huile de therebentine, vne dragme d'or canet, vous
ferez infuser le tout au grand soleil ou à petit feu de
charbon fort lent & d'assez loin, puis vous mettrez
cette composition dans vne phiole de verre fort bien
lutté, & l'encloüeure découuerte vous y en ferez entrer
deux ou trois goutes, ce remede n'a point de pareil.

Onguent de vertu estimable pour toutes sortes de places
& nerfs foulez.

Prenez de l'huile d'oliue, de vers, d'aspic, d'alloés, de
camomille, de sauge, de talc, d'any, & d'huile rosat, de
chacun demy once, cire jaune & beure frais de chacun
demy liure, le tout fondu auec les huiles & le beure à
petit feu de charbon & fort lentement, à la reserue de
l'huile d'any, de talc & d'aspic, que vous reseruerez
iusques à ce qu'il soit demy froid, puis les y ajousterez,
remuant sans cesse tant qu'il soit froid.

Contre nerf foulé.

Faites raser le poil, puis frotez long-temps le mal à
main seche, à poil & à contrepoil, & ayez vn bouchon
de foin dont vous froterés & bouchonnerés encore
ferme & long-temps l'endroit malade, apres vous prendrez vne poignée de sel en poudre auec la sauge bien

pilez enfemble, puis enfroterez encore bien ferme le
mal & affez long-temps; enfin vous prendrez de l'orge
mondé que vous ferez boüillir auec moitié d'eau &
moitié vin rouge, puis l'enfermerez dans deux petits
fachets de groffe toile neufve faits exprés, que vous appliquerez des deux coftez du mal le plus chaud qu'il fe
pourra fans le bruler, ce qui fera reiteré iufques à gue-
rifon, puis vous ferez onguent d'oignons de lys, de gros
vers & vieil oint pour acheuer la cure.

Contre les grappes, onguent experimenté.

Demy liure de fauon noir, quatre onces de poudre
à piftolet, vne chopine d'eau de vie, pour cinq fols de
vif argent amorty, pour quatre fols de vert de gris, faites infufer le tout fur les cendres ardentes l'efpace de
vingt-quatre heures, puis ayant fait rafer le poil & preparer les grappes comme i'ay enfeigné, appliquez
voftre onguent affez chaud, & pour le mieux faire penetrer, ayez vne pelle de feu rouge, & la faite approcher fi difcretement, que l'onguent penetre fans bruler le cheual.　　*Eau d'arquebufade.*

Vne pinte de vin blanc du meilleur, dans lequel vous
ferés boüillir vne once ariftologie ronde en poudre,
auec vne poignée de preuerenche, que vous ferés
boüillir quatre ou cinq boüillons, puis y ajoufterés
demy once de fucre candy rouge, & le poid d'vn efcu
d'or de fafran, qui fera auffi boüilly comme i'ay dit, puis
vous pafferés le tout dans vn linge; l'vfage eft de faire
entrer de ladite eau dans la playe par l'injection de la
petite ceringue, ou en moüillant du coton & le faire
entrer dans la playe.

L'Escurie

Pour faire l'onguent à chatrer.

Prenés le *diachillum magnum*, & l'incorporés auec le vert de gris, tant qu'il deuienne tres-vert.

Pour faire l'onguent fort.

Prenés de l'huile de laurier & eau de vie, de chacun quatre onces, vn quart d'once de cantarides en poudre, vne once euforbe en poudre, incorporés & battés bien le tout, tant qu'il se conuertisse en onguent de bon corps; il est excellent pour faire abaisser la chair, pour manger les mauuaises chairs, pour nettoyer les playes, pour empescher la gangréne, pour empescher les superfluités, & manger la chair baueuse.

Bonne emmiellure.

Vne liure de bol en poudre, demy liure therebentine, demy liure de poix noire, demy liure de poix-resine, deux onces sang de dragon, & deux onces d'huile d'aspic, faites fondre le tout à petit feu, puis ayés demy liure farine de froment, incorporés & faites cuire le tout comme boüillie, tant que l'emmiellure soit faite pour vous en seruir pour les nerfs foulés, contusions & enflures sous la selle.

Onguent pour les mulles trauersieres.

Prenés farine de froment & therebentine à discretion, détrempés auec vin blanc & en faites boüillie, puis vous le mettrès sur les étoupes, & l'appliquerés assés chaud sur le mal, auec vne ligature douce & plate, & continuerés iusques à guerison.

Contre les tranchées.

Prenés vne liure & demy de bon vinaigre, autant d'huile de noix, & faites vn lauement, qui sera donné vn peu plus chaud que tiede: si le mal ne cesse, reïterés apres l'auoir rendu, & auant que méler le vinaigre auec l'huile, il faudra y faire boüillir cinq ou six gousses d'ail concasse, & y ajouster deux onces de *benedicite laxatiue*, pris chés l'Apotiquaire.

Contre le farcin, connoissance.

Il est de facile connoissance, on voit les boutons & la corde, ce qui denote le farcin: Il faut tenir le cheual trois heures au filet, puis luy donner trois onces de bon theriaque de Venise delayé dans demy-septier de vin blanc, puis luy remettre le filet, & le tenir encore trois heures bien couuert & establé le plus chaudement qu'il se pourra: si le farcin ne sort en abondance au bout de trois iours, il faudra reïterer la dose, & lors qu'il sera sorty & les boutons meurs, il les faudra ouurir auec le bistory, & y mettre vn grain d'arceny en chaque bouton; & apres les escarres tombées, vous étuuerés les playes auec le jus de l'herbe nommée *perciçaria immaculata*, iusques à ce qu'il se porte mieux; & afin de l'éteindre entierement, vous prendrés de l'eau de chaux, dont vous étuuerés les playes, puis y ietterés de la poudre de blanc d'Espagne par dessus, & sera saigné de huit en huit iours, & prendra encore vne prise comme les premieres.

Eau de grand vertu pour nettoyer les playes.

Prenés chaux viue vne liure que vous ferés amortir dans deux pintes d'eau bien claire, depuis le soir iusques au lendemain midy, puis vous puiserés vne chopine de ladite eau sans la remuer ny toucher le fonds, & vous y dissoudrés le poids de deux écus d'or de sublimé corrosif; si elle est bien faite, sa couleur sera jaune, si l'on la veut plus forte, on y mettra moins d'eau; & si vous obseruez qu'elle vienne rouge en la faisant, il y faudra vn peu ajoûter d'eau de chaux ressente, afin de la rendre bonne & en couleur iaune; lors que l'on craindra la gangréne, ou que l'on la voudra guerir, il la faut plus rouge que iaune; plus elle est rouge, & plus elle est forte; vous obseruerez encore que pour bien faire ladite eau, apres que vous aurez pris la chopiné côme i'ay dit, il faudra pour le meilleur auoir vn mortier de verre fort ou de marbre, comme le pilon de verre ou de bois bien net, afin de bien dissoudre le sublimé, remuant incessamment tant qu'il soit bien dissous, & auant en vser, il faudra bien remuer la bouteille où vous l'aurez enfermé, qui doit estre de verre fort, & tres-bien lutée, afin qu'elle prenne la force du sublimé.

Onguent pour faire croistre l'ongle & le rendre ferme & liant.

Prenez quatre grandes coulévres, mettez-les en pieces sans les éuantrer ny écorcher, puis ayez vne liure d'huile d'oliue, & vne liure d'huile de pied de bœuf, prenez encore vne pinte de boüillon de tripes & de testes de veau, faites consommer le tout tant qu'il n'y ait quasi plus de boüillon; & lors que les coulévres seront en boüillie, passez & pressez bien le tout dans vn fort caneuas, puis ayant recueilly ce qui en sortira, vous y ajousterez graisse de chien & du surpoint de chacun vne liure, graisse d'oye, de chapons & canards qui ne soient pas rostis, de chacun 4. onces, auec huit onces de cire neufve, puis faites onguent dont vous oindrez le sabot; il est tres esquis, & se garde long-temps.

Contre.

Contre le farcin tres-experimenté.

Faites faigner le cheual affés abondamment de la vaine du col, enuiron vne pinte de chaque cofté en mefme temps, puis faites infufer deux onces de bon theriaqne dans demy feptier de vin blanc, & le délayez tant qu'il foit bien diffous, puis le faites prendre le lendemain au cheual felon l'ordre des medecines, le tenant chaudement & bien eftablé; s'il fuë, c'eft le meilleur, puis le lendemain prenés fix petites racines de guimauues, & autant de racines diebles, de la groffeur chacune d'vn petit cure-dent, faites ouurir la peau de la tefte du cheual en croix dans le fronc, proche le lieu de la belle marque, laiffés faigner, puis le fang bien étanché, vous détacherés la peau de la chair autant que le pourrés, puis ayant derechef arrefté le fang, vous prendrés vos racines, & les placerés en croix l'vne apres l'autre dans le lieu de l'ouuerture, tant que vous les ayés toutes placées en leur ordre; vous remettrés apres cela la peau bien proprement en fa place le plus iuftement que vous pourres; & apres auoir laiffé couler le fang, vous étancherés bien la playe, puis vous aurés vne emplâtre de poix noire fur du cuir toute prefte, vn peu plus grande que le tour de l'ouuerture, qui fera affés chaude pour fe pouuoir attacher; puis cela fait, vous renuoyerés le theual fans faire autre chofe que prendre garde qu'il ne fe frote, & faffe tomber l'emplâtre, que fi cela arriuoit, il en faudroit mettre vne autre, comme des racines s'il en tomboit; ne permettés pas qu'il aille à l'eau; plus la tefte enfiera, c'eft le meilleur, & plus il fuppurera & plûtoft fera guery; il doit eftre net dans

I

fix femaines; fi la partie demeure enflée, il le faudra mener fouuent à l'eau, l'y tenir long-temps & bien auant.   *Poudre imperiale contre la forbeure.*

Prenez feüilles & racines d'imperatoire vne liure en poudre, autant de feüilles & racines de refors fauuages auffi en poudre, vne once & demy fpicanardi en poudre, autant de gingembre & gallanga en poudre, alloés epatique vne once, angelique quatre dragmes, le tout en poudre, que vous incorporerez dans vn fiel de bœuf & vn demy feptier de bonne eau de vie, en forte qu'il fe faffe vn pafte dont vous ferez de petits tourteaux que vous ferez cuire au four fur les thuilles, lors que le pain fera tiré, pour les reduire derechef en poudre, que vous pafferez par le tamis, & la mettrés dans vne phiole de verre, la dofe eft la moitié d'vne pleine coque d'œuf, auec trois demy feptiers de vin blanc vn peu tiede donné le matin au cheual felon l'ordre des medecines, auec la corne. Ce remede eft encore excellent contre colique & tranchées, tortions de boyaux, tuë les vers du corps, guerit les auiues, en donnant la dofe cy-deffus.

     Contre la forbeure, connoiffance.

Lors que le cheual tremble, eft dégoufté & chancelle en marchant comme vn yvrongne, qu'il traifne les iambes & ne peut reculer, il eft forbu, & fon mal eft grand.

Remede. Si-toft que vous le iugerés atteint de ce mal, vous luy ferés prendre de la poudre cy-deffus la mefme dofe que i'ay dit, puis le ferés conduire dans vne eau courante, le ferés entrer iufques au deffus du jarret, le tiendrés-là vne bonne heure fans l'empefcher de

boire, cependant que l'on vous portera quatre pintes
de bon vinaigre, dans lequel vous ferés diſſoudre quatre groſſes poignées de ſel, iuſques à ce qu'il ſoit entierement fondu, puis vous le ferés ſortir de l'eau, aurés
quatre hommes forts, chacun vne iambe depuis l'épaule iuſques en bas, & depuis la hanche en bas pour le
derriere, iuſques à ce que le tout ſoit vſé, vinaigre &
ſel, puis ſans l'oſter du bord de l'eau, vous luy ferés tirer
quantité de ſang de la veine du col, que vous ferés recueillir dans vn chaudron; puis remenant le cheual,
vous ferés ſans ceſſe broüiller le ſang auec deux liures
de farine & de bol en poudre, y ajouſtant quatre onces
de ſang de dragon, des bayes de myrrhe iuſques à trois
onces, le tout en poudre & bien delayé, auec vne dou-
zaine de blancs d'œufs, de ce que vous ferés charge qui
luy ſera appliquée ſur les quatre membres iuſques aux
épaules & aux cuiſſes, puis ferés boüillir de la fiante de
pourceau mâle reſſente dans vne pinte de vinaigre, dont
vous luy ferés emplir les pieds, & en mettrés auſſi à
l'entour la couronne, luy enueloperés les pieds d'vne
forte toile, auec les ligatures plates, crainte de luy
bleſſer les pieds & fouler le pâturon, qu'il ne mange de
quatre heures apres, on luy donnera du ſon moüillé
deux iours durant, boira de l'eau blanchie auec la farine, puis ſera déchargé 24. heures apres, on luy fera
auſſi toûjours bonne litiere: Si vous faites voſtre remede dans l'ordre que i'ay preſcrit, il ſera guery comme
ſi iamais n'auoit eſté fourbu.

Contre la galle.

Prenés deux liures ſein de pourceau mâle, quatre

onces de vif argent amorty, vne once euforbe, vn quart
d'once cantharides, vne once vert de gris, le tout en
poudre bien pilé & batu dans le mortier, & incorporé
dans la graiſſe ; faites purger & ſaigner le cheual, & ſi
bien grater la galle qu'elle ſaigne, puis appliquez voſtre
onguent, & le faites penetrer par le moyen d'vne pelle
de feu aſſez chaude, l'approchant du poil ſans le brûler.

Autre pour la galle.

Prenez vne pinte de fort vinaigre, demy ſeptier d'eau
de vie, vn quart d'once cantharides, deux onces euforbe, autant vert de gris, le tout bien brayé dans le
mortier, puis infuſé vingt quatre heures dans l'eau de
chaux ſur les cendres chaudes, puis en vſez comme i'ay
dit cy-deſſus.　　　### Eau pour les yeux.

Prenez eau roſe, eau de plantin long égale portion,
meſlez enſemble auec vn peu de ſucre candy blanc en
poudre, & vn peu de poudre d'alun calciné, faites diſſoudre, puis en lauez beaucoup les yeux malades.

Autre pour le meſme.

Eau de lierre terreſtre & de plantin aquatic diſtilée,
puis y ajoûtez vn peu de tutie preparée, & en faites entrer dans l'œil, apres l'auoir long-temps fait baſſiner
d'eau fraiſche deux ou trois fois le iour.

Autre. Prenez de l'eau de fenoüil, & y mettez vn peu
d'alun, & faites baſſiner l'œil d'eau fraiſche comme i'ay
dit, puis faites en entrer en l'œil.

Contre veuë affoiblie, & les tayes aux yeux.

Mettez vn defenſif ſur l'œil fait auec eau roſe, blancs
d'œufs & eau de plantin, puis ayez de la poudre d'aloés
& d'os de ſeche, auec vn peu de ſucre candy blanc, in-

fufez & bien diffous en eau de plantin, & en faites entrer en l'œil; vous reïtererez tous les iours deux fois.

Remede contre toutes fortes d'eaux qui rendens les iambes
puantes & infectées.

Prenez deux pintes de bon vinaigre, autant de bonne
eau de vie, deux onces d'alun de roche, autant noix de
cyprés, trois onces de couperofe vert, & vne once de
couperofe blanc, deux onces vitriol romain, deux onces litarge d'or & autant litarge d'argent, vne once argent vif amorty, & vn quart d'once cantharides, le tout
en poudre & bien diffous, puis faites boüillir à petit feu
dans vn poiflon d'airain auec l'eau de vie & le vinaigre,
iufque's à la diminution de plus de la moitié, & mettez
voftre eau compofée dans vne phiole de verre fort bien
lutée, en forte que rien ne s'éuapore; pour en vfer, il la
faut vn peu faire chauffer, & du refte comme i'ay enfeigné.   *Contre forbure : Remede fans pareil.*

Vous ayant cy-deuant donné la connoiffance du
cheual forbu, ie me contente de vous enfeigner vn fecond remede excellent. Il faut faire faigner le cheual
abondamment des quatre arts, puis luy faire donner les
jarretieres incontinent apres, crainte que la fluxion ne
tombe fur les fabots, cependant que vous preparerez
la charge cy-deffous, qui fera foudainement appliquée
fur les quatre membres & fur les reins.

Charge pour cheual forbu.

Deux liures farine de feigle, les coques d'vne douzai-
ne d'œufs pilez bien menu, auec quatre ou cinq pierres
de bol en poudre, les blancs des œufs, & vne pinte
d'eau de vie, le tout bien incorporé enfemble, & fait

I iij

charge appliquée comme i'ay dit. Vne heure apres, il
prendra le breuuage fuiuant, faites piler douze oignons
blancs, ou en defaut des communs, tirez en autant de
jus que vous pourrez, puis ayez vne chopine de vin
blanc & autant d'eau, mettez dans ledit mortier & pilez encore, puis le tout derechef pilé & incorporé enfemble, paffez par vn linge fort net auec forte expref-
fion, & luy ferez aualer ce qui en fortira, par le moyen
de la corne, qu'il foit tenu bien couuert & promené,
qu'il ne mange de quatre heures apres; s'il s'agite le
lendemain, que le flanc luy batte, on luy tirera du fang
des flancs, & luy donner des lauemens laxatifs.

Pour conferuer vn cheual durant vn long voyage, &
l'empefcher de fe laffer.

Si-toft que vous ferez arriué à la couchée, prenez vne
pinte de gros vin rouge froid, mettés diffoudre dedans
vne poignée de fel, puis faites froter ferme les quatre
jambes de voftre cheual, tant que le tout foit vfé, puis
vous ferés cuire deux gros oignons dans la braife, tant
qu'ils foient bien mols, faites les tremper demy heure
dans l'huile d'oliue, puis les mettés dans les pieds de
deuant de voftre cheual, & luy faites bien graiffer le
pied, le paturon & la couronne de ce qui reftera; faites
luy enueloper les pieds fans le bleffer auec la ligature;
continués tous les iours, & vous affeurés qu'il fera
voyage, quelque mefchant & lafche qu'il foit.

Pour rendre la bouche fraifche au cheual qui l'a morne
& defagreable.

Prenés ftafifagria & pirretre en poudre, & lors que
vous voudrés rendre la bouche fraifche, faites en froter

les barres, les genſiues & la langue du cheual, & ayez
vn petit ſachet plein de ladite poudre, que vous ferez
attacher bien proprement au milieu de ſon embouchure.

Pour peindre vn cheual gris ou blanc, de marques
izabelles ou tanées.

Prenez demy liure de litarge d'or, & vne liure de
chaux viue, faites amortir la chaux dans deux pintes
d'eau, puis y ajoûtez la litarge, & laiſſez repoſer le tout
quelque temps, puis tirez la chaux meſlée auec la litarge, & broüillez bien enſemble, puis formez telle marque qu'il vous plaira ſur le poil gris ou blanc, elle deuiendra iſabelle ; & ſi vous reïterez vne ſeconde touche,
elle ſera tanée, & durera tant que le poil tombe.

Notez que l'eau forte ſe fait de la diſtilation des mi-
neraux, & ce qu'on appelle eau ſeconde ſe fait en ajou-
tant le double d'eau commune auec l'eau forte.

L'eau celeſte ſe fait auec le cuiure, demeurant vingt
quatre heures dans l'eau claire, & le remuer fort ſouuent. Le cuiure mis dans l'eau forte ſe diſſous peu à peu,
& fait vne teinture verte qui s'attache au bois.

Remarque fort curieuſe qui nous veut faire voir &
prouuer que le cheual eſt plus capable de diſcipline, de
quelque ombre, de raiſon ou ſçauoir, que toutes les
autres creatures irreſonnables, ce que l'on appuye ſur
vn fondement qui ſemble vray ſemblable.

On tient pour vray que le Centaure chiron eſtoit
demy homme & demy cheual, & tellement verſé
en toutes ſortes de ſciences, qu'il fuſt choiſi pour

nourricier & precepteur d'Esculape, Prince des sciences, & premier Autheur de la medecine.

Si bien disent-ils que le cheual partageant la moitié
auec le Centaure, il doit estre plus éclairé que le reste
des animaux.

TRAITTE

DES

EMBOVCHEVRES:

OV IL EST ENSEIGNE'
la methode la plus aisée & la plus intelligible
pour bien réussir en l'Art d'emboucher
les Cheuaux.

TOVT le Monde demeure generalement d'accord , que l'exercice de monter à Cheual est l'vn des plus beaux & autant agreable , comme aussi le plus vtile de ceux qui se professent parmy les personnes d'eminente qualité ? verité de laquelle on ne peut douter , puis que c'est le diuertissement ordinaire des Roys & des Princes , comme l'embellissement & le soustien de leurs Royaumes , de leurs trophées , & encor de leurs sacrées Personnes.

Mais dautant qu'il n'y a chose au monde , ny mesme les plus beaux objets , pour tels & consi-

A

derables qu'ils puiſſent eſtre, qui n'ayent quelquefois beſoin d'vn ſecond Agent qui donne luſtre
& eſclat à leurs perfection ; i'eſtime que l'on ne me
iugera pas digne de blaſme , ſi i'oſe aſſeurer auec
beaucoup de raiſon , que ce bel Exercice trouuera
vn acheuement parfait à ſa beauté , lors que l'on
joindra auec luy l'art de bien brider & emboucher
les Cheuaux.

Propoſition qui doit eſtre d'autant mieux re-
ceuë , qu'elle ſe trouue facile à prouuer.

Car s'il eſt vray de dire que le Cheual eſt guidé
& conduit par la bride ou le frain qui l'aſſubjetit
à la volonté du bon Caualier. Il faut de neceſſité
tirer cette conſequence infaillible , que la conduite de tel Cheual que ce ſoit, ne peut dépendre que
de deux choſes, à ſçauoir la bonne bride , & la ſçauante main du Caualier bien entenduë enſemble;
de telle maniere que l'Eſcuyer , par ſa ſcience aidée & concertée de la main , faſſe paroiſtre le Cheual de bonne grace , en belle poſture , ayant la
teſte droite , ferme & bien placée ; ce que l'on
appelle porter en bon lieu : C'eſt auſſi ce qui donne abſolument l'agrément & la beauté à toutes
ſortes de Maneiges , de tel air que ce puiſſe eſtre,
ſoit terre à terre ou releuez, que ſi ma propoſition
ſe trouue veritable, comme ie ne vois pas qu'il y
aye beaucoup d'apparence de la contrarier.

Il me ſemble que i'ay eu raiſon , dans le deſſein
que i'ay de tracer vn Traitté de la connoiſſance

d'emboucher les Cheuaux , de faire lire ce petit
Auant-propos , premier que de donner des preceptes , les meilleurs & les plus certains , dont mon
efprit & mon experience pourra eftre capable ,
pour faire conceuoir le plus clairement & le plus
fuccintement qu'il me fera poffible, le deffein que
i'ay de donner quelque chofe au public , qui luy
puiffe eftre vtile & agreable.

Et pour y commencer , ie donne en premier
lieu pour auis & confeil infaillible , à celuy qui
aura deffein d'emboucher tel Cheual que ce foit,
de confiderer fa taille , la groffeur de fa tefte , la
forme de fon encoleure ; s'il eft chargé d'efpaules , ou s'il les a petites & fines ; s'il a la braye large
& bien ouuerte ; s'il a le canal eftroit , s'il a la
la fous-barbe maigre & defcharnée , ou fi elle eft
efpaiffe & fournie de chair ; s'il a la bouche grande
ou petite , qui eft à dire bien fenduë , ou peu fenduë ; s'il a les barres rondes ou aiguës ; s'il fe deffend des lévres , ou s'il les plie dans fa bouche ;
s'il a la langue groffe ou petite , s'il fe deffend du
canal , s'il rengorge fa langue , ou s'il la paffe pardeffus l'emboucheure ; s'il force la main , s'il tire la
langue , s'il a la bouche tendre , s'il bat à la main ,
s'il a la bouche fauffe , s'il a l'encolleure couppée
ou renuerfée ; s'il a bonne force , s'il a les iambes
de deuant bonnes , & fur tout s'il a bon pieds : c'eft
à dire , s'il s'appuye bien deffus , fans tafter ou flé-
chir fur la terre , ny fur le paué.

Il faut encor remarquer, qu'outre tous les deffauts naturels qui peuuent rendre la bouche du
Cheual mauuaife, il y en a encor quelques-vns
qu'il faut fçauoir, & les connoiftre.

Quand il a mauuais pieds & mauuaifes iambes,
il a rarement la bouche bonne, dautant que ne fe
fiant pas à ces iambes, il s'appuye & pefe fur les
mors, & fi abandonne.

Comme auffi lors qu'il n'a point de force, il a
auffi rarement la bouche bonne.

Lors qu'il n'a pas les hanches bonnes, & qu'il eft
fur les efpaules, il ne peut auffi auoir la bouche
fine : il y en a auffi qui ont mauuaife bouche, ou
qui la femblent auoir par la trop grande ardeur
qu'ils ont; il y en a encor qui l'ont mauuaife par le
defefpoir que l'on leur donne, en les trop battant
ou preffant; & finalement il y en a qui l'ont encor
mauuaife par leur lafcheté & poltronnerie.

Il faut encor auoir vn foin tout particulier à
voir que la bride, le mors & l'emboucheure que
vous ordonnerez correfponde, & foit bien proportionnée à la taille du Cheual que vous defire-
rez emboucher; car de donner vn petit mors à vn
grand Cheual, ou par le contraire de donner vne
grande & forte bride à vn petit Cheual, ce feroit
chofe auffi mal entenduë que defagreable.

Si le Cheual à la tefte petite, l'encolleure affez
longue & bien tournée, il aura vray-femblablement la bouche bonne; il luy faudra donner vn

mors doux & proportionné à fa taille.

Si au contraire il eftoit chargé de tefte & d'encolleure, qu'il euft les barres dures & charnuës, il
aura apparamment la bouche forte ; c'eft, pourquoy on luy donnera vne bride auec la branche
affez forte, l'emboucheure vn peu rude & proportionnée à fa taille.

Si le Cheual fe rencontre mediocre en fa taille,
& en la groffeur de fon encolleure & de fes efpaules, ayant la tefte petite, l'encolleure bien tournée, & tant foit peu en arc & col de figne, &
qu'il ne manque pas de force, il fera tres-facile
à emboucher, & tous les mors doux luy feront
propres.

S'il a la bouche affez fenduë, les efpaules petites, les barres fines, le canal affez large & vn
peu longuet, il fera auffi tres-facile à emboucher,
& fe bridera aifément.

Mais lors qu'il aura les efpaules groffes & charnuës, la bouche petite, la tefte pefante, le canal
ferré, la fous-barbe efpaiffe & charnuë, il fera tres-
difficile à emboucher : Le meilleur fera de luy donner vne emboucheure affez rude, vne branche entre flaque & hardie, & fe feruir de la platte longue à deux branches, pour effayer de vaincre ces
deffauts ; mais il faudra peu de fer en fa bouche.

S'il a peu de force, qu'il n'aye ny les iambes
ny les pieds bons, & que du refte il aye l'encolleure bien tournée, la tefte & les efpaules petites,

A iij

on le pourra bien brider auec le mors à trompe, ou le canon à pignatelle.

S'il a l'encolleure de Pourceau, ce que l'on nomme couppée ou renuersée, les espaules grosses, les lévres pliées dans la bouche, & auec tous ces deffauts, les pieds & les iambes foibles, il sera aussi difficile à emboucher comme à dresser: il luy faudra essayer la grosse balotte d'vne piece.

S'il a la teste fort grosse, l'encolleure courte, chargé de gannache & chargé d'épaules, il luy faudra donner la petite oliue, la branche à la Connestable assez hardie, & le bas de ladite branche percée à costé.

S'il a les barres fines & deliées, la langue petite, le canal & la braye bien proportionnée, la teste petite, & les espaules bien faites, vous luy donnerez le canon montant ou le piston, la branche à la Connestable entre hardie & flaque, & percé entre le bout & le costé.

Si c'est vn gros Cheual espais, fut-il d'Allemagne, ou autre gros Roussin de tel Païs ou Climat qu'il fust, chargé d'espaules de col ou de gannache, vous luy donnerez la grosse oliue à pignatelle, la branche à bas rond bien forte & hardie, & le bas percé à costé, ou l'vne des quatre emboucheures du dernier effect.

A tous les Cheuaux d'Espagne, vous vserez pour certaine emboucheure du canon à pignatelle, ou de l'escache à pignatelle, ou de la petite oliue, tou-

tes les branches à la Conneſtable & entre-hardies
& flaques, percées à coſté du bas de la branche : Si
le Cheual a beſoin d'eſtre ramené, & s'il a beſoin
d'eſtre ſouſtenu ou releué, vous ferez percer le bas
deſdites branches au bout.

Pour les Cheuaux d'Italie, ils ont preſque tous
plus de teſte d'encolleure, d'eſpaules & de gannache, qu'il ne ſeroit à ſouhaitter : Leur taille eſt
auſſi pour l'ordinaire aſſez grande, & bien ſouuent ils ſe rencontrent beaucoup chargés de chair.
Ie ne ſçache point de meilleur mors pour eux que
le mors a trompe, ou le col d'Oye, auec l'œil haut,
la branche hardie, & le coude mediocrement releué. Vous leurs eſſayerez auſſi l'vn de ceux du ſecond effect.

Pour les Barbes, comme ils ſont communément
d'vne taille legere, agreable & aiſée, ils ſont auſſi
preſque tous ſouples, agiles & gaillards, & ont
auſſi la teſte petite, comme les eſpaules ; ſi bien
qu'ils ont rarement la bouche forte, mais auſſi ils
l'ont bien ſouuent delicate, tendre, & battent
volontiers à la main, ſoit naturellement, ou comme diſent aucuns, à cauſe des grandes courſes que
l'on leur fait faire en Barbarie, ſans leur auoir enſeigné aucun Art pour leur aſſeurer la teſte ; ad-
joûtez à cela que l'on les fait ſeruir en ces courſes
violentes, lors qu'ils ſont encor fort ieunes ; quoy
qu'il en ſoit, il eſt vray que lors que l'on nous les
enuoye en France, ils ont pour la pluſpart la bou-

che beaucoup en defordre, battans à la main, be-
gayans, & faifant pour le plus fouuent des actions
de leur tefte fort defagreables : ce qui a fait dire a
beaucoup de bons Caualleríces, que lors que l'on
peut bien placer la tefte à vn Barbe, & qu'il porte en beau & bon lieu, qu'il eft bien approchant
d'eftre dreffé, ou du moins bien en eftat de le pouuoir eftre ; En vn mot, il eft tres-vray que ce que
ie viens de dire de leur foupleffe & agilité, leur a
acquis auec juftice le nom des Princes des Cheuaux, c'eft à dire des plus agreables de tous ceux
qui donnent plaifir à ceux qui cheriffent cette
Exercice.

Leur emboucheure, la meilleure à mon gré, eft
le fimple canon, ou le canon à pignatelle; & comme il fe peut rencontrer quelques Barbes de grand
taille, & qui peuuent aller iufques à l'extraordinaire, & qui euft vn peu de bouche, comme cela
pourroit arriuer: Le mors à trompe ou à cane eft
l'vnique, & guerit tout, comme l'vn des excellens
que ie connoiffe du meilleur & plus certain effet.

Pour tous les Cheuaux de legere taille, comme
les Caftillans, Gafcons, Auuergnats, Serdes, Mon-
tagnats, & bref comme i'ay dit, qui fe rencontre-
ront de legere & mediocre taille, vous leur ordonnerez l'vn des mors du premier ou du fecond
effet.

Et enfin aux gros Cheuaux d'Allemagne, de
Frize, de Dannemarck, aux Bretons, & à tous les
                                                    Cheuaux

Cheüaux eſpais en general & de grande taille , & de quel Pays ou Climat qu'ils puiſſent eſtre , s'ils ont la bouche forte , iuſques à forcer la main , & s'emporter.

Vous leur ordonnerez , l'vn des mors du dernier & troiſieſme effet , la branche à la Conneſtable ou à bas rond , & le bas de ladite branche percé à coſté.

C'eſt l'aduis en general que i'auois à vous donner touchant les regles generales , & par les plus certaines conjectures que i'ay pû remarquer dans la longue experience que i'en ay faite & veu pratiquer à tous ceux que i'ay connus des plus curieux & plus ſçauans en cét Art.

Maintenant ie me diſpoſe à faire mon poſſible, afin de vous donner la connoiſſance la plus certaine , comme la plus facile en ce bel Art ; Et pour y bien réüſſir, ie veux vous donner en premier lieu la connoiſſance de toutes les branches , & de la diuerſité de leurs effets , tant en general , comme en particulier.

Sçachez donc , que bien qu'il y aye & puiſſe auoir vne multitude infinie de pluſieurs ſortes de branches , ſoit de differentes fabriques , ou de diuers & differents noms. Vous remarquerez , & tiendrez pour conſtant , qu'il n'y en doit auoir que ſix principales , comme ie le feray plus particulierement voir dans la ſuitte de ce diſcours.

Ie vous enſeigneray auſſi la quantité d'embou

B

cheures que i'ay iugé neceſſaire pour réüſſir à bien
emboucher toutes ſortes de Cheuaux.

Ie parleray auſſi des gourmettes & de leurs effets;
Ie vous donneray auſſi à la fin de mon Traitté
toutes les branches, les emboucheures & les gourmettes, apres vous les auoir nommées & fait connoiſtre par l'inſtruction de la veritable demonſtration, tant des vns que des autres.

Et finalement vous les verrez deſignez & pour-
traitez dans les feüilles de ce Liure, auec vne ſeconde inſtruction, pour vous faire comprendre à
quels Cheuaux ils doiuent & peuuent le plus
agreablement & plus vtilement ſeruir.

Ie vous marqueray auſſi ſur quelques-vns des
mors toutes les petites parcelles d'iceluy, par les
lettres de l'Alphabeth, afin que vous les puiſſiez
connoiſtre, & ne les iamais oublier : Et notez que
lors que vous connoiſtrés bien les parcelles ou les
menuës parties d'vn ou deux mors, que vous ne
pouuez manquer à connoiſtre celles de tous les
mors ; car elles ſont toutes ſemblables & de meſme nom.

Vous aurez auſſi en ce meſme lieu, & enſuitte
des mors, les pourtraits des filets & maſticadours,
& des caueſſons, que i'ay iugé neceſſaires, auec
l'inſtruction qui vous enſeignera a quoy & a quels
Cheuaux ils ſont propres.

Vous aurez auſſi le pourtrait de l'excellente Selle
fermée, ou à piquer, auec les Eſtriés, & les Eſpe-

rons ordinaires & extraordinaires.

Enfuiuant donc l'execution de ma promeſſe, ie vous diray qu'il eſt neceſſaire à celuy qui deſire auoir vne particuliere connoiſſance en l'Art de bien emboucher les Cheuaux ; & afin qu'il y puiſſe bien réüſſir, il faut qu'il ſçache, comme i'ay deſia commencé de le dire, & vous en aduertir cy-deuant, que l'on ſe peut ſeruir d'vne infinité de branches, de telle ſorte ou manieres qu'elles puiſſent eſtre imaginées.

Il faut demeurer d'accord qu'il y en a ſix principales, deſquelles dépendent & dériuent toutes les autres, comme de leur ſource, de leur principe, & de leur origine ; ce qui eſt tres-neceſſaire de ſçauoir, dautant que la branche donne vn grand coup à l'effet de l'emboucheure.

LES BRANCHES.

La branche droite.
La branche à la Françoiſe.
La branche à la Conneſtable.
La branche à bas rond.
La branche à l'Italienne.
Et la branche à piſtolet.

Ces ſix branches, comme ie les viens de nommer, ſont les veritables & les meilleures, deſquelles on ſe puiſſe ſeruir, & deſquelles, comme i'ay

defia dit, dépendent & dériuent toutes les autres;
de quelle nature ou inuention qu'elles puiffent
eftre forgées ou imaginées ; & bien que les autres
femblaffent auoir quelque difference en leur forme, elles tirent feulement le nom, comme l'effet,
de celles de l'vne de ceux que i'ay cy-deffus nommées, defquelles elles approchent le plus en reffemblance.

Par exemple, il y en a que l'on peut nommer entre la Françoife & l'Italienne, dautant qu'elle par-
ticipe de toutes les deux, tant de leur effet, que de
leur reffemblance.

C'eft feulement la fantaifie du bon Efpronnier,
& lors qu'il iuge qu'elle aura meilleure grace, &
quelle armera mieux le Cheual, ou bien pour di-
uerfifier & embellir fon Ouurage : par exemple,
on en peut nommer d'autres entre la Conneftable
& la Françoife ; on en peut nommer les vnes entre
la Françoife & l'Italienne, les autres entre le bas
rond & le bas à piftolet, les autres entre la Conneftable & la Françoife ; & ainfi de toutes les autres
que ie pourrois nommer toute enfuite, fi cela
n'eftoit pas trop ennuieux, & qui plus eft fans aucun fruit, dautant qu'il eft impoffihle d'en donner
d'autres raifons que celle que i'ay dites. Nous en
demeurerons donc à la verité, qui eft que les fix
branches cy-deffus nommées, fuffifent abfolument pour toutes fortes de Cheuaux.

En apres, il faut fçauoir & tenir pour conftant,

& fondement affeuré, que toutes les branches font hardies ou flaques, ou que tenant le milieu entre ces deux extremes, les vnes ne font pas tout à fait hardies, ny auffi tout à fait flaques ; ce qui les fait dire ou nommer entre hardie & flaque.

Il y en aura auffi certainement qui tiendront plus de la gaillarde ou hardie, que de la flaque ; & enfin il s'en pourra rencontrer qui participeront plus de la flaque, que de la hardie, qui fe nomme auffi quelquefois gaillarde ; ce que ie vous prie de marquer icy en paffant, dautant que gaillarde ou hardie n'eft qu'vne mefme chofe ; & ainfi vous pouuez dire, fans parler improprement, cette bran-che eft hardie, ou cette branche eft gaillarde, & tire fa gaillardife de tel ou de tel point.

De la connoiffance de l'effet de la branche en general.

L'Effet de la branche hardie, eft abfolument d'affujettir, de contraindre, de fouftenir, de ramener, & d'obliger le Cheual à baiffer le nez.

De l'effet des parties de telle branche que ce foit en particulier, & premierement de l'œil.

IE fçay bien que tous ceux qui ont efcrit des Em-boucheures, ne demeurent pas d'accord auec moy de l'effet de l'œil haut ou bas, & difent quel-

ques raisons pour appuyer leur opinion, qui seroient trop longues à rapporter, & que ie ne desire
pas mesme refuter, crainte que l'on peut auoir la
pensée que ie vouluffe paroiftre beaucoup plus habile que ie ne suis en cét Art.

C'eft pourquoy ie laifferay ces Meffieurs dans
leur fentiment bon ou mauuais, pour prendre le
party des plus fçauans, & de ceux qui en ont le plus
doctement & le plus vray-femblablement efcrit,
joint à la longue experience que i'en ay toufiours
veu pratiquer aux plus Illuftres en cette matiere,
me fait non feulement refter dans cette opinion,
mais me fait auffi vous affeurer pour bafe & fondement : Et i'ofe encor hardiment l'enfeigner & le
dire, que l'œil haut releue & fouftient abfolument;
& i'admets encor plus, en difant que plus l'œil de la
branche eft haut, pouruev qu'il refte en fa deuë
proportion, fans bleffer la veuë, ie fouftiens qu'il
releue, d'autant plus qu'il eft haut.

De l'œil bas.

PVis qu'il eft vray que l'œil haut fouftient & releue fans contredit, il faut de neceffité que
l'œil bas ramene, & qu'il oblige le Cheual à mettre le nés bas, lors qu'il eft fort bas, pouruev, comme i'ay dit de l'œil haut, qu'il demeure en fa deuë
proportion, fans bleffer la veuë, il a d'autant plus
d'effet àramener & faire baiffer le nés du Cheual;

& lors qu'il est mediocre en sa hauteur, il doit
auoir le mediocre effet, & ramene auec plus de douceur & moins de violence.

De l'œil droit, & de celuy qui est renuersé.

L'Oeil droit & haut a son effet semblable; sçauoir, de soustenir & releuer.

Mais l'œil renuersé, soit haut ou bas, a plus
d'effet à faire baisser le nés du Cheual; il ramene
pourtant plus, & contraint dauantage le Cheual
lors qu'il est bas & renuersé, que lors qu'il est haut
& renuersé.

Du coude de la branche.

IL est tres-constant que l'effet de la branche dépend beaucoup de son coude, dautant que c'est
de ce point qu'elle tire principalement sa gaillardise; si bien que vous obseruerez pour regle infaillible, que plus le coude sera releué, & qu'il fera
son tour plus grand, il auancera aussi d'autant plus
vers le costé droit; ce qui rendra absolument la
branche plus hardie; & au contraire, lors que le
coude sera peu ouuert & moins releué, la branche
en sera bien moins hardie; & lors que ledit coude
sera mediocrement ouuert ou releué, la branche
se nommera entre hardie & flaque; mais quand il
sera bien peu releué & ouuert, la branche sera plus

flaque que hardie ; Enfin si le coude est si peu releué , & si peu ouuert , que l'on aye peine à s'en apperceuoir, la branche sera flaque : Ainsi si vous
obseruez ponctuellement ce que ie viens de vous
marquer en ce lieu , vous connoistrez facilement
l'effet du coude de la branche.

De l'effet du banquet.

LA branche à son banquet , comme aussi le plis
du banquet, dont la branche tire encor partie
de son effet , en ce que le banquet plus ou moins
estendu rend la branche plus hardie, ou plus flaque : il sert encor pour bien auoir la proportion
de la branche & sa longueur ; on pose vne regle
auec l'vn des pieds du compas sur l'extremité du
banquet, que l'on conduit iusques vers le lieu du
faux jarret ; & si l'on desire la branche gaillarde, on
ouure le coude , & l'on conduit la ligne vers le
costé droit ; & si l'on la desire flaque, on la fait passer vers le costé gauche sans releuer ny ouurir le
coude.

Du faux jarret.

LE faux jarret est encor vn point ou espece de
petit tour hors la branche, qui s'écartant vers
la main droite, en semblant quitter vn peu la branche, la rend forte, hardie, & de grand effet ; c'est
pourquoy

pourquoy l'on s'en fert pour ramener les Cheuaux, & les tenir fubjets.

De l'effet du bas de la branche.

LE bas de la branche a fon effet felon l'endroit où elle eft percée, pour y placer le tourret.

Par exemple, fi le bas de telle branche que ce foit eft percée, ou que fon tourret foit pofé iuftement au bout, dites hardiment que fon effet eft de releuer & fouftenir; ce qui fe pratique lors que le Cheual porte bas, s'arme & met la tefte entre les jambes : en ce cas on luy ordonne l'œil haut, & le bas de la branche percée au bout.

Mais lors que l'on defire que la branche aye la faculté de ramener & faire baiffer le nés au Cheual, qui leue la tefte ou bat à la main, il faudra ordonner l'œil bas & renuerfé, & faire percer le bas de telle branche que ce foit à cofté, & y placer le tourret.

Et fi le Cheual ne porte pas par trop bas, ny auffi au vent, ny hors la main, il faudra percer le bas de la branche, & placer le tourret entre le cofté & le bout de ladite branche, afin de rencontrer l'effet de la mediocrité. Ce font à mon auis tous les effets de la branche hardie, & de chacune de ces parties.

C

De la branche flaque.

LA branche flaque est douce, commode, aisée, & ne contraint point le Cheual ; son effet est agreable : c'est d'elle que l'on se doit seruir pour tous les Cheuaux docilles, & de bonne nature, & entre les autres pour les ieunes Cheuaux.

De la branche entre hardie & flaque.

LA branche qui n'est ny hardie ny flaque se nomme mixte, dautant qu'elle tient le milieu.
Participant de toutes les deux, elle est aussi de mediocre effet ; c'est l'vne de celles de laquelle ie conseille que l'on se serue autant qu'il se pourra : Vous l'ordonnerez à tous les Cheuaux, qui n'auront pas besoin d'estre gesnez ny contraints, & d'autant plus que le Cheual se ramenera aisément.

De la branche qui participe plus de la hardie que de la flaque.

LA branche qui sera plus hardie que flaque est de fort bon vsage, dautant qu'elle ramene sans gesner, & qu'elle fait baisser le nés du Cheual sans le beaucoup contraindre, ny luy faire violence : Elle est tres-propre pour les Cheuaux de bonne nature.

De la branche plus flaque que hardie.

CElle qui eſt plus flaque que hardie, eſt douce & de meilleure grace que la flaque , qui eſt quaſi droite : Elle eſt propre pour les gentils Che-uaux de legere taille, & pour ceux qui ont la bou-che delicate & tendre , pourueu toutefois qu'ils ne battent pas à la main ; nottez auſſi que le reſte des effets, ſçauoir de l'œil , du coude , du banquet, & de ſon plis , du faux jarret , du bas de la branche percée au bout ou à coſté , & l'œil haut ou bas, droit ou renuerſé, ſont du meſme effet & communs auec toutes les autres branches, comme ie vous ay dit en parlant de la hardie : Voila à peu prés ce que l'on peut dire & faire remarquer de plus conſiderable touchant les branches & la diuerſité de leurs effets. Et auec tout cela , ne vous imaginez pas qu'elles puiſſent touſiours & preciſément réüſſir, comme ie le diray plus particulierement en ſon lieu.

Des Emboucheures.

MOn deſſein eſt maintenant de vous faire voir, que bien que l'on ſe puiſſe ſeruir d'vne quantité infinie de toutes ſortes d'emboucheures, toutes auſſi differentes en la maniere de leur inuen-tion, que peu neceſſaires : C'eſt l'opinion & la fan-taiſie de ceux qui ayans pour but de paroiſtre ex-

trémement fçauans en cét Art , fe figurent mille
chimeres pour mieux eftablir & perfuader leur fçauoir ; neantmoins ma penfée eft toute autre que
l'aduis de ces grands Docteurs ; Et on peut dire, fans
aller iufques à la médifance , que leur deffein eft
pluftoft de troubler & d'embaraffer les efprits de
ceux qui cherchent auec peine & trauail la connoiffance certaine, pour paruenir à cette perfection
de bien emboucher les Cheuaux, que pour aucune
enuie qu'ils ayent de les bien inftruire.

Ce qui m'oblige , dans le deffein où ie fuis , d'en
apprendre à chacun pour fa prouifion , de me feruir des moyens plus cours & plus faciles pour y
pouuoir promptement réüffir.

Ie diray donc que ie tiens pour conftant, & l'experience affez longue que i'en ay faite & veu pratiquer a quantité de perfonnes bien entenduës en
cét Art , que ie fuis obligé de dire fincerement,
tant par mes efcrits , que par les opinions de ces
Illuftres, qu'il fuffit de quinze emboucheures, que
ie nommeray cy-apres , & que ie iuge capables
pour bien brider & emboucher toutes fortes de
Cheuaux , fans que ie pretende toutefois , dans l'aduis que ie donne en ce lieu, de contrarier ou refuter
l'opinion de ceux qui en ont efcrit deuant moy, &
fans vouloir empefcher ceux qui fe voudront feruir des autres : ce que ie laiffe à leur difcretion &
bon iugement.

Suit le nom des quinze emboucheures.

Le simple canon auec la branche droite.
Le second simple canon, la branche à l'Italienne.
Le canon montant.
Le piston ou canon piston.
Le canon col d'Oye.
  Ce sont les cinq premieres emboucheures, & du plus doux & agreable effet.

Suiuent les noms des cinq secondes emboucheures,
qui ont vn peu plus d'effet.

L'emboucheure à canon à trompe ou à cane d'vne
  piece.
L'emboucheure à canon à pignatelle.
L'escache à pignatelle.
La petite oliue à pignatelle.
Et l'emboucheure nommée à campanelle.

Suit le nom des cinq dernieres emboucheures, du
troisiéme & plus violent effet.

L'emboucheure à grosse balotte d'vne piece.
La poire à pignatelle.
La poire renuersée aussi à pignatelle.
La grosse oliue à pignatelle.
Et l'emboucheure à grosse oliue d'vne piece, que
  l'on nomme encor à pas d'asne.

Les cinq premieres , comme i'ay dit ailleurs, font tres-douces & de peu d'effet, vous les effaye-rez les vnes apres les autres à tous les Cheuaux de-licats & de bonne nature , comme auffi à ceux de mediocre taille.

Pour les cinq du fecond effet, vous les effayerez aux Cheuaux vn peu efpais, & à ceux qui auront vn peu plus de bouche qu'il ne feroit à fouhaitter ; ils peuuent auffi feruir aux Barbes & aux Cheuaux de legere taille , & mefme aux Cheuaux d'Ef-pagne.

Mais entre ces cinq fecondes , vous vous fou-uiendrez que l'emboucheure à trompe ou à cane, eft l'vne des meilleures que ie connoiffe , foit pour les Cheuaux d'Italie , grands Barbes, & mefme pour les Rouffins, pourueu qu'ils ne foient pas defefpe-rez de bouche.

Pour les cinq dernieres , elles font forts rudes & de grand effet , vous les effayerez à tous les gros Cheuaux , generalement de quelque Pays ou Cli-mat qu'ils puiffent eftre, & notamment lors qu'ils auront la bouche forte.

Ce font les quinze Emboucheures que ie mettois promis de vous donner, & qui feront fans doute propre pour tous les Cheuaux , felon ma promeffe, vous affeurant qu'outre que les autres me femblent inutiles, il eft certain qu'elles ne font plus-gueres en vfage.

Et ie croy m'eftre encor beaucoup emancipé de

vous en auoir donné quinze , que i'ay tirées &
choifies pour les plus aifées & du meilleur effet.

Puisque Monfieur le Marquis de Nieücaftel, l'vn
des plus excellents modernes, n'en admet que trois
en fon grand Liure intitulé , *La nouuelle Methode*,
& non encor veuë ny pratiquée que par luy feulement , &c. Il eft vray, , & ie le diray auec verité, &
à fa loüange , que fon Liure eft l'vn des plus excellens & magnifiques Ouurages que i'aye veu de ma
vie , tant confideré le bel ordre de fa methode, que
l'inuention de ces rares & doctes leçons, que pour
les belles figures dont ce bel Ouurage eft enrichy :
En vn mot, c'eft l'œuure le mieux acheué que i'aye
encor veu en toute ma vie ; il n'ordonne que le canon à pignatelle , l'efcache à pignatelle , & l'oliue
à pignatelle , & ne pretend fe feruir que de la branche à la Conneftable , percée au bout ou à cofté.
Pour l'œil , il le veut toufiours mediocre , le veut
aufli rond , & non quarré ny renuerfé , qui eft ce
dont tous les autres Autheurs ne demeurent pas
d'accord, & conclud enfin. Et ie ne puis defaprou-
uer fon fentiment en ce rencontre , lors qu'il dit , &
nous laiffe pour fondement affeuré , que la main
bonne, ferme & douce , jointe à la fcience , la pratique & l'experience du bon Caualier , eft le meilleur mors, la meilleure bride , & la plus fouueraine
emboucheure que l'on fçauroit choifir au Cheual :
Cela fuppofé, comme il y a grande apparence de
verité & de raifon , il faut demeurer d'accord que

lors que nous aurons rencontré vne bride, qui accommode paſſablement noſtre Cheual, il faut abſolument croire que la bonté, la douceur, la delicateſſe & la fermeté de noſtre main, bien concertée auec noſtre ſcience, pratique, patience & longue experience, parfaſſe & acheue ce bel & eſpi-
neux Ouurage; autrement, ſi le Cheual ne ſe rencontre auoir la bouche naturellement bonne, fine,
douce & bien aiſée, il ſeroit bien difficile de venir
à bout d'vne telle entrepriſe, qui eſt la veritable
pierre de touche, & la choſe la plus delicate de
l'Art de monter à Cheual. : Mais ie ne prens pas
garde, que faiſant foiblement les Eloges de Monſieur le Marquis de Nieucaſtel, ie m'eſloigne inſenſiblement de mon ſujet; c'eſt pourquoy coup-
pant le fil à ce diſcours, ie retourne à mon ſujet,
& vous donne pour auis infaillible, qu'il faut bien
obſeruer, que toutes les ſuſdites emboucheures
ſoient appropriées & accommodées aux branches,
ſelon la bonne ou mauuaiſe bouche du Cheual, &
ſelon ſon naturel doux ou violent, & encor ſelon
qu'il porte haut ou bas, qui eſt à dire au vent ou hors
la main, & lors qu'il s'arme ou porte entre les jambes, ayant la teſte peſante & mal placée, en faiſant ce
que dit le langage Italien, *ſe incapuchato*: C'eſt à quoy
vous aurés égard autant qu'il ſe pourra, faiſant vne
entiere reflexion ſur ce que ie vous ay dit cy-deſſus,
afin de profiter de mes auis, cependant que ie vous
entretiendray des gourmettes & de leurs effets.

Des

Des Gourmettes.

POur les Gourmettes, on en figure auffi d'affez
extrauagantes , felon le caprice de ceux qui les
imaginent; mais apres en auoir effayé, & m'en eftre
feruy de plufieurs & differentes façons , ie me fuis
arrefté à deux , qui m'ont femblé les plus commodes & du meilleur & plus doux effet.

Ie me fers de la groffe gourmette ronde, courte,
& de trois effes bien preffées , & des deux anneaux
en ouale , pour eftre fouftenuë par les deux crochets : Ie veux que le tout foit bien forgé, bien li-
mé , bien poly & bien eftamé , & les crochets
bien ajuftés à l'œil du mors : ma raifon pour cela
eft, que la groffe gourmette ne bleffe & n'incommode pas la fous-barbe, comme la petite.

Et qu'elle eft de beaucoup meilleure grace, & eft
de tout autre effet que la petite ; car elle empefche
que le Cheual ne foit bleffé à la fous-barbe ny au
cofté des jouës ou des lévres , qui eft caufé par le
pincement de la petite gourmette aiguë & tran-
chante, ou des crochets mal polis & mal tournez :
Puis donc qu'il eft vray que le meilleur moyen
qu'il y aye , pour bien emboucher vn Cheual, eft
d'empefcher qu'il ne puiffe eftre bleffé dedans ny
dehors la bouche , ou pincé, comme i'ay dit, par
les crochets le long des iouës ou des lévres ; ce qui
ne peut arriuer que par le deffaut de l'emboucheu-

D

re, de la gourmette, ou des crochets, foit que le
mors foit rude, que la gourmette ne batte pas en
fon lieu , ou que les crochets foient mal ajuftez &
mal placés , alors le Cheual fe trouue incommodé,
& ne peut rien faire de bonne grace ; c'eft ce qui
me fait confeiller la groffe gourmette , les crochets pluftoft plats que ronds , & bien polis ; Enfin
le Cheual peut auffi & le plus fouuent eftre bleffé
& incommodé dedans ou dehors la bouche , par la
main rude & mauuaife du Caualier ; & ces dernieres
font plus dangereufes que les autres , dautant qu'elles fe font auec plus de violence ; c'eft pourquoy ie
confeille au Caualier d'y prendre garde auec grand
foin , eftant tres-certain qu'il n'y a bride ou emboucheure , pour propre & bien choifie qu'elle
peut eftre , & mefme qu'il n'y auroit rien à redire,
& qu'elle fut la meilleure du monde , fi le Cheual
eft bleffé dedans ou dehors la bouche , tout ce qu'il
fera ne peut eftre de bonne grace : Et il ne prendra
ny gouft ny plaifir à fon maneige , à caufe de la
douleur & incommodité que la bride, la gourmette ou les crochets luy font fouffrir.

    L'autre gourmette dont ie me fers , & qui me
femble bonne pour fon vfage , eft à mon auis la
platte & d'vne piece : on s'en peut feruir pour les
Cheuaux fort delicats qui ont la bouche tendre , &
les barres aiguës , & par trop fines & déliées, auec
le canal eftroit , & qui ont encor la fous-barbe
maigre & décharnée ; fans doute que cette forte

de gourmette les incommodera moins que toute autre.

Mais ſi le Cheual auoit la bouche ſi tendre , &
ſi égarée, les barres ſi aiguës , & la ſousbarbe ſi maigre & ſi facile a eſtre entamée, que quoy qu'il euſt
l'emboucheúre fort douce , la gourmette platte ,
comme auſſi les crochets plats & bien polis , & que
ladite gourmette fiſt ſon deuoir & battit bien en
ſon lieu ; & que de plus la bonne , douce & ſçauante main y fuſt jointe auec la belle methode , &
que tout cela ne peut empeſcher le Cheual d'eſtre
bleſſé ou entamé à la ſous-barbe , il faudra faire
paſſer vn cuir bien doux à la gourmette , ou la faire embourrer d'vn cuir bien fin , & faire auſſi enfermer les crochets d'vn cuir fort delicat : Voila
mon conſeil touchant les gourmettes.

Apres vous auoir fait entendre le plus facilement
& le plus briefuement que i'ay pû tout ce que vous
auez entendu des branches & de leurs effets , de
meſme que des emboucheures , & comme elles
peuuent réüſſir , auſſi bien que de l'œil haut ou
bas du bas de la branche , percée au bout, ou à
coſté , ou entre le bout & le coſté ; comme auſſi
de l'effet de la branche hardie , & de la flaque.

Ie deſire encore que vous en puiſſiez tirer quelque choſe à voſtre auantage , le tout pour voſtre
vtilité & profit , faiſant ſur chaque choſe les reflections ſuiuantes.

Par exemple , ſuppoſé qu'vn Cheúal porte tout

D ij

à fait bas, ayant la tefte pefante & entre les jambes; ce qui s'appelle s'armer, ou *fe incapuchato:*

Vous luy ordonnerez l'œil haut, la branche flaque & à l'Italienne, vne emboucheure douce, & le bas de la branche percée directement en fon bout.

Si au contraire il porte au vent, & batte à la main, ayant la bouche efgarée, & leue la tefte; Vous luy ordonnerés la branche entre flaque & hardie, l'œil bas, vne emboucheure du fecond effet, & la branche à bas rond, & ledit bas percé au cofté du bas de la branche.

Enfin, lors que vous rencontrerez des Cheuaux fi obftinez, & fi confirmés dans leurs mauuaifes habitudes, que bien que l'œil du mors fut tout à fait bas, que la branche fut tres-hardie, le coude beaucoup ouuert & bien releué, la branche à bas rond, & percé à cofté, & qu'il y euft encor vn faux jarret, qui font tous les moyens qui peuuent le plus aider & feruir en ce rencontre; & que nonobftant toutes ces precautions, il portaft toufiours au vent, & battift inceffamment à la main par fa malice inueterée.

Il faudra abfolument auoir recours à la platte longe à deux branches, & auec l'art & la belle methode, la bonne main douce & ferme, jointe à la pratique & longue habitude; l'accouftumer peu à peu à bien placer fa tefte, & trauailler fi longtemps, qu'il aye la tefte ferme; puis on luy pourra ofter la platte longe.

Mais s'il arriuoit qu'il portaſt ſi bas, & s'armaſt auec telle violence, & euſt la teſte ſi peſante, que pour haut que peut eſtre l'œil, que la branche fut flaque, l'emboucheure douce, & le bas percé au bout, & que tout cela ne peut luy releuer la teſte; le meilleur & le plus certain remede duquel on ſe puiſſe ſeruir, ſera de luy donner ſouuent des coups de bride en le trauaillant, ce que l'on nomme donner des eſbrillades pour deſarmer vn Cheual qui porte bas; & outre cela, il faudra auoir la main vn peu gaillarde, vacillante & branlante, & l'auancer auſſi vn peu de fois à autre vers les oreilles du Cheual.

Vous remarquerez auſſi en ce lieu, qu'il n'eſt iamais, ou que bien rarement, permis de branler la main, ne l'auancer vers les oreilles, qu'en ce ſeul rencontre qui deſarme le Cheual.

Voila toutes les precautions dont on ſe peut ſeruir pour bien placer la teſte aux Cheuaux, qui eſt le dernier & plus parfait ſecret de l'Art de monter à Cheual.

Reſte maintenant de vous faire connoiſtre & diſtinguer la branche hardie d'auec la flaque, comme celle qui eſt entre hardie & flaque; & finalement de celle qui eſt plus hardie que flaque, ou qui eſt celle qui eſt plus flaque que hardie.

Ce que vous connoiſtrés facilement, ſi vous obſerués auec vn peu d'attention ce que ie vay vous enſeigner.

D iij

Prenez vne regle & la posée sur l'extremité du banquet, & faites en sorte qu'elle passe par la broche & la sous-barbe de la branche ; que si le bas de la branche déborde par dessous la regle, & qu'elle s'estende vers la main droite, où le costé droit, qui est le lieu où sont les chaînettes ; alors dites qu'elle est hardie ; & d'autant plus qu'elle auancera vers lesdites chaînettes, elle sera aussi plus hardie.

Si par le rebours ladite regle posée & conduite, comme i'ay dit, laisse le bas de la branche vers le costé gauche, qui est le costé où est placé le tourret & l'anneau, vous la nommerez flaque ; & lorsqu'elle en approchera le plus, elle sera aussi plus flaque : Et si encor ladite regle posée, comme i'ay dit, ne laisse que bien peu le bas de la branche du costé droit, ny aussi tout à fait à gauche, elle sera mixte, qui est à dire du mediocre entre la hardie & la flaque : Mais si elle laissoit la branche vn peu plus à droit qu'à gauche, on la diroit plus hardie que flaque ; & si au contraire elle demeuroit peu plus vers le costé gauche, elle seroit plus flaque que hardie.

Mais sans se donner tant de peine, pour peu d'application que l'on voudra auoir à considerer ce que i'ay dit du coude de son ouuerture, & de sa gaillardise, on connoistra facilement la nature de toutes sortes de branches, selon ce que la branche auancera à droit ou à gauche, ou dans le milieu, ou peu plus vers l'vn que l'autre : C'est le vray secret pour connoiſtre la nature de toutes ſortes de branches.

Apres vous auoir enſeigné tous les meilleurs & plus cours moyens, dont ie me ſuis pû auiſer, pour vous faire comprendre l'art d'emboucher les Che-uaux ; ie veux bien vous aduertir que i'ay fait deſſi-gner vn Cheual, que ie feray placer à la fin de ce petit Traitté, pour vous apprendre à en connoiſtre les principales parties, comme ie les ay nommées & marquées ſelon l'ordre du chiffre, comme i'ay auſſi ſemblablement nommé & marqué par ledit chiffre les endroits où les maux leur viennent le plus ordinairement : I'ay bien auſſi voulu vous fai-re deſſigner tous les mors, branches & embou-cheures, dont ie vous ay entretenu auec les bon-nes gourmettes & leurs crochets, que i'ay fait met-tre par ordre à la fin de ce Traitté, auec vne ſecon-de Inſtruction & Aduis, afin de connoiſtre leurs noms, leurs effets, & a quels Cheuaux ie les ay iu-gés eſtre plus commodes.

I'ay eu encor aſſez de ſoin & de curioſité de vous plaire, & de vous inſtruire, que i'ay nommé & diſtingué les parcelles de quelques-vns des mors, dont i'ay nommés & marqués par les lettres de l'Al-phabeth, pour vous les apprendre & contenter les plus curieux.

Ie n'ay non plus oublié à faire deſſigner des filets, des caueſſons, & des maſticadous, & mis à coſté de chacun d'iceux ce à quoy ils ſont propres

& neceffaires, & pour quel vfage il s'en faudra feruir : l'ay bien encor voulu, afin qu'il ne manquaft
rien à ce petit Ouurage, faire deffigner la belle &
bonne Selle fermée, que l'on nomme à picquer,
auec les bons Eftriés, & encor les Efperons ordinaires & extraordinaires, le tout pour m'acquitter
de mon deuoir & de ma promeffe.

Enfin, apres les preceptes & les aduis que ie
vous ay donnés, agreés, s'il vous plaift, cette petite reflection de ma part, qui vous fera comprendre que comme il ne feroit non plus iufte que raifonnable, que les Cheuaux, non plus que tous les
autres animaux, joüyffent en tel rencontre que ce
peut eftre, d'vn priuilege plus auantageux que
l'homme, qui eft cenfé pour raifonnable ; ce qui
eft abfolument vray : & neantmoins nous voyons
tous les iours, qu'auec tout cét auantage de la raifon, dont Dieu l'a voulu doüer, & de laquelle il
deuroit joüir auec vne entiere & parfaite plenitude, il ne peut pourtant s'empefcher de commettre
vne infinité de manquemens, dont fa vie & fes
actions font tellement remplis, qu'il eft bien fouuent contraint d'auoüer fon foible, puis que fon
efprit & fa raifon font bien fouuent, pour ne dire
pas tout à fair efteins ; au moins font-ils bien éga-
rés du chemin de la raifon : les vns en chantant
font des grimaces qui font peur ; les autres en joüant
du luth ont des tranfports de poffedé ; les autres en
fe promenant ou en refuant font des geftes efpou-
uantables.

uantables. Enfin la vie de l'homme, bien que doüé
de raifon, n'eft qu'vn perpetuel manquement tout
remply de deffauts & d'imperfection.

Aprés cela pourez-vous eftre furpris, & demeu-
rerez-vous eftonné, lors qu'vn Cheual, qui n'a que
ce certain inftinc que la Nature luy a laiffé pour le
guider, puiffe eftre exempt de quantité de deffauts.
Reuenez à vous, & ne croyez pas qu'ils foient touf-
jours difpofez à faire ce que l'homme defire de leur
obeïffance ; & tenez pour certain qu'il s'en rencontre de fi mauuaife nature, fi enclins au mal & à leurs
propres vices, foit de leur naturel, ou par les mauuaifes habitudes que celuy qui les a commencez
leur a laiffé prendre, que quelque bonne bride ou
emboucheure que l'on leur peut donner, non plus
que la fçauante & douce main du bon Caualier, ne
les pourroit iamais obliger à placer la tefte, ny fe
mettre fur les hanches : on ne les pourra mefme iamais obliger à marcher, ou faire quatre temps de
gallop de bonne grace, tant il eft vray que tous les
animaux, non plus que les hommes, ne fe trouuent
iamais fans beaucoup d'imperfection & de deffauts.

Mais afin que ie finiffe ce petit Traitté par vne
affez raifonnable penfée ; ie vous diray, pour clor-
re ce petit difcours, que comme il eft tres-conftant
que la belle Selle & bien faite, & ajuftée de tout ce
qui fe pourroit pour acheuer fon embelliffement,
n'auroit pas pour cela la vertu de rendre le Cheual
dreffé, ny bien adroit, quoy qu'il fuft enharnaché

E

de ce superbe harnois, non plus que s'il auoit pour
bride ou emboucheure vn mors d'or massif; ce que
l'on peut aussi dire de l'homme: Par exemple, seroit-
il à croire, que si les plus beaux & les plus riches Esperons que l'on sçauroit imaginer, fussent-ils garnis
de diaments ou de pierres precieuses, estoient
chauffés aux tallons d'vn ignorant, sçauoir s'ils ren-
droient cét innocent bien expert en l'Art de monter à Cheual, & si les Esperons, sans la science, fe-
roient bien manier le Cheual, & luy faire executer
de bonne grace, ce qu'il pourroit faire sous vn excellent homme de Cheual, non veritablement; &
l'on peut assez facilement conceuoir qu'il n'y a aucune apparence de raison, qui nous puisse persuader vne chose si impossible; ce qui m'oblige de
conclure hardiment que ce ne sont pas tousiours les
brides, les mors, ny les emboucheures, qui rendent
le Cheual bien dressé, ny bien acheué; car si le Cheual estoit rendu sçauant par cette belle Selle, que
l'on luy pourroit mettre sur le dos; ce seroient les
Selliers, & non pas les Escuyers, qui dresseroient
les Cheuaux : Comme aussi, si le Cheual estoit rendu adroit par cette petite piece de fer que l'on leur
met dans la bouche, ce seroit sans doute l'Esperon-
nier qui en deuroit auoir toute la gloire.

Et si pour passer de l'animal à l'homme, il n'e-
stoit question que de mettre vn tres-beau & bon
Liure dans les mains d'vn enfant, pour le rendre
bon Philosophe, sans auoir iamais esté enseigné ny

inftruit d'aucun Maiftre ; il n'y auroit point de
meilleure inuention que d'achepter vne belle Bi-
bliotecque, & la mettre dans les mains, ou dans le
Cabinet d'vn ignorant, pour le rendre le plus lettré
& le plus fçauant homme de l'Vniuers.

Quel fruit tirerons-nous donc de tous ces raifon-
nemens, & que pourrons-nous imaginer qui co
puiffe ajoûter & joindre à cette belle Selle, à ce beau
Mors, à ces Eftriés fi bien forgés & fi delicatement
limés & polis ; comme auffi à ces riches & fuperbes
Efperons, & à tant de fortes de branches & d'emboucheures que ie me fuis peiné de choifir & rechercher auec labeur & foin, pour vous en faire
prefent par mon efcrit, & par les deffeins de chacun
d'iceux, que i'ay fait marquer pour l'inftruction du
public : Adjoûtés à tout ce que deffus les obferuations qu'il faut faire auant que de pouuoir bien emboucher vn Cheual.

Il faut encor outre tout cela, mes chers Lecteurs,
& c'eft abfolument le plus neceffaire.

La belle methode, la veritable fcience, la longue
pratique, la grande patience, les bonnes leçons, &
la main bonne, douce & ferme, bien concertée &
appliquée au naturel de chaque Cheual, & de ces
efprits, & de fa force ou gentilleffe : C'eft là, mes
chers amis, que confifte la grande & fubtile fcience
de la Caualerie, & de l'art de monter à Cheual ; Et
i'admets encor que celuy qui la poffedera eminem-
ment, pourra dreffer vn Cheual auec vn billot ou

morceau de bois dans la bouche, au lieu de mors.

Il eſt tres-conſtant que la bonne embouchéure fait la moitié du chemin, y aide & y coopere infiment, autrement il ſeroit tres-inutile de ce tant peiner, pour ſe pouuoir rendre expert en ce bel Art, que tout le monde tient ſi beau, ſi neceſſaire, & ſi vtile, qu'il n'y a perſonne qui ne le doiue cherir & admirer tout enſemble, à cauſe des bons effets qu'il produit inceſſamment : Mais il faut encor pouſſer ce raiſonnement iuſqu'au bout, & dire auec nos illuſtres Eſcuyers, que s'il eſt vray que la bride ſoit le premier agent qui retient le Cheual, & luy donne quelque connoiſſance de ce qu'il doit faire, en l'arreſtant & en luy donnant la liberté de s'eſchapper quand il luy eſt permis.

Il faut auoüer que le ſecond agent, qui eſt le bon Eſcuyer, eſt bien de toute autre puiſſance, lors qu'il acheue & perfectionne par ſa ſcience & ſa belle methode, ce qui n'eſtoit que foiblement eſbauché par la nature aidée de ce petit morceau de fer mis à la bouche de cét animal irraiſonnable ; & qu'enfin il ſemble ſe ſurpaſſer luy-meſme, puis qu'il force, pour ainſi parler, le naturel d'vn animal irraiſonnable, luy faiſant executer des choſes que l'on pourroit aſſez vray-ſemblablement dire bien approcher du raiſonnable.

Ie conclus, & dis que c'eſt la bonne Embouchéure qui commence.

Mais l'excellent Eſcuyer acheué ce bel Ouurage.

OBSERVATIONS GENERALES
& tres-necessaires pour bien emboucher les Cheuaux.

EVx qui font les plus ignorans, font d'ordinaire les plus opiniaftres & les plus prefomptueux.

C'eft ce qui m'a fait eftonner plus d'vne fois, & fans faire femblant d'auoir aucune con-noiffance en cét Art.

D'écouter des ignorans qui entreprenoient har-diment d'ordonner des brides à des Cheuaux, fans les auoir iamais veus; & encor pour des Cheuaux que l'on leur difoit auoir la bouche fort mal-aifée à conduire: l'auoüe que cette vanité fi hardie m'e-ftonnoit, & me faifoit auoir pitié de leur ignorance craffe, & prefomption fans pareille; d'autant plus qu'il eft conftant que les meilleurs Maiftres, & les plus verfés en cét Art s'y trouuent bien empefchés, & le plus fouuent trompés, lors qu'il s'agift de la iufteffe des brides, quoy qu'ils ayent veu & confi-deré à leur aife tout ce qu'il faut obferuer en ce rencontre.

Ces pauures vains ne fçauent pas, que pour bien emboucher vn Cheual, il faut premierement voir ce qu'il fçait faire, ou pour le moins le reconnoiftre, le voyant cheminer par le droit du pas, de trot, ou de galop ; & fur tout obferuer fon arreft.

Afin de pouuoir iuger par ces actions communes, d'où peut proceder la difficulté de fa bouche,
bonne, mauuaife, delicate ou tendre : car c'eft vne
maxime generale , que l'appuy le meilleur que le
Cheual puiffe auoir fous l'homme, eft celuy qui fe
trouue ferme & leger ; c'eft à dire, qui ne s'efbranle
point par les diuers mouuemens de la bonne main,
ny ne s'abandonne pas trop par la liberté qui luy
eft donnée.

C'eft pourquoy le Caualier fçauant doit curieu-
fement chercher de refoudre & affeurer la bouche
fenfible par des brides bien confiderées & bien
ajuftées ; & c'eft ce qui ne fe peut, fi l'on n'a veu trauailler le Cheual.

Il doit encor fçauoir qu'il y a quantité d'effets
principaux en la bride, qui prouiennent de quatre
parties principales d'icelles , qui font , l'emboucheure, l'œil, la gourmette, & la branche, defquels
dépendent, comme i'ay dit, vn nombre infiny d'effets differents ; c'eft pourquoy il eft befoin de faire
beaucoup d'obferuations , afin que tout ce qui
fera ordonné, pour pofer dans la bouche du Cheual, fe puiffe rapporter aux qualités & forme de ladite bouche , & voir que tout fe rapporte à la fente
d'icelle, aux lévres, aux janciues, barres & efcail-
lons, comme à la langue & au pallais ; & que ce qui
eft deftiné pour le dehors de la bouche , foit auffi
proportionné à la forme de la fous-barbe, & à celles

de la tefte, du col , & en vn mot à la capacité de
tous les membres : Apres cela, iugez fi Meſſieurs les
ignorans peuuent ordonner des brides, fans auoir
iamais veu vn Cheual , que par le rapport que l'on
leur en a pû faire.

Non, ie dis & fouftiens que c'eft vne chofe du
tout impoſſible , ou s'il arriuoit qu'il fe rencon-
traft que telle perſonne que ce fuft euft reüſſi à emboucher vn Cheual, ie dis que ce feroit par hazard,
où bien il faudroit que ce fuft vn Cheual qui euft
la bouche fi naturellement bonne, que tel Mors
que ce pût eftre, le pourroit bien brider : car comme il y a des Cheuaux tres-difficiles à emboucher,
il y en auſſi qui font embouchés par toutes fortes
de Mors indifferamment.

Mais pour la veritable fcience & methode de
bien emboucher vn Cheual, difficile & de mauuaife bouche ; ie dis abfolument qu'il faut l'Art & les
precautions que i'ay dites cy-deſſus, & que ie diray
encor cy-apres.

Et pour commencer, apprenez cecy , & ne l'ou-
bliez pas, afin que cette connoiſſance vous empefche de tomber dans l'inconuenient qui peut arriuer à tous ceux qui n'ont pas la veritable methode
de bien emboucher les Cheuaux.

Tel Cheual que ce foit ayant eſté trotté & gal-
lopé par le droit, ou fur les quatre lignes de la volte,
& lors que l'on commence à connoiftre qu'il aura
les barres fenſibles , & qu'il n'aura pas la langue

trop groſſe, ny les lévres trop grandes ny eſpaiſſes, vous luy donnerés l'eſcache deſignée dans mes Emboucheures pour deux raiſons ; la premiere, dautant qu'elle appuyera également ſur les barres ; & la ſeconde, qu'elle aura plus de force que le ſimple canon.

Car c'eſt par le ſimple canon qu'il faut touſiours commencer l'ouurage.

Mais ſi l'eſcache auoit ſi peu de liberté, que la langue ne peut auoir ſon mouuement libre, alors vous ordonnerez la liberté plus large.

Il faut auſſi bien prendre garde que quelque Emboucheure que ce ſoit, de toutes les quinze que i'ay fait deſſigner, qu'il faudra prendre la diſtance de l'ouuerture de la liberté auec les pointes d'vn compas, afin d'auoir la diſtance bien iuſte des deux endroits qui doiuent appuyer deſſus les barres, afin d'auoir la place limitée, tant pour la groſſeur de la langue, que pour empeſcher que l'eſquillons, ou les points de l'extremité de la liberté de langue, qui eſt proprement l'ouuerture, ne puiſſent bleſſer les barres, dautant que c'eſt la proportion principale, & de laquelle dépend le principal effet, afin de donner la facilité, la legereté, & la ſenſibilité à la bouche du Cheual.

Vous remarquerez encor en ce lieu, que l'eſcache à cela de propre, qu'elle laiſſe l'eſcaillon plus libre que ne font la pluſpart des autres Emboucheures, dautant que leur forme va en diminuant

depuis

depuis le banquet, iusques au ply du milieu d'iceluy ; si bien qu'occupans par cette diminution
moins la place des barres, elle donne plus de plaisir
au Cheual, & luy fait effet sans l'incommoder.

Remarque pour la tranchefile.

QVant à la tranchefile ; qui est ajustée à l'emboucheure pour faire ioüer le Cheual, & luy
rendre la bouche fraische, il l'a faudra faire tenir à
l'œil du Mors par vn ply sans touret, & qu'elle soit
de deux pieces, sinon que la bouche fut peu fenduë, auquel cas vous l'ordonnerez de trois pieces
attachées au mesme œil, mais auec vn touret de
chaque costé, & en sorte que le tout soit si bien
tourné & poly, qu'il ne puisse incommoder le Cheual dedans & dehors la bouche.

Autre Remarque.

CE n'est pas sans raison que i'ay fait dessigner
quelques Emboucheures à oliue, au nombre
de celle que i'ordonne.

Et quoy que l'on aye eu dessein de les blasmer,
à cause du peu de liberté qu'elles donnoient à la
bouche du Cheual, elles sont pourtant tres-neces-
saires, à cause qu'elles n'occupent pas beaucoup de
place : Et ie dis, que pouruea que la distance soit
bien prise, & qu'elle n'appuye pas faussement sur

F

les barres ny fur l'efcaillon , elles font d'vn tres-bon
effet, & principalement aux Cheuaux qui auront
la bouche petite & peu fenduë.

Obſeruation.

VOus obſeruerés auſſi en ce lieu, que le haut
de la liberté de langue ſe nomme la montée,
ou le col rompu, & d'autres le nomment montant ;
ce qui eſt eſgal & de meſme ſignification.

Remarque neceſſaire.

IL eſt auſſi neceſſaire de ſçauoir les noms que l'on
donne aux bouches des Cheuaux.
On dit, vne bonne bouche loyale & aiſée.
On dit, vne bouche delicate & tendre.
On dit, vne bouche eſgarée & incertaine.
On dit, vne bouche à pleine main.
On dit, vne bouche dure & forte.
Enfin on dit, vne bouche deſeſperée.
A la bonne & loyale bouche, les Mors du pre-
mier effet.
A la delicate & tendre, le ſimple canon ou le
montant, la branche à la Conneſtable , & icelle
flaque.
A la bouche eſgarée, le Mors à trompe , la bran-
che entre-hardie & flaque, & la martingale.
A la bouche à pleine main , qui eſt à dire, non

tout à fait bonne , ny auſſi mauuaiſe.

Vous donnerés la petite oliue , ou la groſſe balotte , ſelon qu'il aura la bouche petite ou bien
fenduë.

A la bouche dure & forte, la groſſe oliue, ou la
poire à pignatelle, ou la poire renuerſée auſſi ſelon
la fente de ſa bouche , auec la branche aſſez hardie
& forte de fer , auec l'aide du caueſſon rond ou
tors.

A la deſeſperée , le pas d'aſne d'vne piece , la
branche forte & hardie , accompagnée du gros
caueſſon ſiguette.

Et à tout ce que deſſus , il faudra prendre garde
que le montant ſoit proportionné , crainte que
montant trop haut il ne bleſſe le pallais.

Obſeruation tres-vtile.

Vous obſeruerez auſſi diligemment ce qui
ſuit.

Il y a des Cheuaux qui ont la bouche ſi foible &
tellement ſenſible , qu'ils ont peine à ſouffrir l'appuy de la main , à cauſe de l'incommodité qu'ils
reçoiuent aux barres & aux janciues : Les vns ap-
prehendent lors qu'ils ont la langue ou les lévres
preſſées ; les autres craignent d'eſtre bleſſés à la
ſous-barbe ; les autres ont les barres ſi hautes , ſi
aiguës & ſi déliées , qu'ils ſouffrent à peine l'effet
de l'emboucheure ; ſi bien qu'il eſt preſque impoſ-

fible de leur affeurer la bouche, la tefte ny le col,
tant ils font en allarme de ce que ie viens de dire
cy-deffus.

Mais comme il n'eft guere de mal fans remede,
i'ay donné le Mors à cane ou à trompe, que i'appelle mon vnique Remede : Et pour éuiter à toutes
ces apprehenfions, il faut trauailler le Cheual de
cette nature, auec douceur, de pas, de trot, & de
galop, mais fi iuftement & fi endormy, que le
Cheual s'affeure & perde les allarmes qui caufent
tout ce defordre ; fans doute que ce Mors donnera
mieux le vray appuy que nul autre, à caufe de fa
groffeur égale & vnie, & que la langue la fouftien-
dra auec l'aide des lèvres, & ainfi les barres feront
beaucoup foûlagées ; & encor qu'eftant d'vne piece, il demeurera en fa veritable fituation dans la
bouche du Cheual, quelque mouuement que faffe
la main du Caualier.

Autre Remarque.

VOus fçaurez auffi, que comme il y a des bouches petites, il y en a auffi qui font exceffi-
uement fenduës, & qui ne laiffent pourtant pas
d'eftre fort fenfibles ; fi bien que pour pouuoir
prendre le vray appuy de la main, elles veulent
eftre remplies : Lors que vous connoiftrés cela,
vous iugerez bien que ce n'eft pas fans raifon que
i'ay fait deffigner la campanelle en mes Embou-

cheures : C'eſt donc a elle que vous aurez recours
en telle occaſion, dautant que ſa groſſeur & ſes
roüelles mouuantes rempliront la bouche trop
fenduë.

Dautant que i'ay parlé en mon Traitté du mot
armer, ie croy qu'il eſt bien raiſonnable que ie vous
en donne la veritable explication.

Comme auſſi de la difference que l'on doit faire
de la barre, ou de la janciue.

Sçachez donc que par ce mot armer, il ne ſuffit
pas ſeulement de s'arreſter à l'action que le Cheual
fait, en courbant par trop l'arc du col, baiſſant le
front, & faiſant appuyer les branches du Mors
contre ſa poitrine ; ce qui s'appelle armer.

Dautant qu'il ſemble que le Cheual ſe met en
poſture de choquer auec force & violence, ce qu'il
veut attaquer, afin de paſſer ſans reſiſtance ; car s'il
auoit le nés aduancé, il n'auroit pas la meſme force pour forcer ou fendre vne trouppe d'hommes,
ou telle autre choſe. Voilà d'où vient le mot, &
pourquoy l'on dit que le Cheual s'arme : Mais la
verité du faict eſt, que tous les Cheuaux qui font
cette action, montre bien qu'ils ſont ruſés, fins &
malicieux, dautant que par ce moyen & poſture, ils
ſe deffendent des barres, des lévres, & de la langue,
en s'oppoſant directement à la volonté du Caualier, & à tous les bons effets de la bride.

Et pour la difference qu'il y a de la barre à la janciue, la janciue eſt proprement, & ce doit enten-

dre, pour ce qui eſt de plus ferme & de plus ſolide, au deſſus de la ſummité de la barre.

Et la barre à proprement parler, eſt ce qui ſe trouue le plus prés de l'eſcaillon, qui eſt iuſtement où doit repoſer les extremités de l'emboucheure.

Raiſon pourquoy le Cheual tient quelquefois le nés trop auancé.

ELles ſont pluſieurs en nombre ; ſçauoir, la mauuaiſe habitude, la nonchalence, la peſanteur naturelle, la foibleſſe, la laſſitude extréme, la fauſſe ſtature du col, l'imperfection des macheoires par pareſſe, ou par eſtre trop chargé de chair ſur le deuant: mais auec tous ces deffauts, ſi le Cheual à l'arc du col bien tourné, & la macheoire ſuffiſamment ouuerte pour luy bien ramener la teſte, & le guerir de telles imperfections, il faudra vn œil haut, vne branche hardie, & l'eſcache, ou la petite oliue.

Quand le Cheual porte le col eſtendu, & le nés trop auancé, & que ce ſoit par debilité & manque de force, donnés luy la branche longue & flaque, & luy laiſſés reuenir ces forces auec l'habitude & la douceur.

Remarque belle & veritable.

IE pense auoir desia aduerty le Lecteur en quelque endroit de ce Traitté , que le Cheual qui se
rencontrera de bonne inclination, ayant l'appuy de
la bouche naturellement bon , ferme & leger, re-
ceura paisiblement toutes sortes de Mors que l'on
luy voudra essayer ; mais celuy qui se rencontrera
d'humeur colere & bizare, ou qui aura la bouche
ou la barre trop dure ou trop sensible, ne se gagne
pas tousiours si facilement ; au contraire, il se trouue bien souuent, que quoy que la bride soit bien
faite & dans toutes ces dimentions & iustes pro-
portions, lors qu'il en reçoit quelque déplaisir dés
l'abord, il se dégouste & se déplaist ; si bien qu'il
n'aime de long-temps la bride ; & bien souuent
cette raison fait qu'il ne s'asseure iamais si bien ; &
ainsi perd l'occasion du vray & ferme appuy de la
main.

Ce qui me fait donner auis inuiolable à celuy qui
voudra emboucher vn Cheual , & principalement
lors qu'il le connoistra fort sensible, apprehensif,
ou capricieux, de luy faire mettre le noueau Mors
en la bouche bien net, & bien oint de miel rosat,
& le luy laisser trois ou quatre heures par iour en la
bouche, par l'espace de deux ou trois iours pour le
mascher & le reconnoistre ; sçauoir, le premier
iour le laissant à l'Escurie ; le second iour, le pro-

menant de pas à la Campagne, eſtant deſſus, le plus
doucement qu'il ſe pourra, laiſſant la gourmette
plus longue que ſon iuſte point ; & encor le troiſieſme iour qu'il ſera exercé auec ſa nouuelle bride,
il ſe doit ſoigneuſement garder de luy offencer la
bouche ny la ſous-barbe, & ſur tout ſans luy rendre aucun déplaiſir, tant de la main que des tallons,
afin que ſe ſentant point incommodé à la bouche, à la ſous-barbe ny aux coſtés, il ſe trouue
apres en aſſeurance auec ladite bride, puis qu'il
n'a eu aucune occaſion de la haïr ny de la craindre.

En vn mot, ie ſupplie mon Lecteur de rechercher auec tant d'exactitude & de curioſité,
les bons effets des branches, emboucheures &
gourmettes, que i'ay fait deſſigner en ce mien
petit labeur, qu'il puiſſe réüſſir à bien brider ſon
Cheual.

Ce qu'il fera ſans doute, s'il obſerue ponctuellement le naturel du Cheual, & qu'il prenne garde à
toutes ces parties.

Apres, il pourra faire election de l'vne de mes
emboucheures, pour la donner au Cheual, ſelon
le temperament de ſa bouche, de ſa force, & de
ces eſprits, ayant ſur tout égard à l'œil & à la gourmette, afin que tout cela ſe rapporte à la forme & à
la nature de la fente, de la bouche, & de la ſous-
barbe, en y adjoûtant vne branche, qui façonnera
&

& souftiendra legerement la ferme fituation de la tefte & du col du Cheual ; de forte que l'affemblage de toutes ces pieces bien ajuftées, compofent vne bride, qui fe trouuera proprement & iuftement compofée pour donner l'appuy folide à la bou_ che foible, ou trop fenfible, allegera celle qui tirera ou s'appuyera plus qu'à pleine main, rame- nera & courbera le col qui fera trop eftendu, ou le redreffera à celuy qui l'aura par trop courbé, profitera à la bouche égarée, corrigera celuy qui porte trop haut, empefchera la bouche forte de s'emporter ; & en vn mot on pourra venir à bout autant qu'il fe peut humainement, parlant de tous les deffauts de la bouche des Cheuaux, auec les Emboucheures, les branches & les gourmettes que i'ay enfeignées, pourueu que l'on s'en ferue auec iugement & à propos, auec toutes les pre- cautions dont i'ay aduerty mon Lecteur ; & cela d'autant plus certain & veritable, fi tous mes auis font fuiuis & executés par vn bon homme de Cheual, qui foit fourny de fcience, de patience, & d'vne pratique jointe à fon experience.

Voila, mon Lecteur, vn aduis autant neceffai- re qu'il eft veritable, & autant vtile que nul au- tre que i'aye efcrit dans ce petit Traitté.

G

T R A I T T E'

Confideration neceffaire & veritable.

IL eft tres-vray que la branche eft l'vne des principales parties du Mors, tant en ces effets, comme en fa beauté, & qui fait autant paroiftre le
Cheual, & qui décore beaucoup fa pofture, principalement à ceux qui s'arreftent à confiderer la
beauté ; c'eft pourquoy ie donne auis en ce lieu
que l'on fe ferue de belles branches, & qu'on les
enrichiffe par quelque rofette bien faite & bien
proportionnée, pourueu que fa forme aye bon
effet ; ce qui fe peut facilement par l'ordre du Caualier, & par le moyen du bon Efpronnier.

Remarque neceffaire.

IL faut tenir pour conftant, que la longueur
des branches ne fe peuuent proprement expliquer ; & il faudroit vn difcours tout entier pour
en dire les raifons. Ie me contenteray de vous
aduertir, que pour l'vfage d'icelles, on fe doit
gouuerner felon la taille du Cheual, felon la grandeur ou groffeur de fon encolleure, & encor felon qu'il l'aura bien ou mal tournée, & felon
l'inarcature de fon col ; ce que ie laiffe à la difcretion du fçauant Efcuyer, & du bon Efpronnier.

On peut auſſi dire qu'il en eſt la ſemblable choſe des Emboucheures ; car il ſe faut gouuerner ſelon que la bouche du Cheual eſt eſtroite ou large , & que la fente d'icelle eſt petite ou grande.

Mais à mon auis , telle que ſoit la bouche , il faut touſiours tenir le canon ou autre Emboucheure, plûtoſt vn peu long que trop court, afin qu'il donne plus de liberté au Cheual : La raiſon de cela eſt , que l'action de la bride eſt fortifiée par la longueur du canon , qui appuyant vniment ſur les barres, laiſſe le plaiſir , la liberté & la ſenſibilité à la bouche , & la rend fraiſche & eſcumante.

Concluſion.

ENfin, pour conclure ce mien petit labeur, ie deſire, en le finiſſant , aduertir mon Lecteur , qu'il eſt tres-important qu'il prenne le ſoin de trauailler ſeulement ſon eſprit à bien connoiſtre, & s'appliquer aux preceptes que ie luy ay enſeignés : comme auſſi à l'vſage & à la pratique de mes branches & de mes Emboucheures ſeulement , ſans rechercher auec tant de ſoin & d'artifice les brides & les emboucheures extraordinaires; & qu'il tienne pour conſtant, qu'il n'en trouuera point, qui ſimplement de ſoy puiſſe rien profiter à changer ou forcer la naturelle fantaisie du Cheual capricieux, qui par quelque neceſſité ou deffaut naturel, portera la teſte ou le col de mauuaiſe grace, dautant que les moyens incertains, trop ſouuent & trop rigoureuſement continués, apporteront ſans doute quelqu'autre changement qui ſera pire & plus déplaiſant, & prejudiciable, que celuy auquel on aura voulu donner remede par le moyen de cés Mors extraordinaires, violents & confuſément appliqués.

Mais les effets de la bride bien ordonnée, ſans tant de contrainte & d'artifice, jointe à l'exercice frequent de la bonne Eſcole & de la bonne main, pourront ſans doute beaucoup mieux aider à la Nature, & le gagneront certainement plûtoſt par l'habitude, qui changera auec le temps cette action fauſſe, bien meſme qu'elle fuſt naturelle, en vne qui ſera bonne & loyale, ou du moins vous pouués eſtre aſſeuré qu'elle ſera beaucoup moins mauuaiſe.

Ainſi vous aurez, en bien trauaillant, le plaiſir & le profit de dreſſer voſtre Cheual, & de l'emboucher ou brider de telle maniere, que ſoit par Païs, au Maneige, à la Campagne, ou en tel endroit qu'il vous plaira de le faire manier, ou le conduire ſimplement par le droict.

Il aura vne obeïſſance entiere à la main & aux tallons, ſi bien qu'il obeïra à voſtre main par la

conduite de fa bride ; il obeïra aux tallons par
l'habitude que voftre methode luy aura donnée ;
& enfin entendant bien l'vn & l'autre, il vous
portera à voftre gré, là où voftre volonté le voudra conduire, qui eft tout ce qui fe peut fouhaiter
de ce gentil & fuperbe animal.

Mors à simple canon, le premier & le plus doux de tous.

CE Mors eſt vn ſimple canon, auec la branche droite, l'œil de mediocre hauteur, & le bas de la branche percé au bout.

Sa gourmette doit eſtre groſſe, ronde, & les eſſes fort preſſées; le Mors, la gourmette, & les crochets bien forgés, bien limés, bien eſtamés, & bien polis.

C'eſt ce Mors que vous donnerés ſans contredit à tous les ieunes Cheuaux ou Poulains, qui n'auront encor eſté montés au Maneige, ny à la Campagne; ce que l'on nomme Poulain non dompté.

Cette Emboucheure ne leur peut incommoder la bouche ny le pallais, non plus que les barres & la branche droite & flaque ne le peut contraindre.

La groſſe gourmette ronde & bien preſſée, ne luy doit pas entamer la ſous barbe.

Vous en voyez le deſſein au coſté droit, pour en commander vn ſemblable, à quelque Poulain ou à tel ieune Cheual que ce ſoit, l'ordonnant à la proportion de ſa taille.

Simple canon, second Mors du premier effet.

CEluy-cy est encor vn simple canon pour le
mesme vsage que le precedant ; il y a seulement cette petite difference , qu'il a vn peu plus
d'effet, & qu'il sied & vient mieux au Cheual que
celuy qui le precede : Vous vous en pouués seruir
comme de l'autre.

Son œil est de bonne hauteur, son coude peu
releué , sa branche flaque , & se peut dire à l'Italienne.

Sa gourmette & toutes les suiuantes de chaque
Mors, doiuent estre grosses, rondes, les esses bien
pressées , & les crochets plats & bien polis, ou bien
vous ferez faire la gourmette platte & d'vne piece,
lors que vous le iugerés necessaire.

Autre

Autre simple canon.

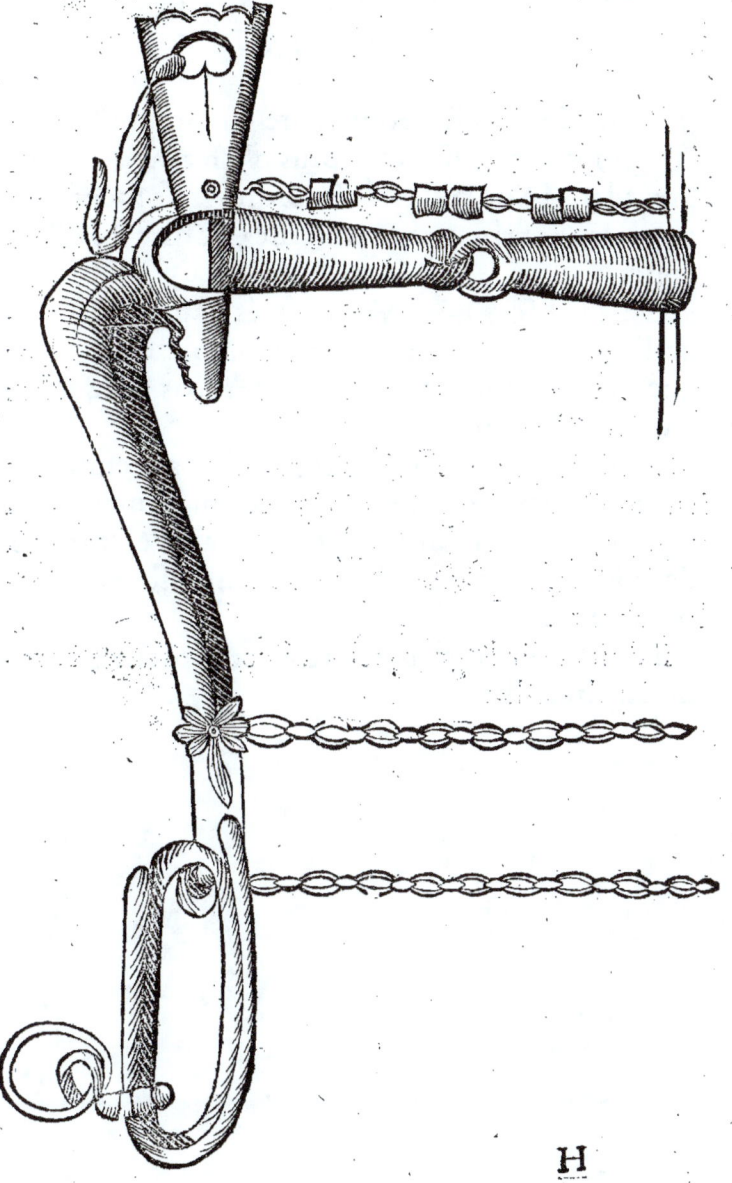

H

Troisiefme Emboucheures des douces du premier effet.

CE Mors ou Emboucheure eft nommée canon montant ; il eft de plus d'effet que les deux precedans : Son œil eft haut & droit , fon coude vn peu releué , fa branche gaillarde , & dite à la Fran-çoife.

C'eft le Mors dont vous vferés , apres auoir tra-uaillé quelque temps auec le fimple canon, lors que vous connoiftrés qu'il ne fera pas affez d'effet à voftre Cheual.

Ce Mors eft auffi tres-propre pour acheminer les ieunes Cheuaux à la Campagne, en les menant en voyage; le montant leur donne plaifir & le moyen de ce ioüer, en paffant la langue au deffous de l'Em-boucheure.

Il doit auoir la gourmette & ces crochets, com-me i'ay defia dit.

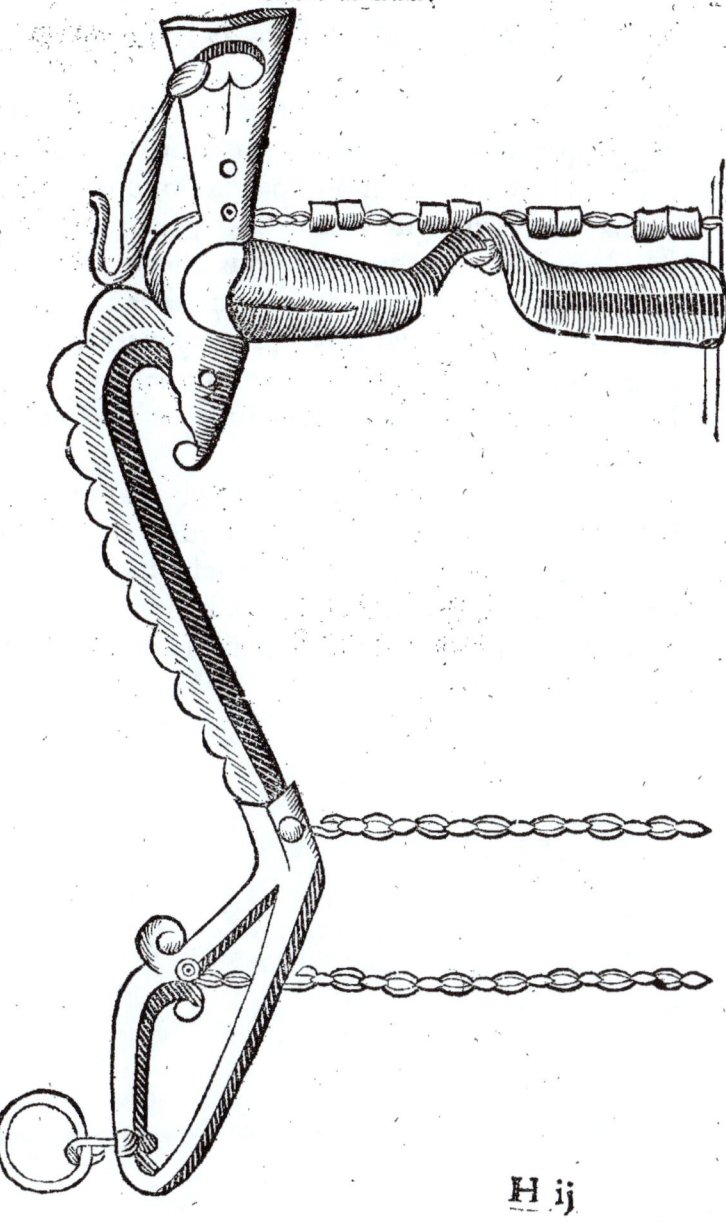

Mors à canon piston, quatriefme du premier effet.

CE Mors ou Emboucheure , fe nomme canon
à piston;il eft encor des plus doux ; mais comme tous les Cheuaux n'ont pas la bouche de mefme nature les vns que les autres, ny fi agreable que
l'on la pourroit fouhaitter , vous choifirez l'vn de
ces quatre premiers canons à tous les ieunes Cheuaux & Poulains ; car bien qu'ils ayent tous prefque femblable effet , ils accommodent pourtant
bien fouuent quelques Cheuaux , & ne font pas
propres aux autres.

　Le canon de ce dernier eft vn peu plus gros que
les precedans , fa liberté de langue vn peu plus
eftenduë, fon œil eft bas, fa branche flaque, le bas
de la branche à piftolet, & percé à cofté.

　Il eft en vn mot bon & commode pour tous les
ieunes Cheuaux.

Mors à canon col d'Oye, cinquiefme & dernier
des doux du premier effet.

CE Mors fe nomme le col d'Oye, & commence à
ce reffentir de ceux qui ont plus d'effet ; car fon
œil eft haut & renuerfé, fon coude beaucoup releué,
fa branche hardie, auec vn faux jarret, la branche à
la Conneftable & percée à cofté ; ce qui l'oblige à
fouftenir, releuer & ramener tout enfemble : il eft
propre aux Cheuaux efpais qui ont vn peu de bouche : Et pour les Cheuaux de Campagne, ie vais
vous en marquer les parties.

AA, Toute l'Emboucheure.
BB, Le col d'Oye.
C,   La liberté de langue.
D,   La tranchefile.
E,   L'œil du Mors.
F,   Le banquet.
G,   Le plis du banquet.
H,   Le coude de la branche.
II,   Toute la branche.
HL, La gaillardife de la branche.
M,   Le faux jarret.
NN, Les chaînettes.
O,   La Conneftable.
P,   Le tourret.
Q,   L'anneau.
R,   La groffe gourmette.
S,   Le petit crochet immobile de la gourmette.
T,   Le crochet qui fouftient la gourmette.
V,   La broche.
X,   La fous-barbe.

Canon col d'Oye.

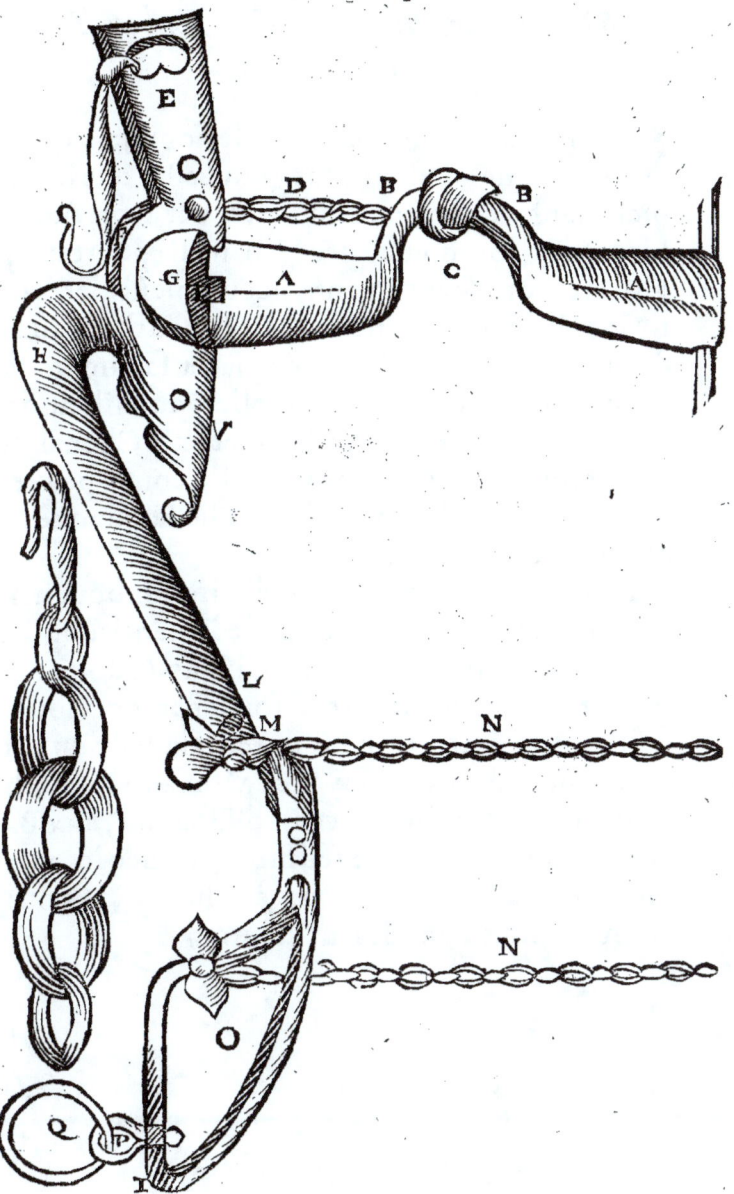

Maintenant suiuent les cinq Emboucheures du second effet.

CE Mors ou Emboucheure se nomme à trompe ou à cane, il est de plus grand effet que les cinq precedans, & pourtant sans estre par trop rude ; & bien qu'il soit d'vne piece, il n'est pourtant pas violent, & ne sçauroit entamer ny blesser les barres ny le pallais ; la trompe est vn peu courbée, afin de donner moyen au Cheual de placer sa langue sans estre pressée : Il y a trois annellets au milieu de la trompe qui roulent, afin de diuertir le Cheual ; son œil est mediocre en sa hauteur, le coude peu releué, la branche à la Connestable plus flaque que hardie, & son bas percé à costé.

Ie ne connois point de meilleure Emboucheure qui soit plus propre & commode à quantité de Cheuaux ; Elle a tous ces effets puissans & doux, elle retient sans contraindre ; son effet ne violente point, & sa perfection est de tenir la teste du Cheual ferme & droite. Essayez ce Mors à tous les Cheuaux de legere taille, à ceux d'Espagne, aux Barbes ; & lors que vous ne réüssirez pas auec les autres Emboucheures, ayez recours à celle-cy, ie vous la donne comme l'vne des meilleures.

Mors

Mors à trompe ou à cane.

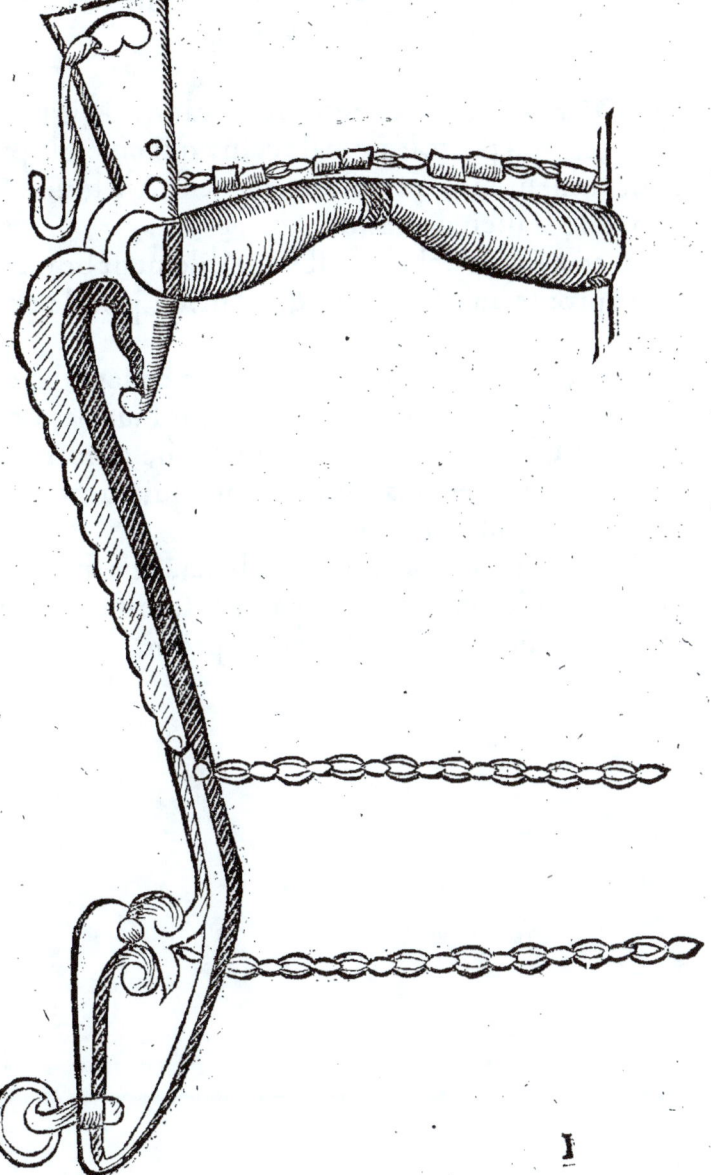

I

Mors à canon à pignatelle, deuxiefme Emboucheure du fecond effet.

CETTE Emboucheure eft vn canon à pignatelle, qui porte le nom de celuy qui en eft le premier inuenteur, qui eft le Seigneur Anthoine Pignatel, Italien de nation.

Cette Emboucheure eft veritablement bonne & fort propre aux Cheuaux qui ont vn peu de bouche.

Son effet eft de tenir les Cheuaux en leur deuoir, fans pourtant les trop gefner; il ne le faut pas donner aux Cheuaux qui auront la bouche tendre, delicate ou efgarée; mais bien à ceux qui l'auront affeurée, & à pleine main.

Il eft auffi fort propre aux Cheuaux de fix ans ou plus, qui feront vn peu efpais: Il feruira auffi aux Cheuaux de Maneige & de Campagne.

Canon à pignatelle.

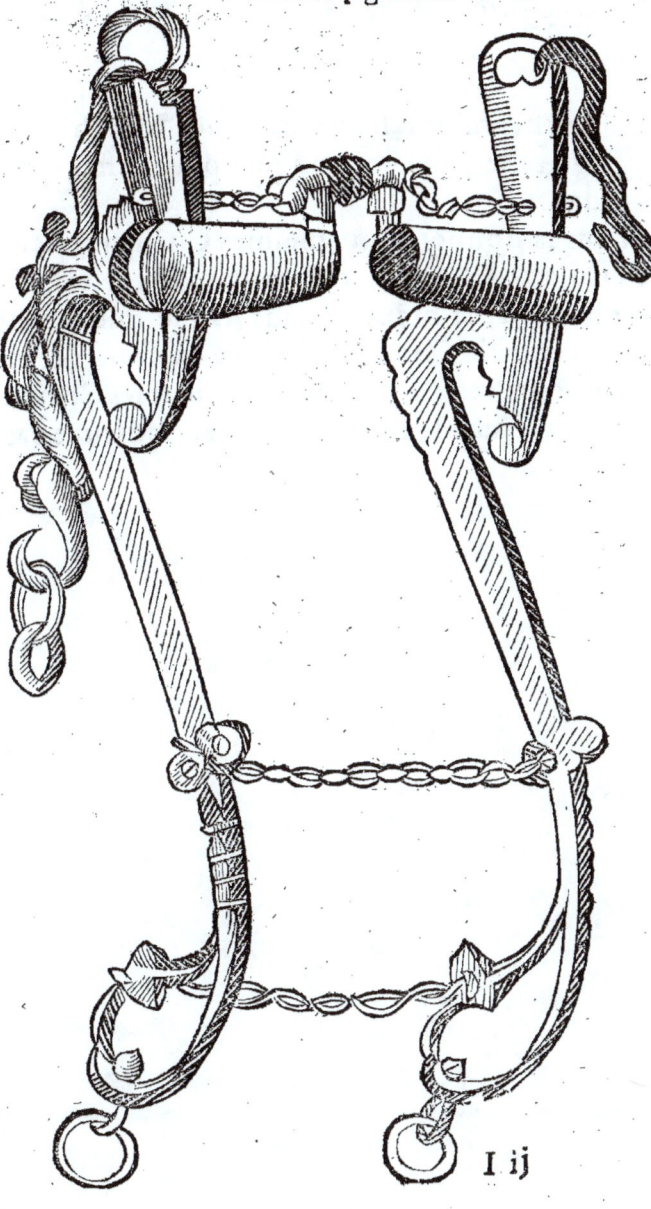

I ij

Mors à Escache à pignatelle, troisiesme Embou-
cheure du second effet.

CETTE Emboucheure nommée Escache à pignatelle, a encore vn peu plus d'effet que la
precedante.

Vous la donnerez aux mesmes Cheuaux, & outre cela aux Cheuaux d'Espagne. L'œil est assez
haut & rond, la branche plus flaque que hardie,
son bas entre la Connestable & le bas rond, & percée au bout ; cette Emboucheure tient les Cheuaux
assez sujets, mais la branche releue & ne force pas.

Escache à pignatelle.

*Mors à oliue à pignatelle , quatriefme Embou-
cheure du fecond effet.*

CETTE Embouchéure eſt vne petite oliue à
pignatelle, auec les annellets des deux coſtés
pour deſarmer la lévre aux Cheuaux qui les reti-
rent ou renferment dans la bouche ; elle eſt plus
rude que les precedantes , auſſi eſt-elle pour les
Cheuaux eſpais qui tiennent du Rouſſin , & qui
ont fermeté de bouche : les Cheuaux de chaſſe &
de voyage en ſeront bien embouchés , comme
auſſi ceux de Maneige : Vous la pourrés eſſayer à
tous Cheuaux , de quelle taille qu'ils ſoient , lors
qu'ils auront vn peu la bouche forte.

Petite oliue à pignatelle.

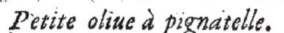

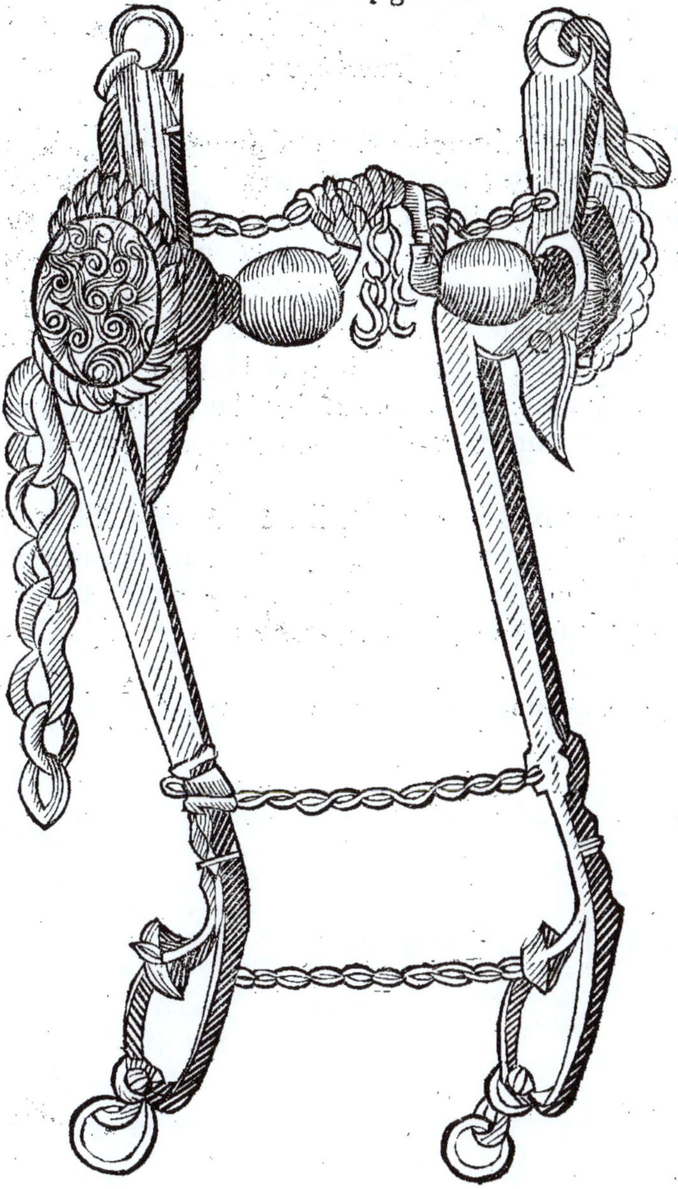

Mors à Campanelle, cinquiefme Emboucheure
du fecond effet.

CETTE Emboucheure a efté depuis long-temps
en vfage ; & bien que l'on ne s'en ferue pas ordinairement, elle eft neantmoins de bon effet : I'ay
appris des Anciens qu'elle eft l'vne des premieres
que l'on aye inuentée , & qu'elle a feruy aux premiers Cheuaux qui ont porté frin , pour eftre gui-
dés & affujettis à la conduite de l'homme.

C'eft auffi fon ancienneté qui luy a donné place
parmy les quinze Emboucheures que i'ay iugé neceffaires.

Ie ne connois que celle-là , & l'Emboucheure à
annellets , qui foient bien propres aux Cauales.

Ce n'eft pas qu'elle ne fe rencontre fouuent
propre pour les Cheuaux de Maneige & de Campagne.

Vous pourrez vous en feruir en cas de befoin.

Mors à Campanelle.

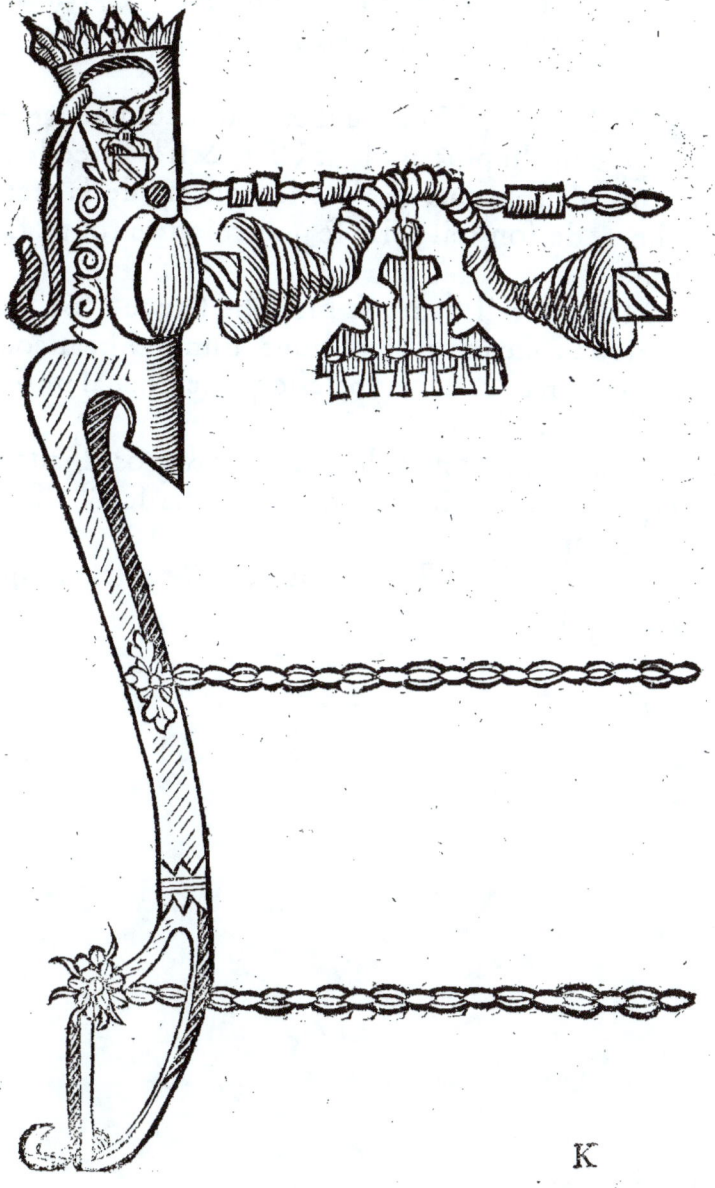

K

Mors à grosses ballottes d'vne piece, premiere Emboucheure du troisiéme & dernier effet.

C'E s t icy l'Emboucheure qui commence les cinq du plus violent effet; & si la force de ce Mors n'estoit corrigée par la douceur de sa branche & de son œil, elle se pourroit dire tout à fait rude.

Mais son œil haut, sa branche flaque, son bas presque rond & percé au bout, diminuë beaucoup de son effet; ce qui empesche que le Cheual ne soit gesné ny violenté.

Il est pourtant pour les Roussins & gros Cheuaux espais, tant de Maneige que coureurs de Chasse ou de Campagne.

Son effet est plustost de soustenir & releuer, que de ramener.

Mors à grosses balottes.

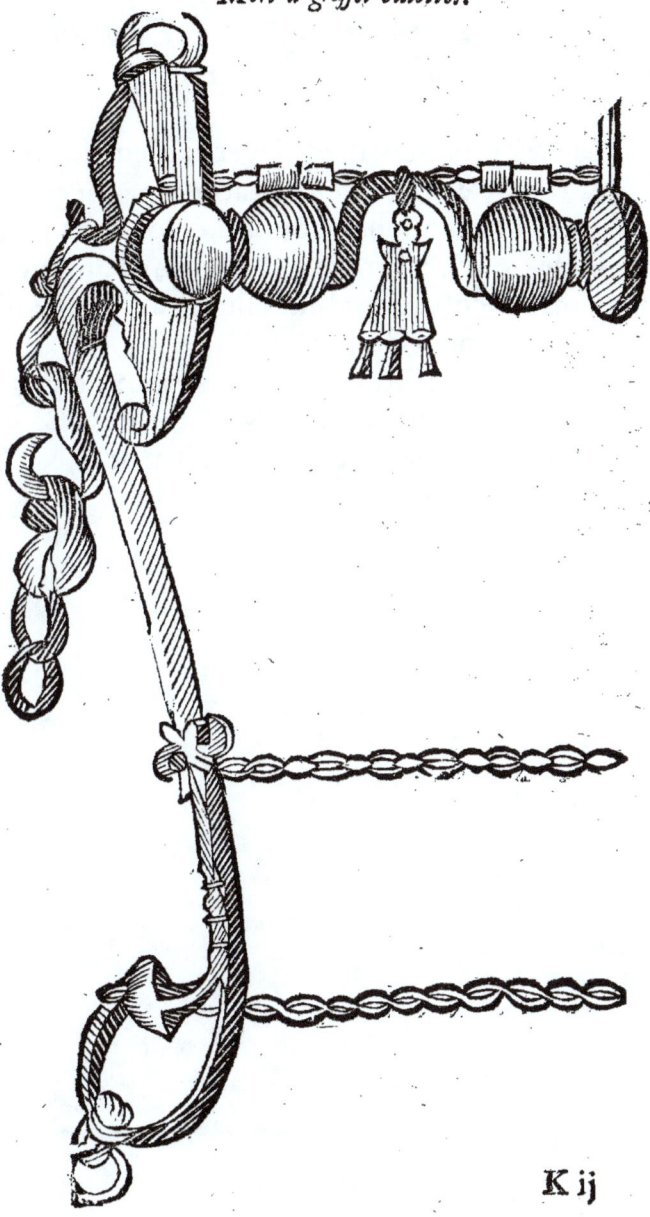

Mors à poires à pignatelle, seconde Emboucheure
du troisiesme & dernier effet.

CETTE Emboucheure est veritablement rude
& forte ; & si elle estoit accompagnée d'vn
faux jarret à sa branche, consideré l'ouuerture de
son coude, qui est fort releué, & que la branche
fust percée à costé, comme elle est au bout, elle
seroit certainement des plus rudes.

Ce Mors doit seruir aux gros Cheuaux, chargés
de teste, de ganache, de col, & d'espaules, & qui
forcent ordinairement, & pesent à la main.

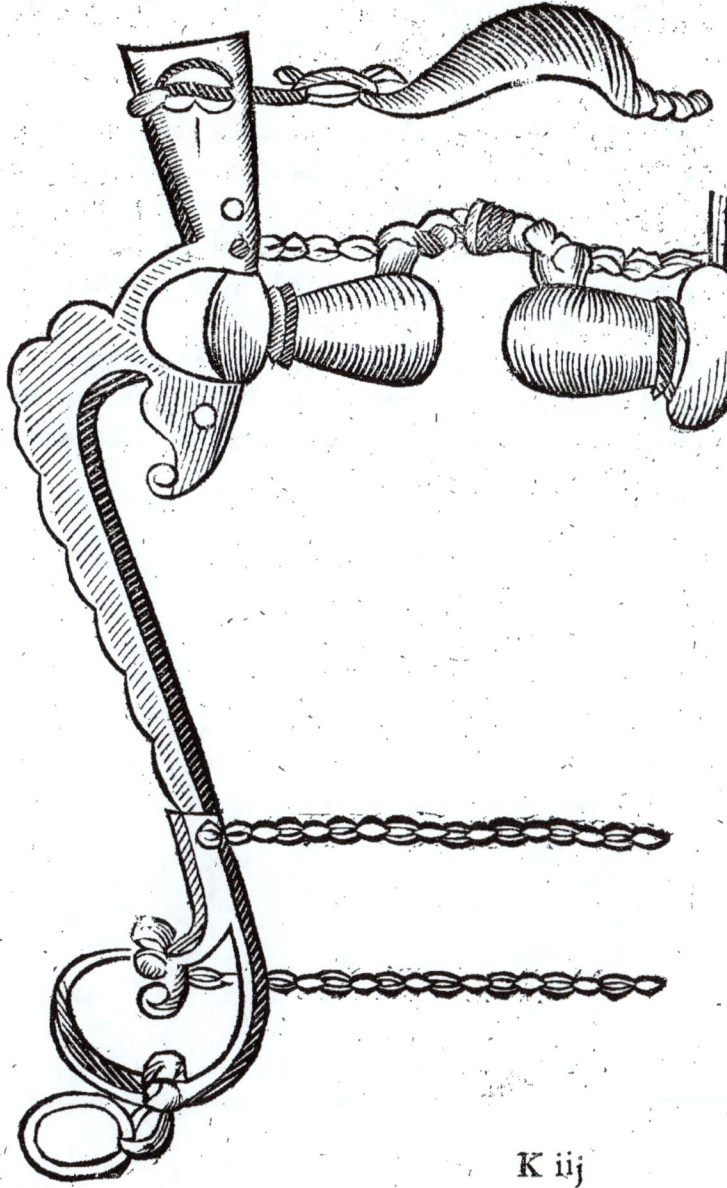

TRAITTÉ

Mors à poires renuerſées, troiſiéme Emboucheure
du dernier effet.

CETTE Emboucheure eſt ſemblable & du meſ‑
me effet que la precedante; il y a ſeulement
cette difference, que le gros de la poire eſt du coſté
des annellets, & le petit bout eſt du coſté de la
pignatelle; ce qui luy donne le nom de renuerſée,
dautant qu'elle eſt poſée à reuers.

Du reſte, elle eſt du meſme effet, & pour les
meſmes Cheuaux : on donne auſſi cette derniere
aux Cheuaux qui ont le canal eſtroit, & la lan‑
gue petite.

Mors à poires renuersées.

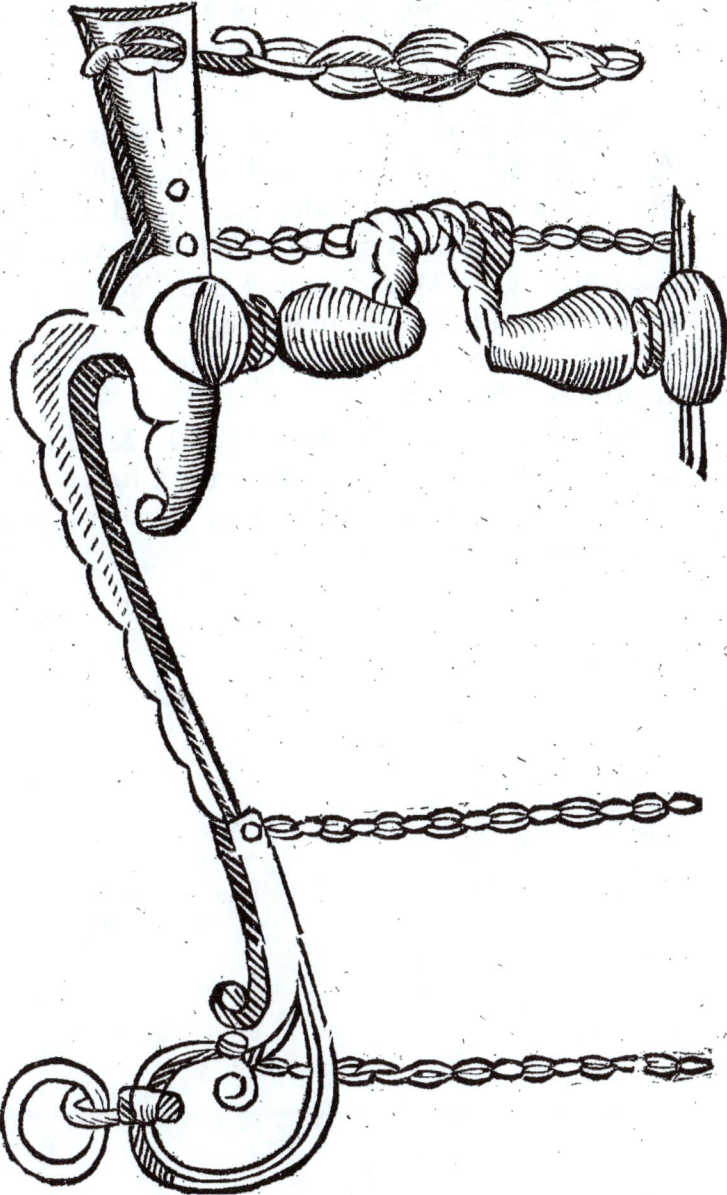

Mors à grosses oliues à pignatelle, quatriesme du troisiesme & dernier effet.

CETTE Emboucheure est dite grosse oliue à
pignatelle , & est l'vne des plus rudes & de
plus d'effet, si vous considerez la force de sa branche, la hauteur de son œil qui est renuersé , vous
asseurerés que ce Mors doit estre rude. Son effet est
pourtant plustost de soustenir & releuer, que de
ramener : Sa branche est entre flaque & hardie, &
se nomme à bas rond.

Elle est pour tous les gros Roussins & Cheuaux
d'Allemagne , ou de quel Païs ou Climat qu'ils
soient, lors qu'ils forcent la main , & s'emportent
auec ardeur ou violence.

Grosse

Grosse oliue à pignatelle.

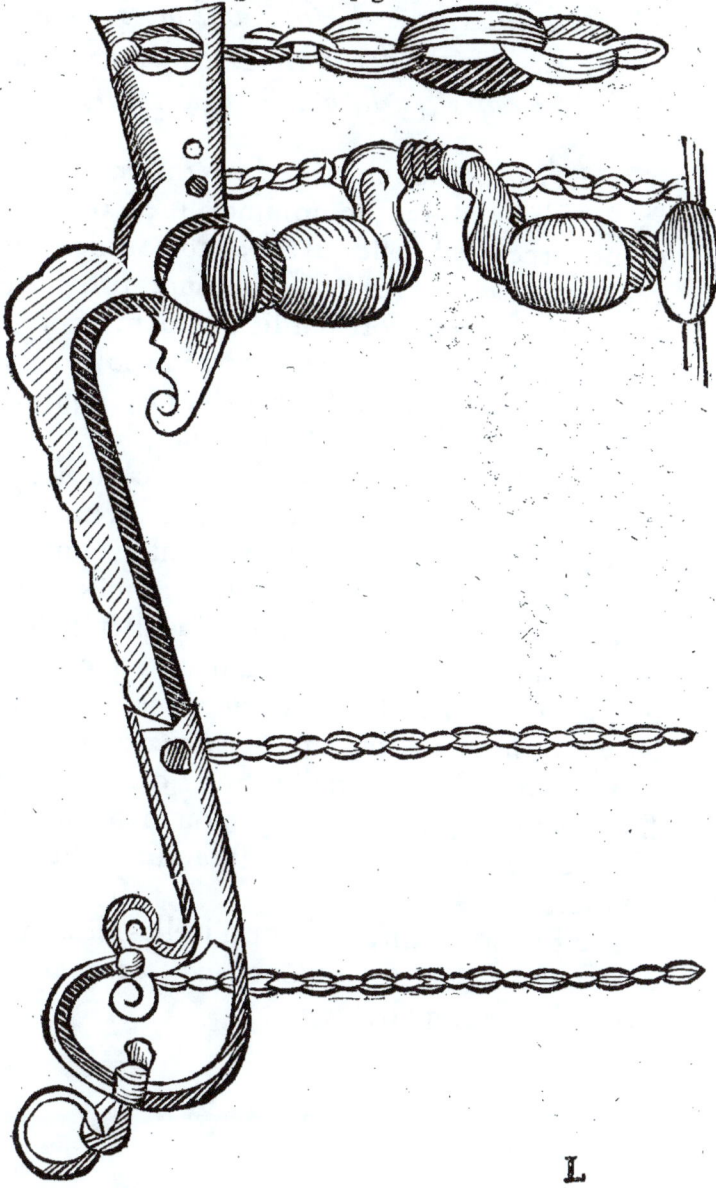

L

Mors à oliues à pas-d'afne d'vne piece, cinquief-
me & dernier des quinze Emboucheures
promifes , & la plus rude de toutes.

CETTE Emboucheure , la derniere & la plus
rude de toutes , fe nomme oliue à pas-d'afne
d'vne piece ; c'eft celle qui fe peut dire rude en tous
ces effets : L'œil eft renuerfé , le coude fort releué ,
& par confequent fort hardie , vn demy faux jarret , le bas rond qui doit eftre percé au cofté , & fon
Emboucheure ne peut eftre plus ferme ; ce qui compofe le Mors rude , fort , & de grand effet.

Si bien que ce Mors n'eft propre qu'aux gros
Rouffins & Cheuaux d'Allemagne , chargés de
tefte , de col , de ganache & d'efpaules , qui ont la
bouche dure , les barres rondes & charnuës.

Il dépendra du iugement du Caualier de fe feruir de tous les Mors & Emboucheures que i'ay fait
deffigner en ce lieu , felon l'occurrance , les effayant
les vnes apres les autres aux Cheuaux qu'il voudra
emboucher felon leur taille , apres qu'il aura confideré leur naturel , leur bonne ou mauuaife bouche , & bien pris garde fi elle eft fauffe , delicate ou
tendre.

Il eft tres-certain que l'vne d'icelles réüffira fans
doute à toutes fortes de Cheuaux , de quel Païs ,
climat , ou âge qu'ils foient.

Mors à oliue à pignatelle à pas-d'asne.

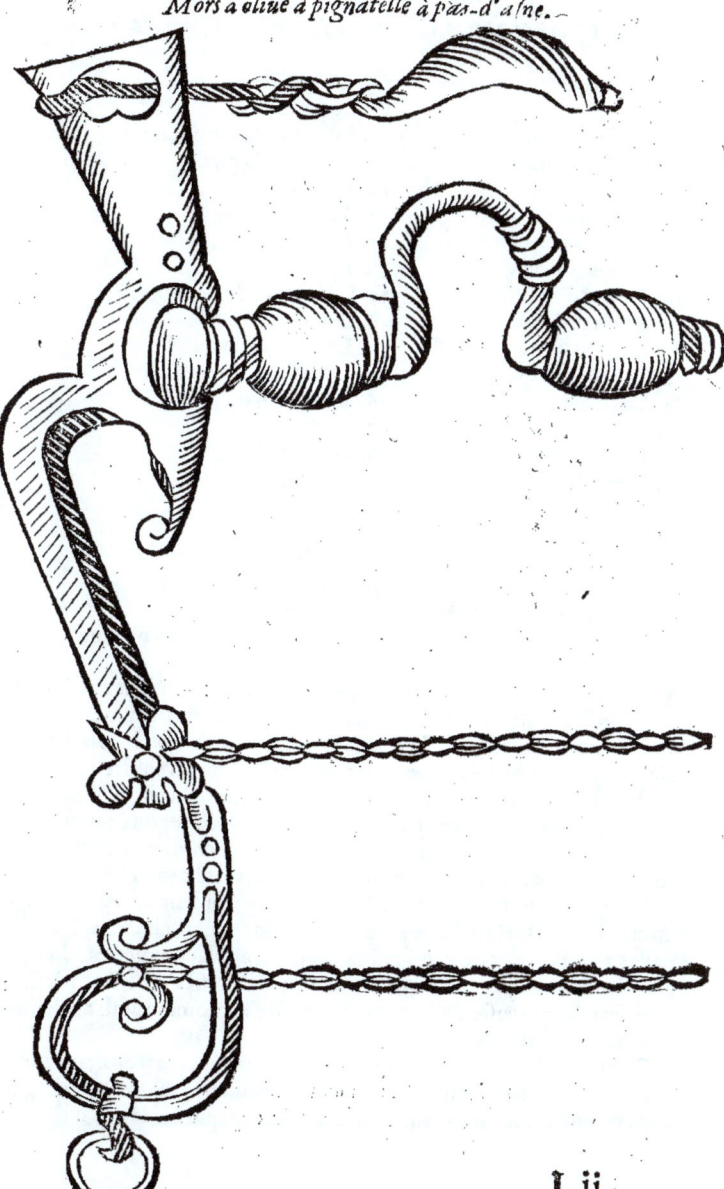

Les parties du Cheual selon l'ordre du chiffre.

22. Les oreilles.	24. Le boulet.
3. Le fronc.	25. Le pasturon.
4. L'estoille.	26. Le sabot, la corne, ou la couronne.
5. Le chanfrin.	27. La pince du pied.
6. L'œil.	28. Les talons.
7. Les sallieres.	29. La solle.
8. Les sourcils.	30. La fourchette.
9. Le bout du nez.	31. Les crains.
10. La lévre dessus.	32. Le tupet ou le bouquet.
11. La lévre dessous.	33. Le garrot.
12. La bouche.	34. La place de la selle.
13. La sous-barbe.	35. Le dessus du nombril.
14. Le canal.	36. La croupe.
15. La braye.	37. La queuë.
16. La ganache.	38. Les hanches.
17. L'encolleure.	39. La cuisse.
18. La gorge.	40. Le jarret.
19. Les espaules.	41. La jambe.
20. Le bras.	42. Le dedans du jarret.
21. Le genoux.	43. Le pasturon derriere.
22. Le dedans du genoux.	44. Le ventre.
23. Le canon.	45. Les costés. 46. Les narrines.

LEs endroits où les maladies les plus ordinaires viennent aux Cheuaux, la gourme paroist dans la braye au chiffre 15. les rhumes paroissent aux narrines chiffre 46. Les auiues paroissent au costé de la braye au chiffre 15. Tout mal de bouche paroist à la bouche au chiffre 12. L'espaulé paroist à l'espaule, au chiffre 19. Le hanché paroist à la hanche au chiffre 38. Les malandres paroissent au dedans du genoux au chiffre 22. Les soulandres paroissent au dedans du jarret au chiffre 42. Le sureau paroist le long du canon au chiffre 23. Les rauars viennent à l'vn des quatre pasturons au chiffre 25. & 43. Les sesmes paroissent au costé du sabot au chiffre 26. Les blesmes paroissent sur la solle au chiffre 29. Les creuasses viennent aux quatre jambes, comme aussi les molettes. Les courbes viennent au jarret dedans ou dehors au chiffre 40. Les blesseures sont fort dangereuses sur le garrot au chiffre 33. comme aussi au dessus du nombril au chiffre 35.

Toutes les fluctions, comme grappes, arrestes, porreaux, peignes, & autres vilenies & eaux puantes, peuuent venir aux quatre jambes ; mais elles tombent bien plus souuent sur le derriere que sur le deuant.

Selle fermée, ou à piquer.

CETTE Selle que vous voyez deffignée eft la
veritable, de laquelle on fe doit feruir pour
le Maneige, afin de pouuoir dreffer les Cheuaux
fans incommodité : Elle fe nomme Selle fermée
ou à picquer.

Ce font auffi les méilleurs & les plus commodes
Eftriés, pour bien les garder & s'en feruir au Maneige.

Selle fermée, ou à piquer.

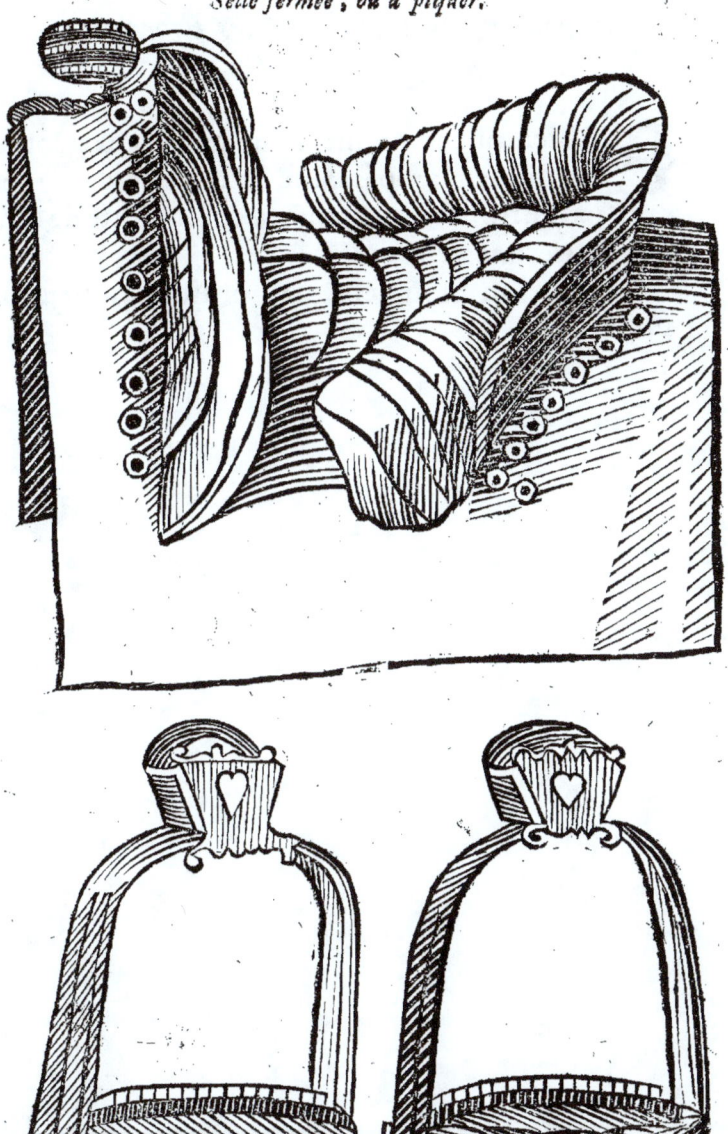

Vous pouuez voir icy dépins les Esperons ordi-
naires & extraordinaires.

ET bien que ie ne me ferue pas des extraordinaires , ie n'ay pas laiffé de les faire deffigner,
tant par curiofité, que pour la commodité de ceux
qui defireront s'en feruir.

Mais felon mon fens , les ordinaires peuuent
fuffire.

Esperons

Esperons ordinaires & extraordinaires.

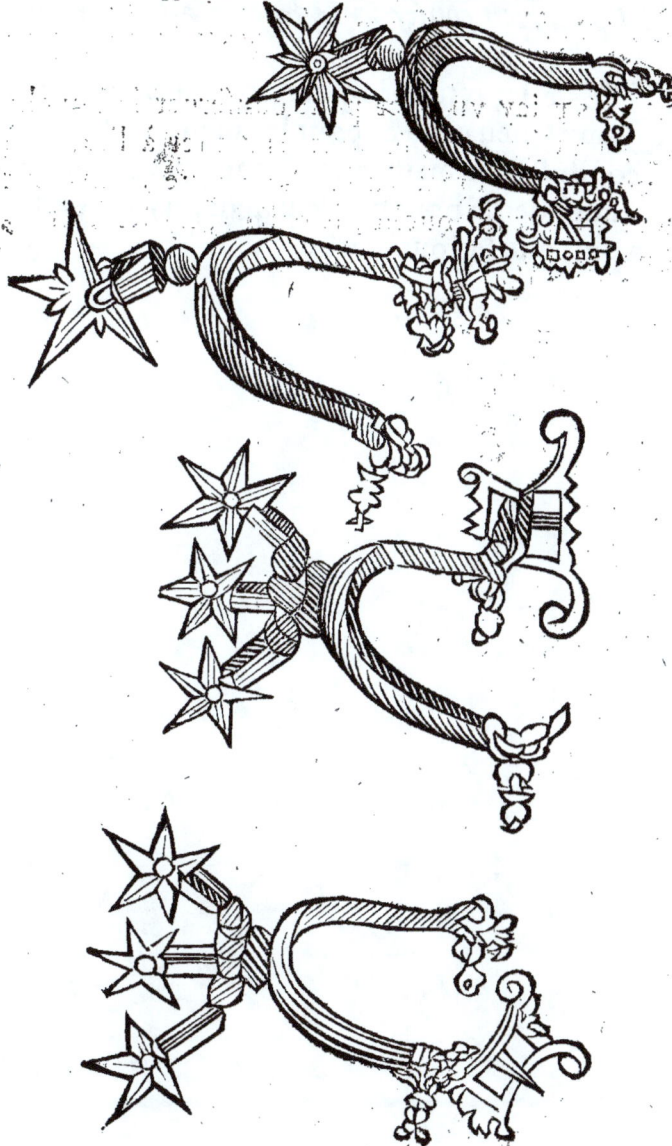

M

Filet pour bien conferuer la bouche aux Cheuaux.

C'Est icy vn Filet pour conferuer la bouche
aux Cheuaux, & pour les mener à l'eau, où
les conduire en main à la Campagne, fans leur
incommoder la bouche, le pallais, ny les barres,
non plus que la fous-barbe.

Filet.

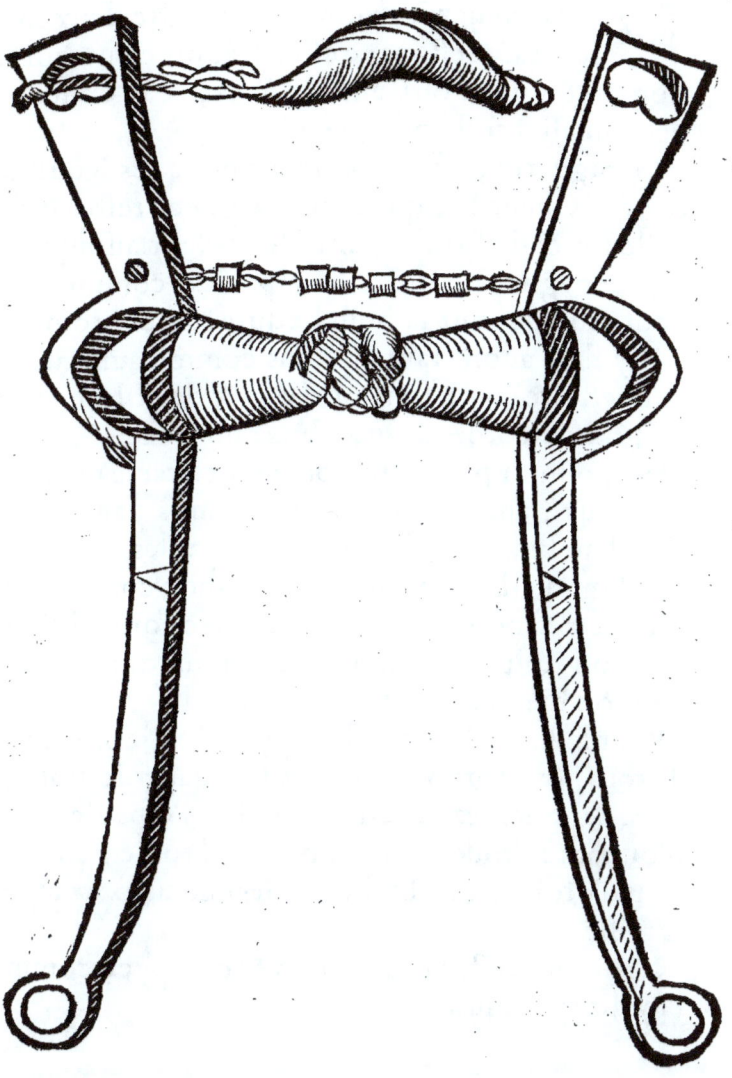

Les doux Cauessons.

Vous pouuez icy voir & connoiſtre deux ſortes de Cauessons; c'eſt à ſçauoir celuy qui ſe
nomme Siguette ou Camarre A, A, & le Caueſſon
plat qui eſt à coſté marqué B,B.

Le Siguette, ou Camarre eſt pour les Rouſſins
& gros Cheuaux, qui ſont chargez de teſte, d'en-
colléure & d'eſpaules, afin de les leur aſſpplir,
& leur gagner la teſte & les eſpaules; comme auſſi
pour ceux qui ont la bouche dure & le col roide.

Il y doit auoir, tant aux vns comme aux autres,
vne teſtiere, vne ſous-gorge, & deux longes de
cuir ou de corde; ſçauoir aux anneaux, C, & D,
pour pouuoir plus commodément tirer la teſte des
Cheuaux, auſſi bien à droit comme à gauche, &
ainſi leur bien plier le col & les eſpaules.

Il faut qu'il y aye encor vne grande corde, auec
le contre-ſanglot, & la boucle auec ſon ardillon,
que l'on doit attacher à l'anneau marqué E, pour
pouuoir bien faire eſtendre le Cheual.

Pour le Caueſſon ſimple & plat, il eſt le plus doux
de tous, & eſt propre pour les Cheuaux delicats &
fins, peu chargez de teſte, de col & d'eſpaules, qui
n'ont pas la bouche dure, ny le col roide, comme
ſont d'ordinaire les Barbes, & les Cheuaux de legere taille.

Ils doiuent eſtre tous garnis & equippez comme
i'ay dit cy-deſſus.

Les deux Cauessons.

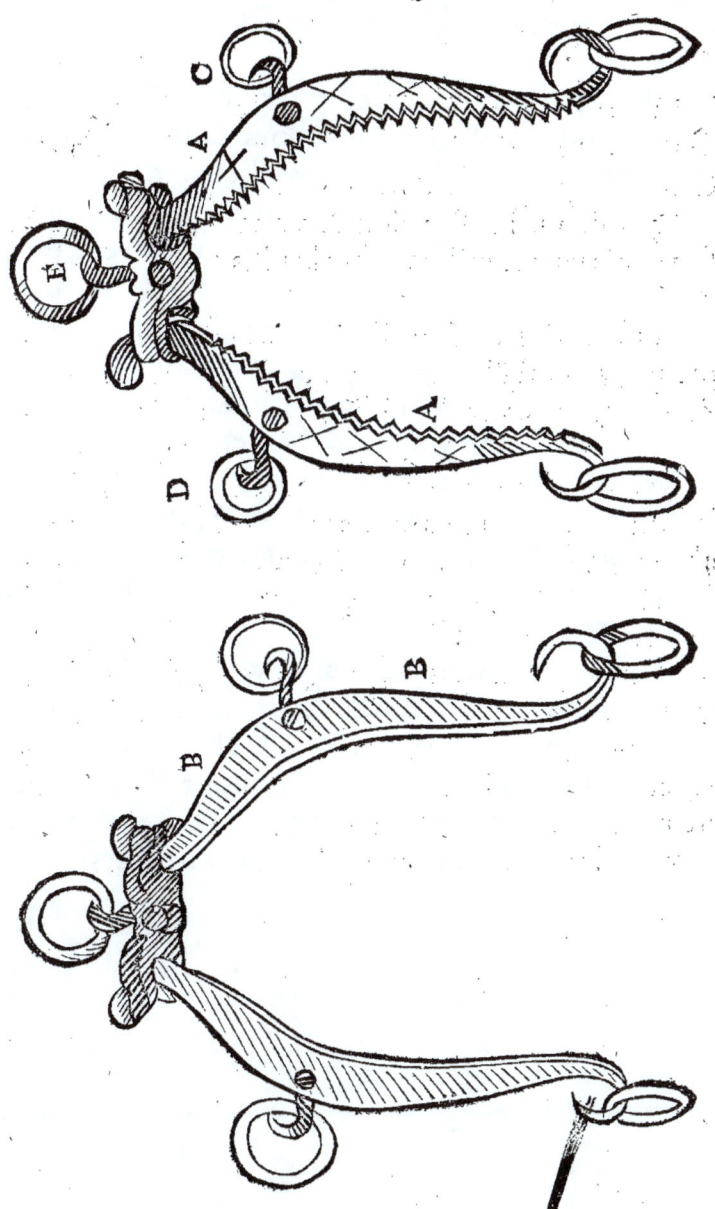

Le Masticadou & le Cauesson.

I'AY encore fait icy deffigner deux Figures que i'ay iugé neceffaires, tant pour l'inftruction du Caualier, que pour l'vtilité des Cheuaux.

Sçauoir vn Mafticadou & vn troifiéme Cauef-fon, qui tient le milieu entre le plus rude & le plus doux.

Pour le Mafticadou, il n'eft pas feulement pro-pre pour penfer les Cheuaux de la main, lors que l'on les tourne vers les pilliers, pour auoir la com-modité de les bien eftriller & penfer.

Mais il eft auffi tres-propre pour leur mettre dans la bouche, lors qu'ils ont trauaillé, afin que maf-chans ledit Mafticadou, ils fe purgent & déchar-gent le cerueau, rendent la bouche fraifche, efcu-mante & plaifante.

Pour le Cauefon que vous voyez icy deffigné, il fe nomme Cauefon rond ou tors, qui tient le mi-lieu entre le doux & le rude : auffi eft-il propre aux Cheuaux de mediocre taille, qui font d'affez bon-ne nature, & lors qu'ils n'ont pas la tefte, l'encol-lure, ny les efpaules par trop dures, ou roides.

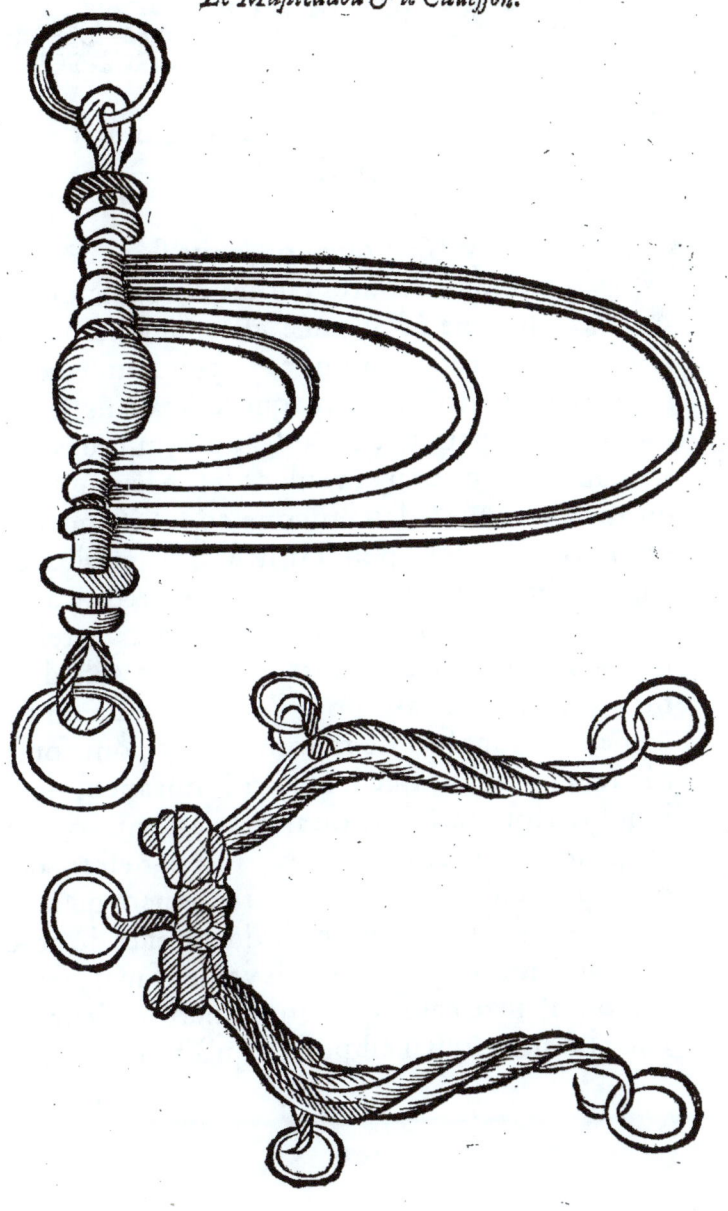

REFLECTION NECESSAIRE
à mon Sujet.

E ſçay bien que l'on peut faire des Ob-
jections à toutes choſes ; la cauſe de cela
eſt, que la Science eſt vne marchandiſe
dont preſque tout le monde ſe croit le mieux partagé, chacun à ſon égard, & que les ſçauans, les mediocres en experience & en ſçauoir, iuſques meſmes aux plus ignorans, veulent ſelon leur opinion,
quoy qu'erronée & ſans aucune connoiſſance de ce
qu'ils voyent eſcrit pour l'inſtruction publique ou
particuliere, cenſurent & trouuent à redire à tout
ce qu'il y peut auoir de mieux & de plus intelligiblement démontré, ſans conſiderer s'ils diſent
bien ou mal, n'ayans pour l'ordinaire aucun fondement, ny meſme de raiſonnement pour ſouſtenir leur opinion, que leur pure ignorance, ou que
l'inclination naturelle qu'ils ont à contrarier tout
ce qui ſe preſente à leurs yeux, ſoit par eſcrit ou en
deuis particulier, joint au contentement qu'ils ont
par leur ambition & enuie, de déchirer & de perdre
la reputation de ceux a qui ils veulent mal, ſans en
ſçauoir d'autre cauſe que l'intemperie de leur mauuaiſe humeur, qui n'eſt portée qu'à faire mal : Que
cela

cela foit donc par malice, ou par ignorance, ie me trouue obligé de preuenir quelques Objeƈtions que l'on pourroit faire fur ce que ie diray cy-apres, en parlant des Emboucheures douces ou rudes , & voir de donner les raifons neceffaires pour contenter les Sçauans & les honneftes gens : car pour les ignorans ou les mal-difans , ie ne me mets pas beaucoup en peine qu'ils me donnent blafme ou loüange ; & ie feray, comme i'ay defia dit , affez fatisfait , fi les honneftes gens , fouffrant mes deffauts , & qu'ils agréent ma bonne volonté , qui n'a pour objet que leur inftruƈtion & ma propre fatisfaƈtion.

Mais afin que chacun puiffe mieux goûter mes raifons, ie feray les Objeƈtions, que ie croy qui fe peuuent faire fur ce fujet , & mefme par les plus critiques ; puis ie répondray à tout ce qui fe pourra objeƈter.

Premiere Obieƈtion.

EN premier lieu , ie fçay bien que l'on pourra demander pourquoy i'ordonne vniuerfellement à tous les Poulains , & à tous les ieunes Cheuaux, qui n'ont encor efté montés, vn fimple canon, vne branche longue, & toute droite, puifque le Poulain ou ieune Cheual peut auoir dés cét âge la bouche forte ou mauuaife, qu'il peut battre à la main, porter au vent, & le refte.

N

Ie répons, que cette demande & objection est
impertinante, & qu'il faut que cela soit pratiqué,
sans exception, pour deux raisons.

La premiere, que si le Poulain à mauuaise bouche, auec tous les autres deffauts qu'il y peut auoir
à la bouche du Cheual, si ie luy donne vn Mors
rude, ie le mets en colere par l'incommodité qu'il
reçoit du Mors qui le blesse ; & ainsi ie le rends en
estat de desespoir, & de ne goûter iamais aucun
Mors, qui est tout le contraire de ce qui se doit
pratiquer; car le Poulain ne peut connoistre ny aimer aucune bride que celle qui ne l'incommode
point, & qui ne le blesse point dans la bouche:
C'est donc le plus doux de tous les Mors, & la plus
flaque branche qu'il faut donner au Poulain, si on
a dessein de le mettre dans la main, afin de l'accoû-
tumer à obeïr au point de la bride.

La seconde raison est, qu'il faut trauailler à faire en sorte que le Cheual aime la bride, afin d'obeïr
à la main ; ce qui ne se peut que par le moyen du
petit Cauesson rond, de l'Embouchcure à simple
canon, de la branche flaque, & de la douceur de
la main du Caualier.

En troisiesme lieu, c'est le vray & plus asseuré
moyen de connoistre la bonté, la douceur, & enfin
les deffauts de la bouche du Poulain, qui ne se peut
connoistre que par la voye du simple canon, & qui
ne se peut aussi bien facilement dresser sans cette
connoissance.

Seconde Obiection.

ON pourra encor demander pourquoy ie faits deſſigner cinq Emboucheures du premier effet, qui ſont toutes à canon, ſans qu'il y a ye beau-coup de difference, veu que l'vne des cinq pour-roit ſuffire, puis qu'elles ont toutes vn meſme effet.

Ie répons, que cette demande ou objection eſt encor auec moins de ſens & de iugement que la premiere.

Car outre que les cinq Emboucheures ne ſont pas toutes ſemblables, ny meſme leurs branches, qui ſont bien plus gaillardes les vnes que les autres, adjoûtés à cela que l'œil eſt ou plus haut, ou plus bas, & que l'effet du bas de la branche n'eſt pas ſemblable. Il y a encor cette reflection à faire, ſçauoir que tous les Poulains n'ont pas la teſte, l'en-colleure, ny les eſpaules les vns comme les autres, ny meſme la fente de la bouche, ny la groſſeur de la langue ſemblable : Et en vn mot, ils ne ſont pas de ſemblable nature ; c'eſt pourquoy i'ay voulu, auec beaucoup de raiſon, auoir cinq Emboucheures douces pour les eſſayer aux Poulains, & leur donner celle qui leur fera le meilleur effet, & qui leur ſiera mieux en la bouche : Il n'importe des cinq, puis qu'elles ſont toutes douces, & qui ne peuuent bleſ-ſer ny incommoder le Poulain, qui eſt ce qu'il faut, & que l'on deſire.

Troisiefme Obiection.

IL y peut encor auoir vne troisiefme demande
ou objection : On dit , pourquoy donner vn
Mors rude à vn Cheual qui a la bouche forte, qui
force la main & s'emporte ; puifque s'il eft vray
que la force s'oppofe toufiours à la force, comme
la violence à la violence ; on peut dire vray-femblablement qu'il ne faut pas donner vn Mors rude
à vn Cheual qui a ce deffaut, dautant que ce Mors
rude, au lieu de luy plaire, luy nuift & l'oblige en
quelque façon à faire vn defordre , qu'il ne feroit
peut-eftre pas , s'il auoit vn Mors doux.

Ie répons , que cette demande & oppofition eft
plus fouffrable & beaucoup moins erronée que les
precedentes, & qu'elle femble à l'abord auoir quelque forte de raifon ; & c'eft à celle-cy , comme la
plus efpineufe , où il faut répondre plus delicatement , & auec tout le fçauoir que poffede celuy
qui entend bien l'art d'emboucher les Cheuaux.

Ie dis donc que ie ne nie pas tout à fait cette oppofition , mais il faut que ce foit apres auoir bien
confideré & examiné les raifons que vous allez entendre , & encor auec toutes les diftinctions que
i'ay à dire pour vous contenter , & vous defabufer
de cette fauffe opinion.

Ie pofe donc en faict , & dis qu'il faut vne Emboucheure rude à vn Cheual qui a la bouche forte;

ie dis de plus, qu'il y faut vne branche forte & hardie ou flaque, felon le befoin : Mais il faut vn bon
Cauesson seguette ; il faut vne main douce, ferme
& bonne ; il faut des Esperons discrets ; il faut vn
iugement & vne patience qui ne s'emporte point à
la violence, & c'eft ce qui empesche le Cheual
d'estre blessé dans la bouche : car il faut sçauoir
que tel que puisse estre l'Emboucheure ou le Mors
entier, pourueu qu'il ne blesse le Cheual dedans ou
dehors la bouche, il retient le Cheual sans le fas-
cher, il le fait obeïr sans le blesser, & la connoissance que le Cheual a que le Mors ne l'incommode
point, se change en habitude, & enfin se conuer-
tist en coustume : Et ainsi le Cheual, quelque mauuaise bouche qu'il aye, sinon qu'il l'eust entierement desesperée, prend plaisir à sa besongne, mas-
che son Mors, & paroist la bouche legere, escuman-
te & plaisante. Voila vne des principales réponce
qu'il faut faire à cette objection ; mais il y en a bien
encor d'autres que ie diray cy-apres ; l'vne est du
Cauesson, duquel i'ay dit vn mot en passant : Apprenez donc en ce lieu, qu'il n'y a point de meilleur moyen au monde, pour arrester la bouche d'vn
Cheual, & de luy rendre bonne, que par l'aide du
Cauesson, pourueu que le Caualier s'en sçache seruir bien à propos ; témoins le beau & bon Prouerbe, qui dit, nez de Cheual escorché ou froissé, &
bouche entiere : car il est tres-certain que le Cauesson blessant le Cheual exterieurement, luy fait con-

noiſtre que le Mors ne le bleſſe pas dans la bouche;
ainſi pour ſa propre commodité il ſe retient de luy-
meſme, & demeure dans l'obeïſſance de la main, &
obeïſt à la bride.

Il y a encor d'autres reflections à faire ſur le ſujet
de l'Emboucheure rude ; ſçauoir, qu'il faut remarquer & bien ſçauoir la cauſe pourquoy le Cheual à
la bouche forte ; car ſi c'eſt à cauſe de ſon ardeur,
ſans que de ſon naturel il n'aye pas la bouche fort
mauuaiſe ; il eſt vray qu'il ne luy faut pas vne Emboucheure fort rude, crainte que ſon impatience
ne luy cauſe des bleſſeures dans la bouche, ce qui
luy donneroit vne habitude à s'emporter dauantage, & enfin il ſe pourroit ſe rendre la bouche égarée; mais à tel Cheuaux il faut vn Mors aſſez doux,
il faut la branche forte & hardie, beaucoup de patience, & ne trauailler à rien autre choſe qu'à les
adoucir, & à les mettre ſur les hanches.

Il y a encor des Cheuaux qui ſemblent auoir la
bouche forte, dautant qu'ils n'ont point de force,
& qui n'ont pas bons reins ; d'où vient que l'on dit
communement, manque de bouche, manque de
force ; & il eſt vray. Or à ces Cheuaux là, il ne faut
pas auſſi des Mors fort rudes, dautant que les blef-
ſeures qu'ils pourroient auoir à la bouche, leur cau-
ſeroit plus d'incommodité, que leur manque de
force.

Il y a encor des Cheuaux qui ont mauuaiſe bouche, à cauſe qu'ils n'ont pas bons pieds ny bonnes

iambes; & ainſi ils ſont obligés de s'appuyer ſur le
Mors, que l'on appelle en ce rencontre la cinquiéme iambe, afin de ſoûlager en quelque façon la
douleur qu'ils ſouffrent aux pieds & aux iambes:
C'eſt auſſi aux Cheuaux qui ont ce deffaut, qu'il ne
faut pas vn Mors fort rude, mais il faut qu'il ſoit
fort & d'vne piece, & auec beaucoup de fer, & la
branche bien forte.

Mais à tous les Cheuaux qui ont la bouche naturellement forte & mauuaiſe, chargés de teſte, d'encolleure, d'eſpaules, de ganache, qui forcent &
peſent à la main auec violence; à tous ces Cheuaux
il faut le Mors rude, & la main douce, afin de re-
parer le deffaut de la nature, & que la force de l'Emboucheure, de la branche, & de la groſſe gourmette, ſouſtienne & appuye cette groſſe maſſe qui ſemble tomber, & il en eſt de meſme: par exemple, lors
que l'on voit qu'vne poutre plie & menace de ruine, le meilleur eſt d'y appliquer vne bonne groſſe
eſtaye; car ſi on y mettoit vne cheneuotte, ou vne
eſtaye foible & caſſante, la poutre ne ſeroit pas ſoû-
tenuë à cauſe du peu de force de l'eſtaye: de meſme
ſi ces gros & materiels Cheuaux n'eſtoient ſouſte-
nus par quelque puiſſance extraordinaire, ils s'en
iroient à leur gré, ſans obeïr ny à Mors ny à main,
ſans que l'on les peut arreſter & tenir en leur deuoir.

Et pour derniere raiſon, ſi cette objection auoit
lieu, il ſeroit fort inutile que les bons Inuenteurs
des fortes & rudes Emboucheures, auſſi bien que

les bons Esperonniers, se trauaillassent tant tous les
iours à les fabriquer, si elles n'estoient necessaires.

Il faut donc suiure la verité & la raison , qui est
que le Cheual doit estre embouché de l'vne de mes
quinze Emboucheures ajustées auec l'vne de mes
six branches , selon leur taille , & selon leur bonne,
mauuaise & mediocre bouche ; & pour le surplus,
il en faut laisser la conduite au bon & sçauant Escuyer, de qui la bonne & douce main concertée,
auec la delicatesse de ces Esperons , parfait entierement les deffauts de la nature , afin de donner
moyen aux hommes de se seruir de ce noble animal, qui leur a esté donné de Dieu & de la Nature,
pour la commodité de leur personne , & pour la
conseruation de leur vie.

BELLES

BELLES
REMARQVES
EN L'ART DE DRESSER
les Cheuaux;

Que i'ay tirées tant de la methode de laquelle ie trauaille, que de celle que i'ay pû recueillir de tous les meilleurs Autheurs que i'ay veus, & curieusement recherchez pour l'instruction publique.

L eft vray de dire, qu'il eft tout à fait impoffible de dreffer aucun Cheual, auant qu'il aye la faculté d'obeïr au Caualier, afin que cette connoiffance luy faffe conceuoir qu'il eft fon Maiftre; c'eft à dire, qu'il eft de neceffité qu'il le craigne autant que fon inftinc le luy peut permettre, & que de cette crainte il procede vn amour qui 'oblige à obeïr, puis qu'il eft tres-certain qu'il n'y a que l'amour & la crainte qui font obeïr toutes chofes, les hommes auffi bien que les beftes: Que fi

O

cela eſt veritable, il s'enſuiura infailliblement que
le Caualier doit premierement trauailler à ſe faire
aimer & craindre de ſon Cheual, & ainſi il obeïra
pour l'amour de luy-meſme, crainte du chaſtiment; il y a pourtant cette difference, que l'amour
aux animaux n'eſt pas vne choſe ſi aſſeurée, dautant qu'elle dépend de leur caprice, au lieu que lors
qu'il craint, il dépend de ſa volonté, & quand il
obeït par cette connoiſſance, on le peut dire en eſtat
d'eſtre dreſſé: L'amour donc à vn animal, n'eſt pas
de grand effet ſans la crainte; car lors que le Caualier dépend du Cheual, ou de ſa volonté, où pour
le dire plus clairement, lors qu'il eſt guidé par le
Cheual, c'eſt le Cheual qui dreſſe l'homme: Ie conclus donc que le Caualier doit eſtre le Maiſtre, qui
eſt le vray fondement pour dreſſer le Cheual, dautant que la crainte fait rendre l'obeïſſance, & la
coûtume à obeïr rend le Cheual acheué. Ce conſeil eſt bon, & il le faut infailliblement ſuiure.

Des chaſtimens de l'Eſperon.

L E fondement de l'Art de dreſſer les Cheuaux,
eſt de tenir pour conſtant, qu'il faut que le
Cheual craigne l'Eſperon, pour bien obeïr au Caualier, ſuiuant le Prouerbe, qui dit; Ie feray pour
vous ce que le Cheual peut faire pour l'Eſperon,
qui eſt à dire tout, eſtant tres-vray que l'Eſperon
eſt le remede à tous vices, de quelque nature qu'ils

puiſſent eſtre : Tous les autres chaſtimens ſont de
petit effet , pour ne dire pas inutiles & ridicules,
mais auec cét auis & precation ; ſçauoir , qu'il faut
que l'Eſperon , qui eſt le chaſtiment,ſoit appliqué
ferme de coup,& dans le meſme inſtant que la faute
eſt commiſe , & dans les occaſions iuſtes & neceſſaires , & que la iambe ſe remette auſſi-toſt en ſa
place , ſans chatoüiller le Cheual , ny luy reſter
l'Eſperon dans le poil ; car ſi l'on le chaſtioit hors
temps , ſans beſoin , ou encor pour vne faute legere, on gaſteroit la beſongne au lieu de l'auancer:
Prenés donc bien ma penſée, & croyez pour certain
que l'Eſperon donné à propos eſt l'vnique moyen
de bien dreſſer vn Cheual ; car ce luy eſt vn aduertiſſement de ne retomber plus en ſa faute.

L'aide de l'Eſperon appellé pincement.

CETTE maniere d'agir en pinçant delicatement de l'Eſperon, eſt vne aide tres-excellente : c'eſt en ce rencontre ou l'aide precede la faute,
afin de la preuenir, & empeſcher le Cheual de la
commettre : Ce pincement ou aide ſe peut pratiquer en tous airs; mais il eſt bien meilleur aux airs
releuez, qu'à terre à terre, dautant qu'il releue plus
qu'il ne fait auancer.

De la main.

QVELQV'VN demandera volontiers pourquoy
ie n'ay pas fait ma remarque en cét Art pluſtoſt
de la main que de l'Eſperon : La réponſe eſt aiſée
à faire, & la queſtion facile à reſoudre, dautant que
bien que la main ſoit tres-neceſſaire, & de grande
cóſequence pour dreſſer vn Cheual; l'Eſperon pourtant eſtát plus violent & d'vn plus grand effet, c'eſt
pourquoy il a deu eſtre mis en premier rang, dautát
que i'ay poſé la crainte pour fondement de dreſſer
& faire obeïr vn Cheual, comme i'ay auſſi dit que
l'amour en vne beſte n'eſt que peu ſans la crainte:
Ie conclus bien, ce me ſemble, lors que ie dis que
la bonne main douce, ferme & bien placée, donne
de l'amour au Cheual pour ſon Maiſtre, & que l'Eſperon amer & violent luy donne la crainte ; ſi bien
que ces deux chaſtimens ou aides bien concertés
enſemble, donnent l'amour & la crainte, qui eſt ce
qui rend le Cheual en eſtat d'eſtre acheué ; car s'il
obeïſt à la main, qu'il craigne le tallon & le fuye,
quand le Caualier le veut, il eſt dreſſé.

le conclus donc que le tallon & la main bien en-
tendus enſemble ſont les arboutans, comme les
premiers mobiles pour dreſſer les Cheuaux.

Pour reduire vn Cheual retif.

LE meilleur remede & le plus doux, est de le
tirer par quantité de fois en arriere ; mais si
cela ne suffit & ne le corrige pas, vn ou plusieurs
coups d'Esperons donnés bien ferme & bien à propos, ne manqueront pas de le persuader : C'est le
meilleur moyen que ie sçache.

Pour vn Cheual qui s'emporte.

LE vray & le meilleur moyen qu'il y a pour empescher vn Cheual de s'emporter, est d'vser
de toute la douceur & la patience possible, crainte
de le mettre en colere, ou l'impatienter, car sans
doute ces deux choses l'obligent à perdre le souuenir de son deuoir, & il s'emporte ; mais si toute
cette patience & douceur se trouuent inutile, & que
sa malice ne puisse estre vaincuë par le flatter, &
l'adoucir auec patience, menez-le dans vne campagne ouuerte, & le poussez en l'esperonnant des
deux costez, & continuez iusques à ce qu'il se re-
lasche de luy-mesme ; & alors vous l'arresterez & le
carresserez beaucoup, luy donnant du pain ou de
l'herbe : & toutes les fois qu'il s'en voudra aller
malgré vous, il faudra le traitter comme i'ay dit,
ou si vous estes à l'estroit, en lieu renfermé, mettez-le autour le pilier auec la grande corde, & tenez
l'vne des reines fort courtes, & le faites fort trotter

O iij

& galopper de cette sorte, cela le poura guerir de ce
vice, dautant qu'il luy sera tres-difficile de s'emporter en courant ou galoppant en rond. Si tout
cela ne le guerit point de son emportement, faites
luy mettre les lunettes, & le faites pousser contre
vne muraille, & qu'il se blesse la teste contre icelle,
s'il se veut emporter, pourueu que le Caualier fasse
ce remede auec iugement, le Cheual ne sera pas
blessé trois ou quatre fois à la teste qu'il ne deuienne sage : Voila tous les moyens qu'il y a pour ce
defaut.

Pour donner l'appuis à la bride.

LOrs que le Cheual n'a pas l'appuy bon, ou
qu'il n'est pas soupple de col, ny d'espaules,
ny de teste, il le faudra faire regarder dans la volte,
& continuer quelque temps ; cela le guerira de ces
deux vices. Et s'il auoit trop d'appuy, & qu'il ne
fust pas sur les hanches, il faudra le faire presser par
le dehors de la volte ; & cela l'obligera d'obeïr à tous
les deux.

Il faut remarquer ce que ie vais écrire touchant
les leçons, comme les plus belles & les plus
excellentes de toutes.

IL faut galopper le Cheual d'vne piste dans vn
cercle étroit vn tour ou deux ; & lors qu'il n'y
pensera pas, il le faudra faire auancer sur vne ligne

droitte, le chaffant droit au bout d'icelle ; au bout
de laquelle vous formerez encor vn petit cercle
d'vne pifte par où vous pafferez, & le fuiurez deux
ou trois tours ; puis vous le ferez derechef auancer,
& le poufferez fur vne feconde ligne droitte, au
bout de laquelle vous ferez le mefme petit cercle &
tour que i'ay defia dit, de femblable nature des
deux precedans ; & puis vous prendrez encor vne
troifiéme ligne, & ferez comme deffus iufqu'à ce
que vous en ayez accomply ou parcouru quatre de
la mefme methode. Ce que vous continuerez tous
les iours, tantoft à droit, & tantoft à gauche, tant
que vous le iugerez neceffaire, & que le Cheual y
foit tres-bien rompu & accouftumé, pour le rendre entierement obeyffant ; puis apres il faudra le
galopper fur quatre lignes droittes, & en faire vn
quarré, qui foit fi large, qu'il contienne les quatre
petits cercles dont ie vous ay parlé cy-deffus, fur
lequel vous galopperez le Cheual de ligne en ligne,
ce qui eft dit trauailler de quart en quart fur les lignes droittes d'vn quarré. Vous obferuerez qu'il
faut accouftumer le Cheual à toutes ces leçons de
pas de trot, & finalement de galop ; mais pour le
galop, ce ne fera que lors que vous le trouuerez
fi libre & fi leger, qu'il prendra ledit galop de luy-
mefme, qui eft la fin requife d'vne des plus belles
& meilleures leçons qui fe doiue pratiquer en l'Art
de dreffer les Cheuaux ; Apres cela foyez affuré
qu'il n'y a rien qui gagne & affeure tant la tefte &

les efpaules d'vn Cheual, ny qui le mette mieux
dans la main, ny qui le faffe plûtoft obeïr au talon;
mais il faut auoir foin de bien tirer la tefte dedans,
de quel cofté qu'il aille.

Vraye Obferuation pour dreffer les Cheuaux.

ENtre tous les animaux, le Cheual eftant le
plus noble apres l'homme; il eft certes autant
au deffus des autres creatures, comme l'homme eft
au deffus de luy, en forte qu'il partage le milieu.
Entre l'homme & les autres animaux, ce noble animal, dis-ie, eft adroit & fubtil; ce qui eft aifé à
conceuoir par ce que ie vais vous faire remarquer:
par exemple, lors qu'il fe voit preffé & incommodé,
il cherche le moyen de fe mettre à fon aife, plus
adroittement qu'aucun Efcuyer ne luy fçauroit enfeigner, c'eft pourquoy on y doit auoir égard en le
trauaillant: s'il eft fur le deuant ou fur les efpaules,
lors que l'on l'arrefte, fon nez eft bleffé par le Caueffon, & fa bouche patift à caufe de la bride qui le
preffe & le gefne. Or afin d'éuiter l'vne & l'autre
incommodité, il ramene fa tefte & fe met fur les
branches; ce qui l'exempte d'auoir le nez bleffé, &
la bouche gefnée. Et c'eft ce que le Caualier defire.
   De mefme lors qu'il eft entre les piliers, s'il fe
precipite en auant auec violence, le Cauemon luy
bleffe le nez, & s'il fe porte auec furie en arriere, le
Caueffon luy entâme le cofté des ioües. Ainfi s'il
                              s'extrauague

s'extrauague deçà ou delà, le Cauesson le blesse des
deux costez ; c'est pourquoy trouuant toutes ses in-
commoditez, il se place au milieu, & leue le deuant
pour s'empescher d'estre blessé : & c'est ce que le
Caualier desire.

Tout de mesme, lors que l'on attache la corde
du Cauesson fort courte au pommeau de la selle,
elle plie & rameine la teste & le col du Cheual ex-
tremement dedans, ce qui l'incommode beaucoup ; ce qu'estant reconnu par ce subtil animal,
il ne tire & ne presse plus sur le Cauesson ; & pource qu'il y trouue son aise, il s'accoustume à bien
plier le col & donner sa teste, qui est ce que le Caualier desire.

Il en arriue ou réüssist la semblable chose, lors
que vous attachez la corde si courte à vn pilier, que
le Cheual ne sçauroit se leuer que difficilement,
dautant que ladite corde le rabat tousiours : Il est si
adroit, que pour trouuer son aise il se met sur les
hanches, qui est le seul moyen pour le soulager :
C'est ce que le Caualier desire.

Ainsi, lors que vous luy mettez la teste contre la
muraille, il voit & connoist sa teste & son nez si
prés d'icelle, que craignant de se heurter, il se met
de luy mesme sur les hanches, qui est ce que le Caualier luy demande : Par ainsi à quelque action que
le Cheual soit sur les espaules, si le Caualier le fait
partir, & le chastie bien à propos du Cauesson & de
la bride, il craint tant, que pour éuiter cette dou-

P

leur, il n'a point d'autre soûlagement que de s'af-
seoir sur les hanches, qui est ce que le Caualier
desire.

Cauesson de grand effet, & la methode de l'atta-
cher pour s'en seruir.

IE prends vne longue corde ou longe de cuir,
qui a vn petit anneau attaché à l'vn des bouts; ie
passe l'autre bout de la corde ou longe dans ce mesme anneau, puis ie le mets autour du pommeau de
la selle, & luy attache ferme pour y demeurer sans
remuer, en apres ie mets la longe en bas, & la fais
passer par dans le liege de la selle, puis ie passe le
reste de la corde ou longe dans l'anneau du Cauas-
son droit en auant, & fais reuenir le reste de la longe dans ma main droite; i'en fais autant de l'autre
costé, les attachant toutes deux fermes au pommeau de la selle, allant droit en bas le long le liege
de la selle, la mettant droit au trauers de l'autre
anneau du Cauesson, faisant ainsi reuenir cette
derniere longe en ma main gauche : Cette sorte de
Cauesson est tres-excellente, tant pour asseurer la
teste d'vn Cheual, que pour le rendre ferme à la
main, & luy faire prendre le vray plis de son corps,
luy preseruer la bouche, le faire arrester ou aller
en arriere, & le faire tourner aisément à toute
main : outre tout cela, ie le puis plus maistriser
auec deux doigts en cette sorte, que l'on ne pour-

roit faire des deux mains auec l'autre Cauesson
commun, ou à la vieille mode.

L'vtilité du Cauesson.

IE souftiens que l'on se doit seruir du Cauesson à
tous les Cheuaux, aux Poulains, à tous ceux que
l'on commence de dresser, aux demy dressez, à
ceux qui sont encor plus auancés, à ceux qui sont
acheués ; Et en sommes aux ieunes & aux vieux,
dautant qu'il leur donne le plis, leur preserue la
bouche, leur fait aimer la bride, les rend legers à
la main, leur rend le col & les espaules souples ;
si bien que lors que ie l'oste, ils manient à merueille auec la bride seule ; car ayans la bouche preser-
uée, ils sont si sensibles aux barres & à la gourmette, que le moindre mouuement leur est vn
commandement absolu, au lieu qu'en se seruant
tousiours de la bride, elle leur rend la bouche dure, & les barres engourdies & de peu de sentiment :
Or il est vray que nous ne deuons desirer rien de si
sensible à vn Cheual que la bouche & les costés,
pource qu'il ne va que par le moyen de la main &
des tallons. Le Cauesson donc doit conseruer la
bouche, & la preseruation des costés dépend de la
discretion du Caualier.

Ce que c'eſt qu'eſtre bien ſur les hanches.

IE ſçay bien que tout le monde dit, il faut qu'vn Cheual ſoit ſur les hanches pour bien manier, & il eſt vray ; mais il faut ſçauoir ce que c'eſt que d'y eſtre, & ce que c'eſt de n'y eſtre pas : Par exemple, poſez qu'vn Cheual ſoit preſque aſſis ſur la croupe, neantmoins il n'eſt pas ſur les hanches, ſi les iambes de derriere ſont trop éloignées de la ligne de nature, qui eſt eſtre entr'ouuert, & non pas ſur les hanches ; mais pour eſtre bien ſur les hanches, il faut que les iambes de derriere ſoient dans les lignes de nature ; l'os de la hanche droit en auant, & les iambes de derriere auancées droit ſous le ventre, pliant le nerf du jarret autant qu'il eſt poſſible : Voila ce que c'eſt que d'eſtre ſur les hanches, & rien que cela n'eſt eſtre ſur les hanches.

Ce qui m'a obligé, en vous donnant ces belles Remarques, de vous faire conceuoir que le Cheual, auec quelques autres animaux, raiſonnent à leur façon, ou ſelon leur inſtinc, comme nous l'aſſeure Pline, au Diſcours qu'il nous a laiſſé du naturel des animaux, afin de ſe garentir du mal & de l'incommodité que la contrainte & la geſne, que leur donne l'Eſcuyer en les dreſſant, leur fait bien ſouuent ſouffrir pour en tirer quelque choſe de iuſte ; comme auſſi pour vous faire auoüer qu'vn Cheual ne ſçauroit eſtre dit acheué, s'il n'eſt bien aſſis ſur les

hanches ; car alors la gourmette eſt libre , & il ſe
ioüe & prend plaiſir à ſa beſongne , dautant qu'il
ne peut eſtre incommodé dedans ny dehors la bouche , puis qu'il eſt ſur les hanches , qu'il eſt leger à la
main ; & en vn mot, que le Mors & la gourmette ne
le pince ny ne l'incommode en pas vn endroit;mais
s'il y auoit quelqu'vn ſi peu habille homme en cét
Art , qui me dit que la gourmette pourroit bien
eſtre laſche, ſans que le Cheual fuſt ſur les hanches;
ie luy répondray hardiment que nul Cheual ne peut
eſtre ſur les hanches que la gourmette ne ſoit laſche ; c'eſt pourquoy, ſi-toſt qu'il ſe trouue preſſé ou
incommodé de quelque maniere que ce ſoit , il n'a
point d'autre milieu pour trouuer ſon aiſe, que de
ſe mettre de luy-meſme ſur les hanches, qui eſt ce
que le Caualier deſire.

Enfin ſi vous le portez ſi long-temps & ſi ſouuent d'vn tallon ſur l'autre, qu'il ſoit ennuyé lors
qu'il eſt entre les piliers , il trouue le moyen de ſe
leuer & s'aſſeoir ſur les hanches, qui eſt ce que l'on
luy demande.

Les commodités & le profit de la corde du Caueſſon attachée à l'arçon de la ſelle ou pommeau d'icelle.

L A corde ou lonige du Caueſſon attachée cour
au pommeau de la ſelle , donne l'appuy au
Cheual , l'aſſeure dans la main, & luy affermiſt la

tefte : Elle eft encor excellente pour celuy qui tire
ou pefe à la main , car elle luy tire la tefte dans la
volte , ce qui l'empefche de s'appuyer fur la bride,
& le rend fort leger pour le preparer au galop : Ce
mefme moyen eft auffi de bon effet pour affouplir
les efpaules ; deplus, ce Caueffon mis de la forte
donne de l'appuy, l'ofte à celuy qui en a trop , & de
plus il oblige le Cheual à galopper comme il doit ,
car il allonge les iambes de dedans la volte, & ac-
courcift celles de dehors , qui eft ce qui doit eftre.
C'eft donc la vraye methode pour trauailler les efpaules d'vn Cheual.

Curiofité affez remarquable.

LA forme en laquelle la nature a fait les iambes
du Cheual , fes bras font faits de mefme que
les iambes de l'homme, le genoux fe pliant fur le
deuant, & fes jambes de derriere fe plient comme
les bras d'vn homme , le nerf du jarret fe pliant fur
le derriere, qui eft tout à fait contraire ; car fi les
jambes de derriere d'vn Cheual fe plioient comme
celles de deuant , il iroit droit comme l'homme ,
mais ces jambes de derriere fe plians tout au contraire , elles font comme les bras de l'homme, & fes
jambes de deuant comme les noftres , ce qui oblige
le Cheual à marcher fur les quatre jambes: Et il n'y
a point d'autre raifon qui oblige les beftes d'aller
fur les quatre jambes, & le ventre en bas.

Pour mettre vn Cheual fur les hanches, il faut
faire efleuer ces pieds de derriere de deux crampons
aſſez hauts à chaque fer, & plus hauts que l'ordinaire, ce qui leur fera plier le jarret, eſtans ainſi plus
hauts du tallon que de la pince ; ce qui l'obligera
de ſe mettre ſur les hanches.

Continuation des belles remarques.

PIuſieurs perſonnes rabaiſſent l'entendement
du Cheual infiniment au deſſous de celuy de
l'homme ; qui neantmoins par leurs actions mon-
trent qu'il y a plus d'entendement dans vn Cheual,
que dans aucuns hommes : dautant qu'vn enfant eſt
long-temps auant que de connoiſtre ſes lettres,
quelque temps apres auant que ſçauoir épeller, &
beaucoup de temps auant que ſçauoir parfaitement
lire : toutefois il y en a de ſi ignorans, qui penſent
que ſi-toſt qu'ils ſont ſur vn Cheual qu'ils luy ap-
prendront à manier en vn iour en le battant & eſ-
peronnant : ie voudrois bien demander à tels ſtupi-
des & lourdaux, ſi en battant vn ieune garçon on
luy apprendroit à lire ou eſcrire ſans luy auoir premierement enſeigné la methode, & les principes
de l'Alphabeth ; certes on le pouroit battre iuſqu'à
la mort ſans luy rien apprendre : Ne donnez donc
pas, ie vous prie, plus d'entendement à vn Cheual
qu'à vn homme, puis qu'vn Cheual doit eſtre
dreſſé de la meſme façon que l'on apprend à lire à

vn enfant, ce qui se pratique ainsi : Pour les Cheuaux, on leur enseigne premierement à connoistre,
les faisans marcher le pas, le trot, & enfin le petit
galop : en apres par la frequente repetition à con-
uertir cette connoissance en habitude. Par exemple, lors que l'on apprend à ioüer du luth, on est lõg-
temps auant que l'on puisse bien faire discerner le
son & l'armonie de ce que l'on touche : mais quand
on est sçauant, les doigts se remüent par la longue
habitude , sans que l'on songe ou ésitte à chaque
notte, ny à chaque point. Il en faut dire tout autant
d'vn Cheual dans le manege; car il n'y a que la coûtume & l'habitude qui le rende acheué. Il est vray
qu'il ne faut que la main & le talon pour rendre vn
Cheual parfait ; mais il y a beaucoup de choses à
dire & à faire auant qu'il y obeïsse parfaitement. En
vn mot, nous n'auons que deux choses pour bien
dresser vn Cheual , qui sont l'esperance & la recompense. Il faut donc plus trauailler le Cheual par
l'entendement & la ceruelle, & par bonnes & fre-
quentes leçons, repettées bien souuent, que par la
force & la ruine de ses iambes & de son flanc, afin
qu'il puisse penser à ce qu'il doit faire : que s'il ne
pense point , comme dit le fameux Philosophe
Monsieur Descartes de toutes les bestes, on ne sçauroit iamais leur enseigner ce qu'ils doiuét faire, que
par l'esperance de la recompense, ou par la crainte
du chastiment ; de sorte que lors qu'il a esté recompensé ou chastié, il pense à ce qui s'est passé par la
memoire

memoire qu'il en a. Or la memoire eſt penſement,
& il meſure par le iugement du paſſé, ce qui eſt à
venir, qui eſt encore penſement ; tellement qu'il
obeyt à celuy qui le monte, non ſeulement pour
éuiter le chaſtiment, mais auſſi pour l'eſperance de
recompenſe : ce qui eſt tres-connu des bons Caualiers.

Il eſt vray que les Cheuaux ne tirent pas leur raiſonnement de A, B, C, comme les hommes : Mais
comme dit le tres-excellent & admirable Philoſo-
phe Monſieur Hobbe, ils peuuent tirer leur raiſonnement des choſes meſmes ; par exemple, ie veux
poſer en faict qu'eſtant à la Campagne, ie voye des
nuées obſcures, des eſclairs, & que i'entende ton-
ner, & que i'aye eſté moüillé vne fois ou deux, apres
auoir obſerué ces choſes ; & que par meſme raiſon
vn Cheual eſtant à l'herbe, aye auſſi eſté moüillé
deux ou trois fois apres ces meſmes ſignes, quoy
qu'il ne connoiſſe & n'entende pas ces mots de
nuée, d'obſcurité, d'eſclairs & de tonnerre ; toutefois il ne laiſſera pas, non plus que moy, de s'en fuïr
ſous les arbres ou autres endroits couuerts, pour ſe
ſauuer de la pluye, auſſi ſages l'vn comme l'autre
en cela : Moy en raiſonnant par les marques, qui
font le langage du raiſonnement ; & luy en raiſonnant par les choſes & hors les choſes, ſans qu'il connoiſſe preciſément ces marques que les hommes
voyent pratiquer ; partant l'on peut faire le iugement de mille autres choſes : il eſt vray qu'vn Che-

Q

ual ne fçauroit faire vne propofition , n'ayant ny
les marques ny la connoiffance de l'A, B, C ; & ie
trouue qu'ils ont de l'auantage en cela : car il ne
fçauroit faire vne fauffe propofition comme font
les hommes.

Quelques-vns auffi difent, que fi le Cheual auoit
quelque entendement , qu'il ne fe laifferoit pas
maiftrifer par vn homme ; mais lors qu'vn Cheual
maiftrife vn homme, ce qui arriue affez fouuent,
l'homme n'a donc point d'entendement, ce qui eft
faux & plein d'abfurdité ; mais il faut dire, pour parler raifonnablemét, que la force maiftrife les hommes auffi bien que les beftes : par exemple, fi le plus
fage & le plus vertueux de tous les hommes eftoit
pris prifonnier par vn Prince barbare , qui le mift
à vne charette proportionnée à fa taille, & qu'il le
fift battre lors qu'il ne tireroit pas à fon plaifir, il
tireroit certes comme vn Cheual ? Quelqu'vn dira
peut-eftre que l'homme à l'entendement fi releué,
qu'il aimeroit mieux mourir que tirer à vne charette, & qu'il fe jetteroit par terre, & fe feroit pluftoft
affommer de coups ; ie dis qu'vn Cheual en fera
tout autant : ie croy pourtant qu'il endurera pourtant plus long-temps les coups , que ce genereux
dont nous venons de parler, mais auec cette difference que nous appellons les Cheuaux qui en vfe-
roient ainfi , retifs , & les hommes obftinés ; En vn
mot plufieurs hommes font trop fors pour vn Cheual ; & plufieurs Cheuaux fauuages font trop diffi-

ciles pour vn homme : Ie finis ces Remarques, en
difant qu'vn Efcolier & vn Cheual fe troublent
beaucoup l'vn l'autre lors qu'ils ne s'entendent pas:
Souuenez vous encor que tout ce que i'ay dit cy-
deffus, n'eft que pour vous montrer qu'il faut trauailler fur la raifon de chaque Cheual ; ce qui me
fait fouuenir d'vn titre que mettoit fort à propos
vn homme qui traittoit de l'Art de monter à Cheual, pour mettre vn Cheual à la raifon.

Autres Remarques pour la main de la bride.

L E col du Cheual eft entre les deux refnes de la
bride, & elles fe rencontrent toutes deux dans
la main gauche du Caualier, lors que le Cheual va
fur les voltes: Si on trauaille ou tire la refne du dedans, cette refne preffe le dehors du Cheual, & le
met fur les hanches, pourueu que l'aide du dehors
fe donne en temps & lieu, ce qui eft bon.

De la refne du dedans attachée au pommeau
de la Selle.

C 'E s t la chofe la plus excellente du monde
pour dreffer toutes fortes de Cheuaux, de
quelque âge ou difpofition qu'ils foient, dautant
que lors que la croupe d'vn Cheual eft dedans, &
qu'il eft fujet à amener ces efpaules dedans, il eft en
eftat d'eftre dreffé, & de bien aller ; il n'y a plus qu'à

arrester son deuant de la resne du dedans, & il ira parfaitement à la soldate : Rendre les espaules d'vn Cheual soupples est le tout, ce que l'on ne sçauroit trop faire, dautant que les Cheuaux ayans pour l'ordinaire tous le col roide, il leur faut plier le col crainte qu'ils ne se rendent entiers.

Autre Remarque.

VOvs auez pû considerer tant de raisons, & veu si souuent que tout nostre trauail est de mettre vn Cheual sur les hanches : mais ie desire encor que vous en appreniez vne en ce lieu, qui est la principale de toutes. Conceuez donc que la crouppe ou les hanches du Cheual ne portent rien que sa queuë, qui est fort legere ; mais ces espaules ont bien plus de charge à porter, qui est son col & sa teste ; c'est pourquoy on se trauaille tant à le mettre ou s'asseoir sur les hanches, pour contre-peser & soûlager ses espaules, afin de le rendre leger à la main. Remarqués encor qu'il ne faut pas perdre courage lors qu'il se deffend, car c'est marque de force, d'esprits & de vigueur ; & vn Cheual qui a force, esprits & courage, se peut facilement dresser s'il est sous vne bonne main, & des tallons sçauans ; au lieu qu'vn Cheual qui ne resiste iamais, témoigne sa foiblesse, langueur d'esprits, & manque de cœur : Or il est bien difficile à l'Art de suppléer à la Nature lors qu'elle est deffectueuse : pour moy ie

n'ay veu que bien rarement de Cheual de force,
qui ne se soit beaucoup deffendu : En le dressant,
i'auoüe qu'il ira quelquefois, mais contre sa volonté & à regret, mais il ne fera rien de libre ny bien
asseuré, iusques à ce qu'il soit venu à la perfection
de son maneige : Vous tiendrez donc pour asseuré,
qu'il n'y a gueres de Cheuaux qui ne resistent, & qui
ne tasche tout le temps que l'on les dresse, à suiure
leurs propres inclinations, & non celle du Caualier,
dautant que la subjetion n'est point agreable aux
Cheuaux, ny à qui que ce soit, non pas mesmes aux
hommes, & ils n'obeïssent que parce qu'ils ne peuuent faire autrement : il n'y a que la coustume à
obeïr qui rende vn homme souple & vn Cheual
dressé ; mais il essayera toutes les voyes possibles
pour éuiter la subjetion ; & lors qu'il ne trouuera
plus d'eschapatoire ; & qu'il ne verra plus de iour à
pouuoir desobeïr, il se rendra à raison ; de sorte
qu'on ne luy aura pas grande obligation de son
obeïssance. Vn Escuyer Italien estant vn iour comme desesperé d'vn Cheual qui luy desobeïssoit continuellement, dist à la compagnie, en donnant haleine à ce méchant animal, ie croy que si le plus sage homme du monde estoit mis en la forme d'vn
Cheual, auec son entendement suprême, il ne pourroit pas inuenter plus de subtilités, ny de nouuelles
malices à se deffendre du Caualier, que fait vn Cheual ; d'où ie conclus qu'il faut qu'il sçache qu'il est
son Maistre, c'est à dire qu'il le craigne, & lors il

luy obeïra , ce qui eſt eſtre Cheual dreſſé ; eſtant
vray que toutes les regles de noſtre Art ne ſont que
pour rendre noſtre Cheual ſubjet au ſens du toucher, qui ne conſiſte à autre choſe qu'à ſentir la
main & les tallons ; c'eſt à dire auoir la bouche &
les coſtés ſenſibles, comme i'ay deſia dit ailleurs ,
& qui eſt la vraye pierre de touche ; car il ne doit pas
manier par le ſens de la veuë, qui eſt la routine du
pilier, ny par le ſens de l'oüie, qui eſt le bruit de la
chambriere, ou la crainte d'icelle, mais ſeulement
par le ſens du toucher, qui eſt noſtre but , & encor
le toucher de ces deux endroits, qui ſont la bouche
& les coſtés : La veuë eſt à la verité toute l'induſtrie
à enſeigner aux Cheuaux quantité de ruſes & ſubti-
lités que les ignorans admirent ; mais il n'en eſt pas
ainſi du maneige, car tout ſe fait par le ſens du toucher, comme i'ay dit, & auec tant d'Art , d'eſprit ,
de iugement & d'experience, joint aux diſpoſitions
diuerſes des eſprits, & du naturel des Cheuaux, que
ie ſouſtiens que peu d'hommes ſont nés pour eſtre
capables d'eſtre Eſcuyers.

　Ie diray encor que les Cheuaux ont leurs paſſions
comme les hommes, quoy que differemment ils ont
l'amour, la haine, l'appetit de vengeance , & meſme l'enuie.

　Et ie puis meſme aſſeurer que i'ay peu veu de Caualiers colere l'emporter par leur paſſion au deſſus du Cheual , au contraire le Cheual en auoit toûjours du meilleur ; la raiſon de cela eſt, que l'enten-

dement le plus foible eſt touſiours le plus paſſionné : Que ſi cela eſt vray le Cheual le doit emporter,
puis qu'il eſt le plus foible ; En entendement, il doit
touſiours y auoir en cét Art vn homme & vne beſte:
En paſſion, mais non pas deux beſtes ; & vn bon
Eſcuyer ne ſe doit iamais faire voir en colere contre
ſon Cheual, mais le châtier ſans ſe faſcher, comme
ayant vn iugement bien au deſſus de luy : Si le Caualier bat ou picque ſon Cheual, en la maſtinant &
deſeſperant , le Cheual luy répondra en ruant &
faiſant des eſquippées extraordinaires: De vray, ne
voyons-nous pas que les hommes , lors que c'eſt par
jeu, s'entredonnent des coups ſans ſe faſcher ; mais
lors qu'ils ſont en colere, le moindre mouuement
cauſe vn dueil : Il en eſt de meſme du Cheual, s'il
connoiſt que l'on ſe faſche contre luy, il formera
vne querelle ; & lors que l'on le flattera, & qu'on le
traittera doucement, il prendra tout en bonne part,
& ne ſe faſchera iamais : ſi bien que la grande patience & la douceur eſt l'vnique ſecret pour dreſſer
les Cheuaux. Il eſt pourtant vray que la patience
ne dreſſera iamais vn Cheual ſans la connoiſſance,
& la connoiſſance auſſi ne le pourra pas dreſſer ſans
la patience ; il le faut donc traitter doucement, &
ne prendre que la moitié de ces forces ; mais c'eſt
vne choſe difficile , car s'il ſe met en deffence , où il
luy faut ſouffrir d'eſtre le Maiſtre , où bien il faut
tout entreprendre ſur luy pour le reduire ; car ſi on
le laiſſe eſtre Maiſtre , c'eſt vn Cheual gaſté ; donc

s'il obeïſt & ſe rend tant ſoit peu , il faut incon-
tinant deſcendre & le carreſſer fort; mais s'il ne ſe
rend point, il faut pluſtoſt attendre à vn autre matin, que de le rebutter & gaſter , & ainſi le reduire
au petit pas, mélant la douceur auec l'aide, & les
chaſtimens legers , & vous apprendrez par cette
douceur, patience , & belle methode à bien dreſſer
vn Cheual, tant pour le vray vſage , que pour le
plaiſir.

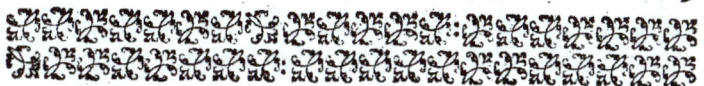

DV SOIN, DE LA PENSE'E

& de la reflexion que doit faire le prudent &
gentil Cauallier quand il se prepare pour mon-
ter à Cheual, & particulierement lors que ce
sera en public.

L eft vray de dire, que tout homme
prudent & bien fenfé, ne doit jamais faire, ny s'engager en quelque
action que ce foit, fans que premierement il ne faffe vnë reflexion
exacte fur ce qu'il a deffein d'entreprendre. C'eft
cette meditation qui m'a obligé de faire encore ce
petit mot d'auis, & le donner à mon Lecteur,
en luy faifant voir, que l'action de monter à Cheual n'eft pas de moindre importance que les autres, puis qu'elle fe pratique pour l'ordinaire en
prefence des Rois & des Princes, & d'vne grande
affluence de peuple, qui compofe vn public, pour
confiderer, & bien fouuent cenfurer nos actions,
pour en tirer leur auantage.

Afin donc que l'ambition ou l'émulation que
nous pourrions auoir dans cette penfée de paroiftre
plus que nous ne fommes, ne nous puiffe emporter à faire des extrauagances à Cheual, pluftoft que

R

des actions douces & moderées, en entreprenant
plus sur le Cheual que ses forces ne le pourroient
permettre, ou en commettant des emportemens
illicites & messéens au Caualier, il faut que sa premiere pensée & reflexion soit d'auiser à trauailler
si judicieusement, qu'il reste en vn sens si rassis,
qu'il ne luy laisse qu'vne petite chaleur & enuie de
bien faire, qui doit estre permise & souffrable à
tous les honnestes gens.

Et en effet, ce que ie viens de dire est tres-raison-
nable, dautant que de cette action dépend nostre
honneur, nostre gloire, nostre reputation, & quelquefois, selon les occasions qui peuuent arriuer
du peril d'estre blessé, & mesme de nostre vie.

Il est important pour nostre honneur, dautant
que si nous faisons des manquemens extraordinaires en ce rencontre, nous sommes infailliblement
le joüet & la risée de tout le monde de nostre gloire. Si nous paroissons adroits, prudens, ciuils, bien
retenus, & sans abuser par vne vaine gloire des
loüanges que l'on nous donnera, apres auoir bien
reüssi à rencontrer le Cheual que nous auons trauaillé de tel air que ce soit.

Et encore de nostre reputation, puis qu'estant
tres-vray que n'étans pas partizans de nous-mêmes,
il ne suffit pas, pour auoir vne entiere reputation,
que nous soyons effectiuement bons hommes de
Cheual, mais il faut, pour en posseder le titre auec
fruit & éminençe, que nous ayons des amis, des

partifans , & des approbateurs ; & encore de l'efti-
me qui nous faffe connoiftre pour tels d'vn chacun.
Et voilà ce qui eft en effet la veritable reputation.
Pour ce que i'ay dit du danger qu'il y a quelquefois , & du peril, iufques à courre rifque de la vie;
l'experience ne nous l'a que trop fait voir dans nos
Academies, & de noftre temps, à des perfonnes d'e-
minente qualité, que l'on me difpenfera de nommer par difcretion deuë à ceux de ma profeffion.

Mais afin de ne m'écarter pas du deffein de cét
Auis , qui a pour principal but la reflexion &
le iugement.

Il faut en fuitte de la premiere, dont i'ay parlé cy-
deuant, en auoir encore d'autres que ie diray, comme celle de penfer que le Cheual peut eftre, ou doux,
ou méchant, ou difficile au monter ; ou quoy qu'il
ne fuft pas ny l'vn ny l'autre, il peut eftre fringand,
gaillard, & tellement orgueilleux & fougueux par
le repos & fa propre gentilleffe, que faifant reflexion fur toutes ces chofes , tu ne le dois point faire
fortir, pour le monter, que tu ne luy faffe mettre
les lunettes pour raifons.

La premiere, il en paroift plus noble & plus glo-
rieux, lors que l'on luy donne la liberté de la veuë,
qu'étant deffus. La feconde, que le Caualier a la liberté entiere de s'approcher de luy, auec la commodité de confiderer à fon plaifir s'il eft bien &
iuftement feellé & bridé ; fi les fangles & le furfaits
font en leur place, fi les hardellons ne paffent les

R ij

quartiers, ce qui pourroit déchirer les bottes , & blesser la iambe ; si ladite selle n'est point trop en auant, ou en arriere.

Pour la bride, il faut voir que le mors ne soit ny trop haut, ny trop bas; & pour cette connoissance, il faut faire cette reflexion, & dire; s'il est trop haut, il fera froncer la lévre du Cheual, & luy fera ouurir par trop la bouche , & ainsi l'incommodera beaucoup : S'il est trop bas, il tombera sur les crochets, & outre qu'il l'incommodera encore, il ne pourra faire aucun bon effet ; donc , il faut prendre le milieu, & le mettre en sorte qu'il ne fasse pas froncer la lévre, & qu'il soit aussi l'épaisseur d'vn écu aù dessus du crochet. Il faut aussi voir exactement, auant monter à Cheual, que la gourmette batte bien en son lieu, sans qu'elle puisse incommoder la sous-barbe , & que les crochets ne pincent pas les lévres du Cheual.

Il faut encore voir que la sous-gorge ne soit pas trop lasche, ny aussi trop serrée, crainte d'empêcher le respir au Cheual.

Pour la muserolle , il faut qu'elle soit plûtost serrée que lasche, & principalement aux Cheuaux qui ouurent la bouche, ce qui est empesché par la muserolle bien serrée.

Il faut encore faire reflexion sur cecy ; sçauoir, que tous les Cheuaux ne sont pas tousiours dociles, & que pour éuiter le desordre, & faire cette action de monter à Cheual auec iugement & bonne

grace : il faut en montant à Cheual obſeruer ce que
ie vais dire.

Le Palfrenier doit tenir le Cheual du coſté droit,
afin de pouuoir eſtre Maiſtre du Cheual, en le tenant de la main droite par les ſouſtenans de la teſtiere, afin qu'il puiſſe tenir l'eſtriuiere de la main gauche, pendant que le Caualier doit s'approcher doucement du coſté gauche, que l'on nomme le coſté
du montoir ; & ainſi il ſe rendra maiſtre de la reſne
gauche, ce qui l'empeſchera d'eſtre bleſſé par le
Cheual, ny du derriere, ny du deuant.

Apres quoy il laiſſera adroitement couler ladite
reſne iuſques à la hauteur du pommeau de la Selle,
où il rencontrera la reſne droite, qu'il aſſemblera
auec iuſteſſe, auec la gauche qu'il mettra ſelon l'ordre dans ſa main gauche, puis prenant l'eſtrieu de
la main droite, il y mettra le bout du pied gauche,
& ayant la teſte droite & haute, ſans la laiſſer pancher ſur l'arçon de deuant, il portera la main droite ſur l'arçon de derriere, & s'eſleuera ſi ferme & ſi
iuſte, que la iambe droite n'incommodera point le
Cheual, en paſſant la iambe droite pour ſe bien
placer dans la Selle, ſans toucher à la crouppe du
Cheual, où eſtant logé, il s'ajuſtera ſur les eſtrieux,
comme auſſi dans l'égalité des deux reſnes, pour
enfin prendre la belle aſſiette, & viendra au lieu
du maneige, pour y trouuer ceux deuant leſquels
il doit ou deſire trauailler ſon Cheual ; Et c'eſt en
ce lieu là où il eſt neceſſaire qu'il redouble ces re-

flexions, & principalement felon la qualité des
perfonnes deuant lefquelles il faut qu'il trauaille,
tant en confideration de leur qualité, que de l'honneur qu'il voudra ou deura rendre à ces fpectateurs;
dautant que tout le monde ne demeure pas d'accord de la maniere de laquelle on doit trauailler deuant les perfonnes de grande qualité, ou de ceux
aufquels on doit, où l'on veut tout defferer, à caufe
du refpect que l'on leur porte.

Il y en a qui veulent que le Caualier faffe manier
fon Cheual fi-toft qu'il eft en prefence, difans que
cela eft ennuyeux aux Grands de voir paffager vn
Cheual.

Pour moy, n'en déplaife à ceux qui font cette
obiection, & qui difent pour la fouftenir, que tous
ceux qui iouent deuant les Roys & les Princes, de
tel inftrument que ce foit, qu'ils le tiennent toufiours preft & tout accordé, afin de ne dégoûter
perfonne.

Ie répons qu'il n'en eft pas de mefme, & fans mé-
prifer ces excellens hommes qui fçauent fi delicatement pincer les cordes, qu'ils font veritablement
dignes d'admiration; Ie diray pourtant qu'ils ne
font pas voir leur fcience en accordant leur luth,
ou autre tel inftrument defquels ils fe feruent; &
ie confeffe mefme que cela eft en quelque façon
auffi ennuyeux que defagreable.

Mais au contraire ie fouftiens, & auec raifon,
qu'outre le bon Caualier montre fa parfaite fcien-

ce en preſſageant ſon Cheual, qu'il donne encor
du plaiſir & de l'admiration tout enſemble à ceux
qui voyent & qui conſiderent tant l'adreſſe du bon
Caualier, que l'obeïſſance entier d'vn animal, qui
n'a pour raiſon que la grande habitude que le bon
Caualier luy a ordonnée, outre que cela tient vn
peu de l'eſtourdy de faire ſi preſtement manier vn
Cheual ſans luy auoir fait connoiſtre ce que l'on
luy demande; ſi bien que l'on peut, deuant qui que
ce ſoit, promener vn peu ſon Cheual du moins iuſques à ce que l'on connoiſſe qu'il s'anime, & qu'il ſe
prepare de luy-meſme.

Apres quoy le Caualier doit encor penſer à n'a-
buſer non plus des forces du Cheual que de ſon haleine, ſans luy demander auſſi ce qu'il ſçait bien,
qu'il ne peut pas tirer de luy; & ſur tout ſans le battre & outrager que le moins & le plus rarement
qu'il pourra; & encor que ſa mine ou ſes geſtes ny
ſes paroles ne faſſent paroiſtre aucune vanité ny
vanterie, quoy qu'il aye tres-bien réüſſi : C'eſt ainſi
que le Caualier bien fait & bien nay doit faire pour
rendre la Compagnie ſatisfaite, & pour paroiſtre
auſſi bon homme de Cheual, comme il a parû ſage
& prudent.

F I N.

❦❦❦❦❦❦❦❦❦❦❦❦❦❦❦❦❦❦❦❦❦❦❦❦

EXTRAICT DV PRIVILEGE
du Roy.

L E Roy par ſes Lettres Patentes , données à
Paris le vingt-deux Nouembre 1662. ſignées
GVITONNEAV , & ſcellées du grand ſceau de
cire jaune; A permis à IACQVES LE GRAS, Mar-
chand Libraire à Paris , d'imprimer *La maniere de
bien Emboucher les Cheuaux, par le Sieur de Beaurepere,*
& ce pendant le temps de ſept ans: Et deffences ſont
faites à toutes perſonnes de quelle qualité ou con-
dition qu'elles ſoient, d'imprimer , vendre & de-
biter ledit Liure, ſur peine de douze cens liures d'a-
mende, confiſcation des Exemplaires , ainſi qu'il
eſt plus à plain contenu eſdites Lettres.

Les Exemplaires, portez par ledit Priuilege, ont
eſté fournis.

Acheué d'imprimer le dernier Ianuier 1663.

Regiſtré ſur le Liure de la Communauté, ſuiuant
l'Arreſt de la Cour. DV BRAY , Syndic.

TABLE DES CHOSES CONTENVES
en la premiere partie.

TABLE DE LA SECONDE PARTIE.

TABLE DES CHOSES CONTENVES
en la troisiéme partie.

EXTRAICT DV PRIVILEGE

LE Roy par ses Lettres Patantes, données à Paris le dernier iour
d'Octobre, l'an de grace, mil six cens soixante-quatre, signées
BARDON, & seellées du grand Sceau en cire iaulne; A permis au Sr
de Beaurepere, Gentil-homme de la Prouince d'Anjou; L'vn des
Escuyers de la grande Escurie, de present à Paris, d'imprimer ou
faire imprimer le Liure qu'il a composé, intitulé *Le Modele du
Cavalier François*, diuisé en trois parties, pendant le temps de sept
années consecutiues; Et deffences sont faites à toutes sortes de personnes, de quelle qualité qu'ils puissent estre, de faire imprimer, vendre ou débiter desd. Liures pendant ledit temps, sous quelque pretexte
ou nom supposé que l'on luy puisse donner, sur peine de deux mil
liures d'amande & confiscation des Exemplaires, comme il est plus à
plaint contenu esdites Lettres.

Les Exemplaires portées par ledit Priuilege ont esté fournies.

Achevé d'imprimer le 15. Ianuier 1665.

Registré sur le Liure de la Communauté, suiuant l'Arrest de la
Cour. Martin, Syndic.

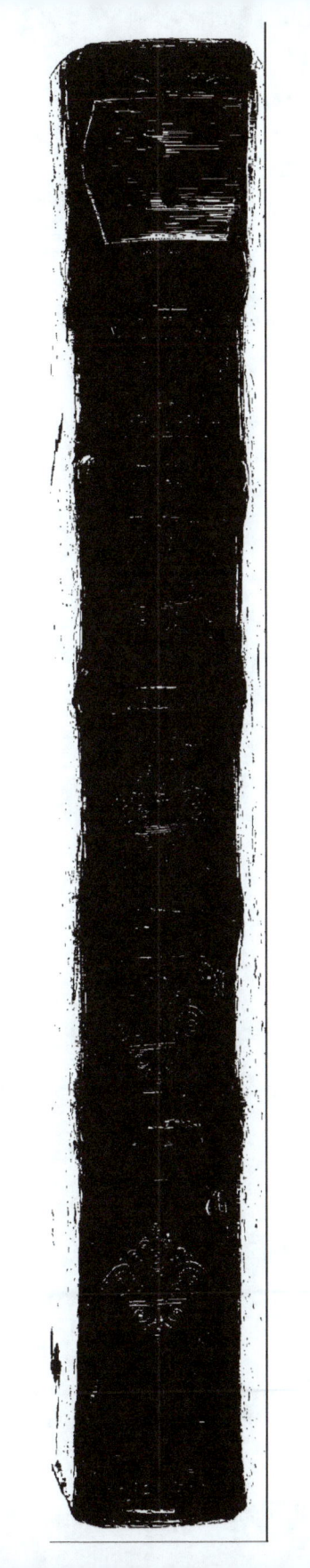

www.ingramcontent.com/pod-product-compliance
Lightning Source LLC
Chambersburg PA
CBHW070301030726
47505CB00004B/874